DONGSUH MYSTERY BOOKS 118

THE CASE OF THE CURIOUS BRIDE
기묘한 신부
얼 스탠리 가드너/장백일 옮김

동서문화사

옮긴이 장백일(張伯逸)
전남대 철학과·건국대 대학원 수료. 1958년 조선일보 신춘문예에 평론 〈현대문학론〉이 당선된 뒤 《문학의 초점》《시대의 작가와 작품》《전위의식의 문학운동》 등 많은 평론을 발표. 국민대 교수·한국평론가협회 회장 역임.

DONGSUH MYSTERY BOOKS 118
기묘한 신부
얼 스탠리 가드너 지음/장백일 옮김
초판 발행/1977년 12월 1일
중판 발행/2003년 9월 1일
발행인 고정일/발행처 동서문화사
창업 1956. 12. 12. 등록 16-345(윤)
서울강남구신사동540-22 ☎ 546-0331~6 (FAX) 545-0331
www.epascal.co.kr

*

이 책의 출판권은 동서문화사(동판)가 소유합니다.
의장권 제호권 편집권은 저작권 법에 의해 보호를 받는 출판물이므로
무단전재와 무단복제를 금합니다.

편찬·필름·제작 일체 「동판」 자본으로 이루어짐에 따라
출판권 소유권자 「동판」에서 제조출판판매 세무일체를 전담합니다.
사업자등록번호 211-90-02201
ISBN 89-497-0214-2 04840
ISBN 89-497-0081-6 (세트)

기묘한 신부
차례

기묘한 신부 …… 11

쾌도난마식 법정 진술로 서민 구하기 …… 300

등장인물

페리 메이슨 형사 변호사
델라 스트리트 메이슨의 여비서
폴 드레이크 사립 탐정
로더 몬테인 과거를 지닌 신부
칼 W. 몬테인 로더의 남편
C. 필립 몬테인 칼의 아버지로서 시카고의 부호
그레고리 목슬리 상습 결혼 사기꾼
클로드 밀샤프 의사
도리스 플리먼 결혼 사기에 걸린 여자
오스카 펜더 도리스의 오빠
시드니 오티스 전기상

1

 여자는 이상하게도 안절부절못하고 있었다. 변호사와 눈길이 마주치자——아주 잠깐 동안이었지만——곧 법률 서적이 가득 꽂힌 책장 쪽으로 눈길을 돌렸다. 우리에 갇힌 짐승처럼 두려움에 찬 눈초리였다.
 "앉으십시오."
 페리 메이슨은 거침없는 눈길로 그녀를 바라보았다. 처음 만난 사람에게는 언제나 그렇듯이 마음속까지 꿰뚫어보는 듯한 눈초리를 보내는 것이 그의 버릇이었다. 오랫동안 변호사라는 직업으로 말미암아 몸에 밴 습관과 법정에서 증인석에 선 증인을 쳐다보는 눈초리는 의뢰인을 바라볼 때에도 나타났다.
 "저는 친구의 일로 상의하러 왔어요."
 "무슨 일인데요?" 페리 메이슨은 무표정하게 말했다.
 "친구의 남편이 행방불명되었어요. 아주 오랜 동안 소식이 끊겼는데, 이런 경우 법원으로부터 실종 선고를 받으면 사망을 인정받을 수 있다고 해서……."

메이슨은 그 말에는 대답하지 않고 물었다.
"당신의 이름이 헬렌 클로커라고 하셨지요?"
"네."
"나이는?" 그는 여전히 무표정하게 물었다.
상대는 잠시 망설였다.
"27살이에요."
"내 비서가 결혼한 지 얼마 안 되었을 거라고 하던데."
그녀는 커다란 가죽의자 속에서 우물쭈물 망설이고 있었다.
"저어…… 저의 개인적인 이야기는 그쯤 해주세요. 제 이름이나 나이는 오늘 상의하러 온 내용과 아무런 관련도 없어요. 저는 친구의 심부름을 온 것 뿐이에요. 비용은 물론 현금으로 지불하겠지만……."
페리 메이슨은 똑같은 말을 반복했다.
"내 비서는 관찰력이 아주 예리한데, 그녀의 말에 의하면 당신은 최근에 결혼하여……."
"왜 그렇게 생각했을까요?"
"아마도 당신이 그 결혼반지를 자꾸 만지작거리는 것을 보고, 결혼한 지 얼마 안 되었을 것이라고 여긴 거겠지요."
여자는 갑자기 불안해하며 낭독하듯이 말하기 시작했다.
"친구의 남편은 비행기 사고로 조난당했어요. 아주 오래된 일이어서 장소도 확실히 기억 못하는데, 아무래도 어느 호수 위에서 일어난 일인 것 같아요. 안개가 짙은 날이었기 때문에 비행기는 호수 바로 위를 날고 있었어요. 그 때문인지 눈 깜짝할 사이에 비행기는 기체를 수면에 부딪쳤고 어부들이 그 소리를 들었을 때는 이미 물 속으로 비행기의 모습이 사라지고 없었답니다. 바로 수면의 몇 피트 위를 날고 있었던 모양이에요."

"당신은 신혼 초입니까?"
"아니에요, 아직 이야기가 끝나지 않았어요!"
여자는 마침내 분노를 터뜨렸다.
"비행기 조난 사고는 확실한 것입니까?"
"네, 표류물이 발견되었어요. 비행기에 대해선 잘 모릅니다만, 구명대와 여객의 시체도 하나 발견되었대요. 그러나 조종사의 시체와 다른 세 여객의 시체는 끝내 발견되지 않았답니다."
그러나 변호사는 또 같은 질문을 했다.
"당신은 결혼한 지 얼마나 됩니까?"
"저에 대해서는 부디 그만해 두세요. 저는 다만 친구의 일로 상의하러 왔다고 말씀드렸으니까요."
"생명보험에 들어 있는 모양이군요. 시체가 발견될 때까지 보험금 지불을 거절하고 있는 모양이지요?"
"네, 그래요."
"그래서 그 보험회사와의 교섭 문제를 저에게 의뢰하시려는 겁니까?"
"그것도 부탁하려고 해요."
"그렇다면 또 달리 무엇이?"
"그 친구에게 재혼할 권리가 있을까요?"
"남편이 행방불명된 지 몇 년이나 되지요?"
"7년쯤이라고 들었지만, 더 오래 됐을지도 몰라요."
"그동안 소식을 들은 사람이 아무도 없었단 말이지요?"
"네, 전혀 없어요. 그 사람은 죽었을 거예요. 그러나 이혼이 되면……"
"무슨 이혼 말씀입니까?"
여자는 신경질적으로 웃었다.

"죄송해요, 제가 두서없이 이야기를 한 모양이군요. 그 친구는 재혼하고 싶어해요. 그런데 남편의 시체가 발견되지 않았으므로 법이 정해 놓은 이혼 수속을 밟아야 한다는 이야기를 들었어요. 참으로 터무니없는 이야기예요. 남편은 틀림없이 죽었는데, 죽은 사람을 상대로 이혼한다니 어처구니없는 이야기지요. 이혼 수속을 밟지 않고 재혼할 수는 없을까요?"
"행방불명된 지 7년이 지났다고 했지요?"
"네."
"확실합니까?"
"네, 7년도 넘었어요……. 그래도 그때는……."
그녀는 말꼬리를 흐렸다.
"그때는?"
"그러니까 지금 교제하는 분과 처음 만났을 때는……."
헬렌 클로커는 갑자기 말을 얼버무리고 입을 다물었다.
페리 메이슨은 냉정한 눈길로 값을 매기듯이 여자를 관찰하고 있었으나, 그 자신은 상대를 응시하고 있는 것조차 의식하지 못하는 것 같았다.
헬렌 클로커는 미인은 아니었다. 어딘지 모르게 얼굴빛이 좋지 않았고 입도 좀 큰 편인 데다 입술은 너무 두꺼웠다. 그러나 몸매가 날씬하고 눈에 생기가 돌고 있어 전체적으로는 상당히 매력적인 인상을 주는 여자였다.
메이슨의 탐색하는 듯한 눈길을 태연히 받아넘기는 그녀의 시선은 도전적인 빛을 띠고 있었다.
"그 문제 말고도 친구분이 물어 보고 싶어하는 것이 있습니까?"
"있어요. 몹시 알고 싶어하는 것이 있어요. 정말 우스울 정도로……."

"무엇이지요?"
"그 애는 당신들 법률가가 말하는 이른바 '범죄의 실체'라는 것에 대해서 알고 싶어한답니다."
페리 메이슨은 자기도 모르게 몸을 바로하고 신중한 태도를 보였다. 그는 상대의 마음속을 들여다보듯 날카로운 눈초리로 지그시 쳐다보며 말했다.
"그 점에 대해서 무엇을 알고 싶다는 거지요?"
"시체가 발견되지 않는 한은 어떤 증거가 있어도 살인죄로 기소되지 않는다고 하는데, 그게 사실인가 하는 점입니다."
"단순한 호기심에서 알고 싶어하는 것입니까?"
"네."
"그렇다면 당신의 친구 되시는 분은……." 페리 메이슨은 여전히 느긋한 말투로 말을 이었다. "보험금도 타고 또 재혼도 할 수 있기 위해서는 남편의 시체를 공개할 필요가 있고, 그런가 하면 살인죄로 고소당하지 않기 위해서는 시체를 숨겨 놓아야겠다고 생각하는 모양이지요?"
헬렌 클로커는 전기에 감전된 것처럼 의자에서 벌떡 일어섰다.
"아니에요. 그런 게 아니에요. 정말 호기심에서 알고 싶어할 뿐이에요. 책에 그렇게 씌어 있었으니까요."
페리 메이슨의 눈에 문득 비웃음이 떠올랐다. 마치 강아지의 장난을 커다란 개가 얼마 동안 재미로 상대해 주는 체하다가 의미 없는 장난에 싫증이 나서 그늘의 제자리로 얼른 돌아가 버리는 듯한 그런 태도였다.
메이슨은 회전의자를 뒤로 밀치고 일어나서 참을성 있는 미소를 띠며 여자를 내려다보았다.
"알았습니다. 그 대답을 듣고 싶으면 내 비서를 통해 면회 시간을 정해 달라고 친구분한테 전해 주십시오. 본인이 오면 기꺼이 이야기하겠습니다."

헬렌 클로커의 얼굴에 실망의 빛이 떠올랐다.

"저는 그녀의 친구예요. 본인이 찾아뵐 수 없어서 제가 부탁받고 온 거예요. 저에게 말씀하시면 본인에게 전해 주겠어요."

그녀는 있는 힘을 다해 항의했으나 페리 메이슨의 눈은 여전히 미소를 머금고 있었다. 그의 태도에는 얼마쯤의 경멸과 호기심이 엇갈려 나타났다.

"중간에 다른 사람을 넣어 법률 상담을 하다 보면 자칫 잘못 전해질 염려가 있습니다. 본인이 나오시도록 전해 주시오. 그러면 상담에 응해 드리지요."

헬렌 클로커는 무슨 말인지를 하려다가 크게 숨을 들이키고는 그만두었다.

변호사는 방 안을 가로질러 복도로 나와 문의 손잡이를 돌려 문을 열고는 말했다.

"나가시는 문은 이쪽입니다."

메이슨의 얼굴은 포커를 할 때와도 같이 가면을 쓴 것처럼 무표정했다.

그러나 그러한 얼굴도 헬렌 클로커가 턱을 쑥 내밀고 야무지게 "알았습니다" 하고 몸을 휙 돌려 나가 버리자 갑자기 달라졌다. 메이슨은 문 쪽에서 서서 그녀가 되돌아오기를 기다렸으나 여자는 뒤도 돌아보지 않고 빠른 걸음으로 복도를 나갔다. 그녀가 엘리베이터의 버튼을 누르자 엘리베이터의 문이 바로 열렸다.

엘리베이터의 문이 닫힐 때도 역시 그녀는 페리 메이슨에게 등을 돌린 채 서 있었다. 그리고 엘리베이터는 그대로 내려갔다.

2

페리 메이슨이 문을 열자 비서 델라 스트리트가 무엇인가 물어 볼 듯한 눈길로 쳐다보았다. 그리고는 기계적으로 펜을 들고 방문객의 주소, 성명, 면담에 걸린 시간, 받은 금액 등을 기입하는 장부에 손을 대었다. 델라의 눈은 메이슨을 쳐다보고 있었다. 또렷하지만 움직이지 않는 눈, 사물의 깊숙한 데까지 꿰뚫어보는 듯한 눈이었다.

변호사는 설명하기 시작하였다.

"털어놓고 이야기하도록 유도했는데도 그냥 가 버렸어."

"무슨 일로 왔는데요?"

"낡은 수법으로 뻔한 말만 늘어놓았어. 친구의 심부름으로 상담하러 왔다면서 여러 가지 질문을 하더군. 만일 내가 무심코 대답했더라면, 당치도 않은 잘못된 일이 일어나게 되었을 거야. 법률이란 미묘한 것이어서, 아주 조그만 상황의 차이가 전혀 반대의 결과를 초래하는 경우가 없지 않으니까. 그녀가 제멋대로 해석하여 소송을 제기한다면 틀림없이 파멸을 가져 올 텐데……."

"그 여자, 꽤 고민하고 있는 모양이지요?"

"그런 것 같아."

델라 스트리트와 페리 메이슨은 일종의 독특한 정신적 애정으로 결합되어 있었다. 그것은 두 사람이 완전히 협력하여 노력하지 않고는 성공을 기대할 수 없는 어려운 일에 여러 해 동안 부닥쳐 온 남자와 여자 사이에 생긴 애정으로서, 그들에게 있어 모든 개인적 관계는 일을 성취시키기 위해서는 2차적인 것이 되었다. 그 결과 의식적으로 요구되는 우정이 아니라 완전한 연대감이 두 사람 사이에 생기게 된 것이다.

"그래서요?" 장부 위에 여전히 펜을 댄 채 델라가 물었다.

"그래서 쓸데없는 이야기는 그만두고 친구에게 직접 오도록 일러 주라고 말했지. 그렇게 말하면 그녀가 굴복하고 사실을 털어놓으리라고 생각했는데……. 그러는 것이 보통이거든. 그러나 이번에는 그렇지 않았어. 그녀는 방을 나가서 뒤도 돌아보지 않고 엘리베이터를 타고 내려가 버렸어. 기대가 어긋나서 오히려 내가 맥이 빠지는걸."

델라 스트리트는 펜으로 장부의 여백에 무언가 끄적이고 있었다.

"신혼이라고 하던가요?"

"아니, 결혼한 사실조차 인정하지 않으려고 해."

델라는 크게 고개를 끄덕였다. 그것은 말없는 긍정을 뜻하는 것이었다.

"신혼임에 틀림없어요."

메이슨은 오른쪽 다리를 델라의 책상 모서리에 걸치며 주머니에서 담뱃갑을 꺼내 한 개비 뽑아 물었다. 그리고 스스로를 타이르듯이 말했다.

"내가 너무 했나……."

"무얼요?"

"아까 한 행동 말이야."
메이슨은 한동안 생각에 잠겨 있더니 이윽고 입을 열었다.
"상대방을 내려다보는 듯한 태도로 의자에 버티고 앉아서 처음 보는 사람에게 숨김없이 털어 놓으라는 듯이 고압적인 태도를 취해서는 안 되는 게 아니었을까? 의뢰인들은 곤란한 사정이 있기 때문에 나에게 오는 건데……. 고민하고 겁에 질린 나머지 나에게 도움을 구하러 왔건만 나는 완전히 남이었단 말이야. 그들은 구원을 바라고 있어. 그렇기 때문에 그들이 재주를 피운다고 해서 대놓고 책망할 수도 없지. 그보다는 부모처럼 그녀를 격려하고 신뢰감을 갖게 한 뒤 입을 열게 해서 그녀의 무거운 짐을 가볍게 해줄 수도 있었을 텐데. 그런데 나는 조급한 마음에 단숨에 입을 열게 하려고 했지. 그래서 그녀는 돌아간 거야. 그녀의 자존심을 상하게 만들었기 때문에. 그녀가 거짓말하고 있다는 사실을 내가 알아챘다는 것도 그녀는 알고 있었고, 속으로 비웃고 있다는 사실도 그녀는 알고 있었어. 그녀는 도움이 필요해서 찾아왔는데 나는 그 도움을 거절하고 말았으니, 직업윤리를 저버린 셈이지. 변호사로서 정말 부끄러운 일이야."
"담배 한 대 주시겠어요?"
델라 스트리트는 손을 내밀면서 말했다.
변호사는 담뱃갑을 내밀었다. 이 두 사람 사이는 메이슨이 담배를 피울 때 일일이 그녀에게 권할 필요가 없었고, 또 델라도 근무시간 중에 담배를 피울 때 허락을 받을 필요가 없었다.
실질보다 체제를 중히 여기고 좀더 격식을 차리는 법률사무소라면, 여비서가 존경은커녕 속으로 웃음을 참아가며 겉으로만 공손한 체 소장 앞에서 굽실거리게 마련이다. 그러나 페리 메이슨은 공판 전문, 그것도 대부분 형사 사건 전문 변호사이기 때문에 실질을 중요시한다. 의뢰인들은 사태가 급하게 되어서야 그를 찾아온다. 단 한 판의 승부가 있을 뿐인 것이다. 한 인간이 살인죄로 체포되는 일은 일생에 한 번 있을까 말까 한 것이 보통이다. 그러므로 무죄로 풀려난 옛 의뢰인이 다시 일거리를 갖고 찾아오기보다는 언제나 새로운 손님이 일을 갖고 온다는 것도 메이슨은 알고 있었다. 그래서 메이슨은 격식이나 관습에 구애받지 않고 그때그때 적절한 조치를 취하며 사무실을 운영해 나가고 있었다. 그는 격식 같은 것은 거들떠보지도 않을 만한 실력도 갖추고 있었다.

변호사와 비서는 한 개비의 성냥으로 담뱃불을 붙였다.

"괜찮아요. 그녀는 다른 변호사를 찾아가겠지요. 걱정하지 마세요." 델라는 위로하듯 말했다.

그러나 메이슨은 천천히 고개를 가로저었다.

"아니, 그녀는 자신을 잃었을 거야. 친구를 대신해서 왔다는 말은 미리 연습해 가지고 온 것이거든. 그녀가 몇 번이나 연습했는가는 하느님만이 알겠지만, 아마 어젯밤에는 제대로 잠도 자지 못했을 걸. 몇 번이나 마음속으로 변호사와 만날 때 할 말을 되풀이하면서 훌륭하게 해치울 계획을 세웠겠지. 아주 그럴싸하게 말이야. 본래 친구라는 말에는 넓은 의미가 담겨 있으니까. 이름이나 날짜나 장소는 적당히 해 두어도 좋을 거라고 생각했겠지. 어젯밤을 뜬 눈으로 새우면서 자칫 약해지려는 마음을 달래며 되풀이하여 변호사와 만나 이야기하는 장면을 생각하고 그것이 전혀 흠잡을 데 없는 계획으로 생각되었겠지. 이만하면 꼬리가 잡히지 않고 자기에게 필요한 법률상의 조언을 얻을 수 있으리라고 생각했을 거야. 그런데 내가 깨끗이, 그리고 아주 쉽게 그 가면을 벗겨 버렸으니 그녀는 자신을 잃었을 거야. 정말 안됐어! 나에게 도움을 받으려고 왔는데, 나는 손을 내밀어 주지 않았어……."

"착수금은 기입해 두겠어요." 델라 스트리트가 말했다.

"착수금이라니? 착수금은 없어. 이야기를 시작하지도 않았으니까." 메이슨이 물었다.

"미안해요, 소장님. 하지만 그분은 착수금을 내고 가셨어요. 이름과 주소와 용건의 내용을 묻자, 법률문제를 상담하러 왔다고 말했어요. 그래서 제가 요금을 말씀드렸더니 금방 핸드백을 열고 50달러짜리 지폐를 꺼내더군요. 착수금으로 받아 달라고……."

"안됐군. 그런데도 나는 그녀의 괴로움을 못 본 체해 버렸으니……."

델라 스트리트는 위로하듯 메이슨의 손 위에 자기의 손을 포갰다. 늘 타이프를 치기 때문에 통통하게 살이 오른 그녀의 손가락이 '당신의 기분은 알겠어요'라고 말하는 듯 말없는 격려를 해주었다.

복도로 통하는 문의 반투명 유리창에 사람 그림자가 비치더니 손잡이가 돌아갔다.

중대 사건을 맡기러 온 의뢰인인지도 모른다. 그러나 페리 메이슨은 몸가짐을 바로잡으려고 하지 않았다. 이것은 그의 경영 방침과 생활신조를 증명해 주고도 남는 것이었다. 델라 스트리트는 당황하여 손을 움츠렸으나 메이슨은 책상 모서리에 엉덩이를 반쯤 올려놓은 채 담배를 피우며 무관심하게 문 쪽을 쳐다보았다.

문이 열렸다. 드레이크 탐정소의 소장 폴 드레이크가 익살스러운 표정을 띤 채 두 사람을 바라보고 서 있었다. 그의 눈에는 적나라하게 인생을 살아 온 남자의 날카로움이 감추어져 있었다.

"여어, 두 분 나에게 줄 무슨 일거리가 없나?"

메이슨은 일부러 우울한 듯이 웃으며 말했다.

"뭔가, 이 욕심쟁이야. 이 몇 달 동안 자네 탐정소에서 도맡아 놓고 또 재촉인가!"

탐정이 안으로 들어오자 자동적으로 문이 닫혔다.
"갈색 옷차림에 검은 눈을 한 여자가 잠시 전에 여기서 나갔지?"
페리 메이슨은 책상에서 미끄러질 듯 내려서더니 두 다리를 벌리고 어깨를 치켜 올리며 탐정을 똑바로 쳐다보았다.
"그래서 어쨌다는 건가?"
"그런 여자가 나갔나?"
"응."
탐정은 빙그레 미소를 지었다.
"이건 특별 서비스일세. 말하자면 같은 빌딩에 있는 탐정소와 우호 관계를 가지고 있는 데서 오는……."
"농담은 그만두고 빨리 이야기나 해보게."
폴 드레이크는 억양 없는 목쉰 소리로 말하기 시작했다. 주식 상장표를 억양 없이 읽어 내려가는 아나운서가 지금 자기가 읽고 있는 말이 청취자에게 어떤 소식이 될 것인지 전혀 무관심한 것과 같은 그런 태도였다.
"마침 내가 자네 방 아래에 있는 사무실에서 나오고 있는데 위층에서 계단을 내려오는 남자의 발걸음 소리가 들려 왔지. 남자는 계단을 내려올 때까지는 달음질하듯 급히 뛰어내리더니 다 내려오자 언제 그랬느냐는 듯이 천천히 엘리베이터 쪽으로 걸어가 담배에 불을 붙여물고 엘리베이터의 표시기를 쳐다보고 있었어. 이윽고 자네 사무실이 있는 층계에 엘리베이터가 선 것을 알자 그는 내려가는 버튼을 누르지 않겠나. 이윽고 엘리베이터가 남자 앞에 섰지. 승객은 한 사람, 스물 예닐곱 살쯤 되어 보이는 갈색 옷을 입은 여자였어. 몸매가 늘씬하고 입술이 도톰하고 또렷한 검은 눈을 가진 여자였지. 그런데 두 번 다시 볼 수 없을 모습이더군. 누구에겐가 쫓기는 사람처럼 콧구멍을 벌름거리며 잔뜩 겁을 먹고 있는 것 같았어."

"자네는 마치 쌍안경과 X선 장치를 갖고 있었던 것 같군."
메이슨이 장단을 맞추었다.
"아니, 나도 뭐 한눈에 모두 꿰뚫어본 건 아니네. 다만 그 남자가 계단을 뛰어내려와 복도를 어슬렁거리는 것을 보고 같은 엘리베이터를 타 보자는 생각이 들었을 뿐이지."
메이슨은 긴장했다. 성급하게 담배 연기를 내뿜고는 뒷말을 재촉했다.
"그래서?"
"그래서 나는 이 남자가 여자를 미행하고 있다는 것을 알았다네. 그는 그 여자를 자네 사무실까지 미행한 뒤 복도에서 나오기를 기다리고 있었던 걸세. 아마도 계단 위에 숨어 있었겠지. 자네 방의 문이 열리는 소리가 나자 여자가 나오는 것을 재빨리 확인하고 계단을 뛰어내려와 아래층 엘리베이터까지 어슬렁어슬렁 걸어온 걸세."
메이슨은 참을 수 없다는 표정으로 말했다.
"그런 자질구레한 이야기는 들을 필요가 없네. 어서 요점만 말해보게."
"나는 그 여자가 자네 사무실에서 나온 사람이라고 확신할 수는 없었어, 페리. 만일 그렇다고 확실히 알았더라면 좀더 손을 썼을 텐데……. 아무튼 나는 사정을 알아내기로 마음먹었네. 두 사람이 거리로 나가자 나도 잠시 뒤따랐지. 그 녀석은 여자를 계속 미행하고 있었는데 어쩐지 그런 일에 숙달된 자 같지는 않았어. 첫째, 그는 몹시 침착하지 못했거든. 전문가라면 놀랄 일이 생겨도 결코 겉으로 드러내지 않도록 훈련되어 있으니까. 무슨 일이 일어나든 겁이 나 벌벌 떤다든지, 그걸 감추려고 하면 안 되는 거야. 그런데 빌딩에서 반 블록쯤 가다가 여자가 갑자기 주위를 둘러보았어. 뒤따라가던 남자는 깜짝 놀라 그늘로 몸을 숨겼으나, 나는 그냥 여자가 있는 쪽으로 걸어갔지."
"여자가 자네들 가운데 누군가를 알아차리지는 않았나?"
메이슨은 그제야 흥미를 느낀 듯 호기심을 보이며 말했다.
"아니, 그런 것 같지는 않았네. 자네에게 무언가 물어볼 것을 잊어버렸다고 생각했는지 되돌아서서 내 쪽을 향해 걸어왔지. 나를 스쳐 지나면서도 쳐다보지도 않았어. 쫓고 있던 남자가 빌딩 입구에서 머리만 감추고 엉덩이를 드러내 놓은 채 눈에 띄는 꼴을 하고 있는데도 거들떠보지 않더군."
"그래서 어떻게 됐나?"
"여자는 열대여섯 발자국, 아니 한 스무 발자국쯤 걷다가 걸음을 멈추더군. 아마 조금 전에는 충동적으로 되돌아섰지만 다시 생각해 본 모양이지. 근심이 있는 듯한 모습이었어. 되돌아가서 묻고 싶으나 그렇게 할 용기가 없었는지, 아니면 자존심이 허락하지 않았는지, 아무튼 무슨 일인지는 확실히 모르겠네만……"
"걱정할 것 없네. 나는 그녀가 엘리베이터를 타기 전에 다시 돌아오리라고 생각했었는데, 그녀는 돌아오지 않았다네. 아마 돌아오고 싶어도 오지 못했을 거야."
드레이크는 고개를 끄덕였다.
"그랬었군, 어쩐지 그 여자가 조금 침착성을 잃은 것 같아 뵈더라니……. 그녀는 다시 몸을 돌려 걷기 시작했네. 어깨를 축 늘어뜨리고 마치 이 세상에서의 마지막 친구를 잃은 사람 같았어. 나는 가만히 서서 담배에 불을 붙이고 있었지. 그러나 그녀는 나를 쳐다보지도 않았고 빌딩 문에 굳어 버린 듯 서 있는 녀석 쪽도 쳐다보지 않았어. 틀림없이 여자는 자신이 미행당하고 있다는 것을 전혀 눈치채지 못한 것 같았어."

"그 남자는 어떻게 됐지?" 변호사가 물었다.
"여자가 지나가자 문에서 떨어져 나와 다시 미행을 계속했어. 난 자네도 이 사실을 알고 싶어하리라고 생각했네만, 정말 자네 손님인지 아닌지도 잘 모르겠고, 또 나라고 놀고 있을 수만 있나……. 하지만 일단 자네에게 이야기는 해주려고 생각했지."
메이슨은 슬쩍 곁눈질을 하면서 물었다.
"다시 한 번 그 남자를 만나면 알아볼 수 있겠나?"
"물론 알아볼 수 있지. 그다지 궁해 보이지는 않았어. 나이는 서른 두세 살쯤 되었을까? 반짝이는 머리에 갈색 눈을 하고, 트위드 차림이었지. 그 옷 입은 품이 여자깨나 유혹할 것 같더군."
페리 메이슨은 깊은 생각에 잠긴 듯 미간을 찌푸렸다.
"어쨌든 그 여자는 나의 의뢰인일세. 한참 망설이다 아무것도 털어놓지 않고 그냥 가 버렸지. 일부러 알려 주어서 고맙네. 무슨 일이 생기면 자네에게 알리지."
탐정은 문 쪽으로 가다가 걸음을 멈추고는 고개를 돌려 어깨 너머로 빙그레 웃어 보였다.
"참, 두 분에게 말해 두겠는데, 아무도 없다고 손을 맞잡고 있으면 어떡해? 문이 열렸을 때 갑자기 시치미 떼기도 어려운 일 아냐? 내가 의뢰인이었다 해도 별로 좋은 인상은 받지 않았을 걸세. 안쪽 사무실은 두었다 어디에 쓰려나!"

3

 페리 메이슨은 델라 스트리트의 발갛게 상기된 얼굴을 우울한 표정으로 내려다보았다.
 "내가 당신 손을 쥐고 있는 것을 어떻게 보았을까요?"
 "드레이크가 넘겨짚은 거야." 이렇게 말하는 메이슨의 말소리는 어쩐지 공허하게 들렸다. "아마 당신의 얼굴 표정을 보고 슬쩍 떠본 거겠지……. 그런데 델라, 그 여자를 도와 주어야겠어. 그녀로부터 착수금을 받은 이상 끝까지 보살펴 주는 게 당연하지 않아?"
 "그렇지만 지금 일을 시작할 수도 없잖아요. 의뢰 내용을 모르니까요."
 "그야 그렇지……. 그녀는 무언가 곤란한 처지에 빠져 있을 거야. 어떻게든 연락을 취해서 우선 사정을 알아 봐야겠어. 그래서 착수금을 돌려주든지, 아니면 사건을 맡든지 해야지. 주소는 어디지?"
 델라 스트리트는 서류꽂이에서 노란 종이를 뽑아냈다.
 "이름은 헬렌 클로커, 주소는 동 펠튼 거리 496번지, 전화번호는 드렌튼 68942번이에요."

메이슨의 대답도 기다리지 않고 델라는 전화 다이얼을 돌렸다. 교환대가 나오자 델라는 긴장된 목소리로 말했다.

"드렌튼 68942번!"

수화기에서 찍찍거리는 잡음이 들렸다. 잠깐 사이를 두었다가 델라는 다시 교환원에게 말했다.

"클로커라는 이름으로 된 전화번호를 알고 싶은데, 머리글자는 잘 모르겠습니다. 전화번호는 드렌튼 68942번, 클로커라는 이름으로 등록된 번호입니다만 연결이 안 될까요?"

조금 뒤 수화기 안에서 더 시끄러운 잡음이 들려 왔다.

"주소는 동 펠튼 거리 496번지. 지금의 전화번호는 몇 번이지요? ……고마워요. 아마 전화가 잘못된 모양이지요."

델라는 수화기를 내려놓고 메이슨을 향해 고개를 저었다.

"드렌튼 68942번은 태커라는 사람의 이름으로 등록되었던 전화인데, 회수한 지 30일도 넘는다는군요. 그리고 동 펠튼 거리에는 496번지가 없답니다. 그곳은 단 두 블록밖에 없고, 298번지가 끝이랍니다."

페리 메이슨은 안쪽 사무실의 문을 열고 어깨 너머로 말을 남겼다.

"또 연락해 오겠지. 착수금을 주고 간 걸 잊은 모양이야. 연락이 닿으면 나와 이야기할 수 있도록 해줘요."

메이슨은 안쪽 사무실로 들어서며 조금 전 그 여자 손님이 걸터앉았던 큰 가죽의자를 바라보았다. 창으로 비쳐 들어오는 햇살을 받아 무언가 금속성의 물건이 빛나고 있었다. 메이슨은 잠깐 걸음을 멈추고 자세히 바라본 뒤 급히 의자로 다가가 몸을 굽혔다. 갈색 핸드백이 쿠션 사이로 미끄러져 있어 장식 쇠붙이만 보였다. 메이슨은 그것을 들어올렸다. 꽤 무거웠다. 손바닥 위에 올려놓고 무게를 가늠해 본 뒤 돌아서서 문을 열었다.

"델라, 잠깐만 들어와요, 노트를 가지고. 그 부인이 핸드백을 잊고 갔군. 열어 볼 테니까 내용물의 목록을 만들어 줘."

델라는 말없이 노트와 펜을 가지고 들어왔다. 그리고 민첩하게 책상 위에 노트를 펼쳐놓고 펜을 잡았다.

"레이스로 테두리를 두른 손수건 한 장."

펜이 노트 위를 움직이며 속기 기호가 적혀 나갔다.

"32구경 콜트 자동 권총 한 자루, 총기 번호는 3894621."

델라 스트리트는 기록을 멈추고 놀란 얼굴로 메이슨을 쳐다보았다. 그러나 페리 메이슨의 목소리는 기계적으로 계속 울려 나왔다.

"앞부분이 강철로 된 탄환이 가득 들어 있군. 자동 권총용 탄창이 한 개, 권총의 약실에도 탄환이 한 발. 총신이 깨끗하고, 화약 냄새도 나지 않아."

메이슨은 피스톨에 탄창을 장전하고는 안전장치를 건 다음 다시 단조로운 목소리로 말을 계속했다.

"지갑 안에는 152달러 65센트, '이프랄'이라는 라벨이 붙은 작은 약병 한 개, 갈색 장갑, 루주, 콤팩트, 동 펠튼 거리 128번지 R. 몬테인을 수취인으로 한 전보가 한 통. 전보의 내용은 '최후의 답, 오늘 5시까지 기다림. 그레고리'. 담배 한 갑과 성냥 한 갑. 성냥갑의 광고는 골든 이글 카페, 서 43번 거리 25번지."

핸드백의 내용물을 불러 내려가던 메이슨의 단조로운 목소리가 끊어졌다. 핸드백을 거꾸로 책상 위에 뒤집어 놓고는 그 바닥을 손가락으로 톡톡 쳤다.

"이게 모두야."

델라 스트리트는 노트에서 눈을 들었다.

"놀랐어요. 그녀는 피스톨을 가지고 무얼 하려는 것일까요?"

"피스톨을 가지고 하는 일이라면 뻔하지 않아?"

페리 메이슨은 손수건으로 피스톨 위의 지문을 닦아내면서 되물었다. 그리고는 핸드백 안에 다시 피스톨을 넣고 손수건을 감은 손가락으로 다른 물건도 하나씩 정성들여 닦아서 도로 넣었다. 전보는 잠깐 손에 들고 있다가 자기 주머니에 넣었다.

"델라, 만일 그 부인이 오거든 기다리게 해줘. 잠깐 나갔다 올 테니까."

"얼마쯤 걸리겠어요, 소장님?"

"글쎄, 1시간 안으로 돌아오지 못할 것 같으면 전화로 연락하지."

"만일 그분이 기다리지 않겠다면?"

"어떻게 해서든지 기다리게 해야 해. 방법은 당신에게 맡겨 둘 테니. 경우에 따라선 내가 아까의 태도를 미안하게 생각하고 있다고 말해도 좋아. 그녀는 아주 곤란한 처지에 몰려 나에게 도움을 구하러 왔어. 나는 그녀가 두 번 다시 나타나지 않을까봐 그게 걱정이야."

메이슨은 윗옷 주머니에 손수건을 밀어 넣고 모자챙을 앞으로 내려쓰고는 밖으로 나갔다. 복도에서 힘찬 걸음 소리가 울렸다. 그는 엘리베이터의 버튼을 누르고 아래층으로 내려갔다. 그리고 거리로 나서자 택시를 잡았다.

"동 펠튼 거리 128번지로 갑시다."

차가 달리기 시작하자 메이슨은 쿠션에 기대어 눈을 감고 팔짱을 낀 채 동 펠튼 거리에 닿을 때까지의 20여 분 동안을 그대로 앉아 있었다.

"여기서 기다려 주시오."

이윽고 차가 보도에 닿자 메이슨은 운전기사에게 이렇게 지시하고는 빠른 걸음으로 콘크리트 보도를 지나 돌층계를 올라가더니 현관 벨을 요란하게 눌렀다.

누군가 현관으로 다가오는 발소리가 들렸다. 메이슨은 주머니에서 전보를 꺼내 수취인의 이름과 주소가 보이도록 다시 접었다.

문이 열렸다. 피곤해 보이는 눈의 젊은 여자가 무표정한 얼굴로 메이슨을 쳐다보았다.

"R. 몬테인 씨에게 전보가 왔습니다."

메이슨은 한 손으로 전보를 들어 보였다.

젊은 여자는 전보 위로 시선을 멈추었다가 고개를 끄덕였다.

"서명을 부탁합니다."

여자는 의혹이라고까지는 할 수 없으나 어딘가 미심쩍은 듯 메이슨을 쳐다보았다.

"당신은 그전에 오던 배달원이 아니군요." 그녀는 메이슨의 어깨너머로 길에 멈춰 서 있는 차를 내려다보았다.

"나는 국장이오. 마침 다른 볼일이 있어 이곳을 지나다가 배달원에게 맡기는 것보다 빠를 것 같아서 직접 가지고 왔지요."

그렇게 말하고 그는 주머니에서 수첩과 펜을 꺼내 젊은 여자에게 내밀었다.

"맨 윗줄에 서명해 주십시오."

여자는 'R. 몬테인'이라고 서명하고 수첩을 돌려주었다.

"잠깐만……. 당신이 R. 몬테인 씨인가요?"

여자는 잠깐 주저하다가 말했다.

"R. 몬테인에게 오는 우편물은 제가 받고 있어요."

"그럼, 당신의 이름을 R. 몬테인 씨 밑에 서명해 주셔야겠습니다."

"지금까지는 그러지 않았는데요." 여자는 항의했다.

"그건 정말 곤란한데요. 배달원들이 가끔 이런 일을 아무렇게나 처리하거든요. 어쨌든 나는 국장이니까……."

여자는 수첩을 든 손을 오므리고 잠시 망설이다가 R. 몬테인이라고 서명한 밑에 넬 브린리라고 썼다.

　여자가 수첩과 펜을 돌려주자 페리 메이슨은 "그럼, 잠깐 이야기하고 싶은 게 있는데……" 하며 여자의 손이 전보를 받아 가기 전에 그것을 주머니에 집어넣고 말았다.

　문 앞에 서 있는 여자의 눈에 의혹과 낭패의 빛이 떠올랐다.

　메이슨은 단호한 어조로 말했다.

　"잠깐 들어가겠습니다."

　여자는 화장기 하나 없는 얼굴로 평상복에 슬리퍼 차림이었다. 그녀의 얼굴은 입술까지 종잇장처럼 하얗게 되었다. 페리 메이슨은 여자의 곁을 지나 서슴없이 복도를 거쳐 거실로 들어가더니 털썩 의자에 주저앉았다.

　넬 브린리는 문간까지 뒤따라와서 선 채 메이슨을 뚫어지게 바라보았다. 방 안에 들어가기도 무섭고, 그렇다고 이 남자를 혼자 놓아 두기도 마음에 걸리는 모양이었다.

　"들어와서 앉으시지요." 메이슨이 말했다.

　여자는 잠시 우뚝 서 있었으나 이윽고 천천히 메이슨에게로 다가왔다.

　"당신은 누구지요?" 여자는 '나는 지금 몹시 화가 나 있어요'라고 말하듯이 큰 소리를 내려고 했으나 그 목소리는 오히려 공포에 떨고 있었다.

　"나는 R. 몬테인 씨의 행동을 조사하고 있는 사람이오. 그녀에 대해서 알고 있는 것을 모두 이야기해 주시오."

　메이슨의 목소리는 잔혹하리만큼 집요했다.

　"나는 아무것도 몰라요."

　"당신이 언제나 전보를 받고 있지 않습니까?"

　"아니에요, 실은 나에게 전보가 오기로 되어 있었지요……. R. 몬테인 앞이라고 적힌 것은 무언가 잘못된 걸 거예요. 내 앞으로 온 게 틀림없다고 생각했어요. 내용을 읽어주세요. 내 앞으로 온 게 아니라면 다시 돌려 드릴 테니까요."
메이슨이 비웃듯이 소리내어 웃었다.
"그럼, 직접 읽어 보시지요."
"그럴 필요는 없어요. 하지만 지금 말한 것은 거짓이 아니에요."
메이슨은 주머니에서 전보를 꺼내어 무릎 위에 펼쳐놓았다.
"이 전보는 오늘 아침 9시 35분에 이곳에 배달되었소. 당신이 받아 두었다가 R 몬테인에게 넘겨 주었겠지요?"
"그런 일 없어요."
"당신이 받고 서명한 기록이 있소."
"그것은 R. 몬테인이 한 거예요."
"이 수첩에 있는 것과 같은 필적이오. 내 눈앞에서 당신이 서명하고 그 밑에 또 넬 브린리라고 썼소. 이것은 틀림없이 당신 이름이 겠지요?"
"그래요."
"잘 들어 두시오. 실은 나는 R 몬테인과 친한 사람이오."
여자는 덤벼들듯이 말했다.
"남자인지 여자인지도 모르면서요?"
"여자요!" 그녀의 얼굴을 찬찬히 들여다보며 메이슨은 말했다.
"당신이 그 사람의 친구라면 왜 직접 연락을 취하지 않지요?"
"바로 그렇게 하려고 노력하고 있는 중이오."
"정말 친구라면 지금 어디에 있으리라는 것쯤은 알고 계실 텐데요."
"당신 입으로 그것을 말해 주었으면 좋겠소."
메이슨은 끈질기게 물고 늘어졌다.

"난 그 사람에 대해서는 아무것도 몰라요."
"틀림없이 당신이 이 전보를 그녀에게 건네주었지요?"
"아뇨."
"그렇다면 내가 누구인지 말해 주어야 되겠군. 나는 실은 전신회사의 조사원이오. 수취인이 아닌 사람이 전보를 받아 내용을 읽고 있다는 불평이 많아 조사하러 나온 것이오. 당신은 아마 모르고 있는 모양이지만, 주의 법률에는 남의 편지를 읽는 것을 중죄로 취급하고 있지요. 그럼, 외출 준비를 해주실까요……. 지금부터 신문을 시작할 테니 지방 검찰청까지 같이 가 주셔야겠소."
여자는 숨을 삼켰다.
"싫어요! 난 로더 때문에 한 짓이에요. 나는 로더에게 전보를 전해 주었어요."
"왜 로더는 자기 집에서 전보를 받지 않았지요?"
"받을 수가 없어요."
"왜?"
"로더를 알고 있다면 짐작이 갈 텐데요……."
"남편 때문이오? 결혼한 여자는 남편에 대해 비밀을 가져서는 안 되는데, 특히 신혼인 경우에는."
"어머나! 그럼, 정말 알고 계셨군요!"
"무엇을?"
"그녀가 신혼이라는 것을."
"물론이지요." 메이슨은 소리 내어 웃었다.
넬 브린리는 눈을 아래로 내리깐 채 무언가 생각에 잠긴 듯했다. 메이슨은 그녀를 그대로 내버려 두었다.
"거짓말을 했군요. 당신은 전신회사의 조사원이 아니지요?"
"아, 알아차렸군요. 실은 난 로더의 친구인데, 당신은 아마 잘 모를 거요."
"당신에게 모든 것을 말씀드리지요."
"그렇게 하는 것이 가장 좋을 거요." 메이슨은 무뚝뚝하게 말했다.
"나는 간호사예요. 로더와는 오래 전부터 친구지요. 로더가 나한테 이 주소로 전보나 편지를 받아 줄 수 없겠느냐고 부탁을 했어요. 결혼하기 전까지 로더는 여기에서 나와 함께 살고 있었거든요. 나는 그다지 어려운 일도 아니고 해서 승낙했어요."
"지금 그녀의 주소는 어디지요?"
넬 브린리는 고개를 저었다.
"그건 나에게도 알려 주지 않았어요."
메이슨이 비웃듯 미소지었다.
"어머나, 정말이에요. 로더만큼 비밀이 많은 사람은 처음 봤어요. 1년도 넘게 이 작은 집에서 같이 살았지만, 그녀가 누구와 결혼했는지 어디에 살고 있는지 전혀 몰라요. 그냥 남편의 성이 몬테인이라는 것만 알아요. 알고 있는 건 그것뿐이에요."
"남편의 이름은?"
"그것도 모르겠어요."
"그럼, 몬테인이라는 성은 어떻게 알았지요?"
"로더 앞으로 오는 전보에 그렇게 적혀 있었으니까요."
"로더의 결혼 전 이름은?"
"로더 로튼이에요."
"결혼한 지 얼마나 되지요?"
"일주일도 안 돼요."
"이 전보는 어떻게 건네주었지요?"
"이따금 전화로 우편물이 있느냐고 물어 와요. 전보가 와 있다고 알려주었더니 그녀가 찾으러 왔더군요."

"이곳 전화번호는?"
"드렌튼 94268번이에요."
"간호사라고 했지요?"
"그래요."
"정규 간호사인가요?"
"물론이지요."
"일이 있으면 전화로 연락을 받는 모양이지요?"
"네, 그래요."
"가장 최근에 한 일은?"
"어제 일을 마치고 돌아왔어요. 나는 외과 수술 전문 간호사예요."
메이슨은 미소를 띠고 일어섰다.
"로더에게서 다시 전화가 걸려올까요?"
"아마 걸려오겠지요. 하지만 확신은 없어요. 좀 이상한 아이인 데다 굉장히 비밀이 많아서……. 무언가 숨기고 있는가 봐요. 하지만 저에게도 전혀 털어놓으려 하지 않았어요."
"만일 그녀에게서 전화가 걸려 오거든 오늘 찾아갔던 변호사에게 다시 한번 들러 보라고 전해 주시오. 그 변호사가 아주 중요한 일로 연락을 기다리고 있다고 말이오. 알겠지요?"
"알았어요. 그럼, 그 전보는?" 넬 브린리는 메이슨의 주머니로 눈길을 돌렸다. "로더 앞으로 온 전보 말이에요."
"이건 오늘 아침 당신이 로더에게 전해 주었던 것이오."
"그건 알고 있어요. 그런데 어째서 그게 당신 손에 있지요?"
"말할 수 없소. 직업상의 비밀이니까……."
"대체 당신은 누구세요?"
메이슨은 수수께끼 같은 미소를 지어 보였다.
"나는 오늘 오전 중에 로더가 찾아간 변호사로부터 그녀에게 한 번

더 찾아오라고 전해 달라는 부탁을 받고 온 사람이오."

이렇게 말하고 나서 메이슨은 복도로 걸어 나갔다. 여자가 뒤에서 무어라고 질문을 퍼부었으나, 그는 현관문을 세차게 닫고는 재빨리 돌층계를 내려와 길을 건넜다. 그리고 택시 운전기사가 문을 열자 그 안으로 뛰어들었다.

"서둘러 주시오. 저 모퉁이를 돌아서 공중전화가 있는 곳에 세워 주시오."

넬 브린리는 현관까지 따라 나와 자동차가 모퉁이로 돌아가는 것을 바라보고 있었다.

운전기사는 공중전화 표지가 붙어 있는 제과점 앞 보도 쪽으로 차를 몰았다.

"여기서 세울까요?"

"좋소."

차가 멈추자 메이슨은 큰 걸음으로 가게 안으로 들어가더니 전화기에 동전을 넣고 말소리가 새어나가지 않도록 송화기를 손으로 가린 뒤 사무실 번호를 말하자 델라의 목소리가 들렸다.

"펜과 노트를 준비해, 델라."

"네, 준비됐어요!"

"30분쯤 뒤 드렌튼 94268번의 넬 브린리라는 여자에게 전화해 줘. 그녀에게 로더 몬테인이 나타나거든 곧 당신에게 전화해 달라고 부탁해. 당신은 적당히 이름을 붙여서, 그레고리로부터 전해 줄 말이 있다고 하면 돼."

"알았습니다, 소장님. 그리고 그 사람에게서 전화가 오면 어떻게 하지요?"

"전화가 오거든 당신이 누구라는 걸 밝히고 오늘 아침 핸드백을 잊고 갔더라고 일러 줘. 그리고 내가 급히 만나고 싶어한다고 말해

줘요. 또 그밖에도 당신이 할 일이 있어. 결혼 허가증을 조사하여 몬테인이라는 남자에게 결혼 허가증이 발급되었는지 알아봐요. 신부의 이름은 로더 로튼. 그리고 폴 드레이크의 부하를 수도·전기·가스 회사에 보내 최근 몬테인이라는 이름으로 계약을 한 사실이 있는지 조사하도록 부탁하고, 결혼 허가증에서 그 사람의 정확한 이름을 알아내거든 그 사람 이름으로 된 전화가 있는지 물어 봐요. 또 한 가지, 드레이크의 부하에게 몬테인의 주소로 찾아가 지금 살고 있는 주소를 알 수 있는지 조사시킬 것, 그리고 콜트 권총 회사에 연락하여 피스톨의 번호와 소유주를 알아볼 것. 번호는 당신 노트에 적혀 있지? 모든 건 아주 극비리에 해야 해. 나는 그 부인에 대한 정보를 알고 싶으니까."
"웬일이세요? 무슨 일이 일어났나요?"
"아니, 아직. 그러나 그녀와 연락이 닿지 않는다면 무슨 일이 일어날지도 모르겠어."
"그럼, 저에게 정보가 들어오면 소장님이 전화를 해주실 거지요?"
"그러지."
"알았어요, 소장님."
메이슨은 전화를 끊고 다시 택시로 돌아왔다.

4

 인쇄소는 고층 빌딩 사이에 있는 조그마한 가게로, 바로 옆에서는 오렌지 주스를 팔고 있었다. 타원형의 액자 안에 여러 가지 인쇄 견본이 들어 있었으며, 간판에는 '명함·메모지는 즉시 해 드립니다'라는 선전 문구가 적혀 있었다.
 페리 메이슨은 타원형 액자를 찬찬히 들여다보았다. 살까말까 망설이는 듯한 모습이었다.
 좁은 카운터 뒤에 서 있던 남자가 몸을 내밀고 말을 걸어 왔다.
 "아주 빨리 마르는 잉크를 사용하고 있어서요……. 물품도 역시 손으로 판 조각처럼 보인답니다. 전문가라도 구별하지 못할 정도지요."
 "얼마입니까?"
 남자는 잉크가 묻은 손가락으로 견본과 가격표를 가리켰다.
 메이슨은 주머니에서 지폐를 한 장 꺼내고 명함 견본 하나를 가리키며 말했다.
 "이것으로 하지요. R. W. 몬테인, 동 펠튼 거리 128번지라고 찍어 줘요. 왼쪽에 '보험 및 투자업'이라고 넣어서……."

"1, 2분만 있으면 다 됩니다만……." 인쇄업자는 거스름돈을 내주면서 말했다. "여기서 기다리시겠습니까, 아니면 나중에 들르시겠습니까?"

"조금 있다가 오지요."

인쇄소를 나온 메이슨은 길 반대쪽에 있는 약국으로 들어가 델라에게 전화를 했다. 그러나 로더 몬테인으로부터는 아직 아무 연락도 없었다.

메이슨은 카운터에 걸터앉아 생각에 잠긴 얼굴로 밀크 초콜릿을 마시면서 사람들 눈에 띄지 않게 시간을 보냈다. 이윽고 시간을 어림잡아 길을 건너 인쇄소로 가서 방금 인쇄된 명함을 찾았다.

메이슨은 다시 약국으로 돌아와 사무실 전화번호를 돌렸다.

델라 스트리트의 목소리가 들려 왔다.

"폴 드레이크 씨가 결혼 허가증을 확인했어요. 남자의 이름은 칼 W. 몬테인이라고 합니다. 주소는 일리노이 주 시카고, 수도와 가스의 계약은 호슨 거리 2309번지 칼 W. 몬테인 명의로 되어 있습니다. 바로 지난 주일에 계약했다는군요. 결혼 허가증에 의하면, 신부는 미망인인 로더 로튼으로 되어 있어요. 그리고 조사비용으로 얼마나 쓸 수 있는지 드레이크 씨가 알고 싶어합니다."

"자료를 얻기 위해서라면 비용은 얼마든지 들어도 괜찮아. 드레이크에게 그렇게 전해 줘요. 아무튼 나는 착수금을 받았으니까 그녀의 대리인이 될 생각이야."

"그만큼 하셨으면 충분하지 않아요, 소장님? 사실 이건 당신이 실수한 게 아니잖아요. 당신은 착수금에 대해서 몰랐으니까요."

"물론 그렇지. 그러나 몰랐다고 해서 끝나는 건 아니야. 어쨌든 나는 이 사건을 끝까지 조사해 보겠어."

"그리고 당신과 정말로 의논하고 싶었다면, 그 부인이 당연히 사무실에 다시 왔어야 할 게 아녜요?"
"그녀는 두 번 다시 오지 않을 거야."
"핸드백을 잊고 갔다는 걸 알아도 오지 않을까요?"
"글쎄……. 올 것 같으면 벌써 왔겠지. 하지만 그 안에 권총이 들어 있으니 문턱이 높아져서 다시 오지 못할 거야."
델라가 말했다.
"벌써 4시가 지났어요. 관청 집무 시간이 곧 끝나니까 관청 관계 서류를 드레이크 씨가 모두 조사해 내려면 밤까지 걸릴 거예요."
"피스톨에 관한 정보는 들어왔나?"
"아직 연락이 없어요. 5시까지는 무슨 정보든 얻게 되리라고 이야기했었는데……."
"알았어. 그럼 내가 다시 전화할 때까지 거기 그대로 있어요, 델라. 그 여자에게서 전화가 오거든 꼭 붙잡아 두어야 해. 본명도 주소도 모두 알고 있다고 하면 사무실까지 오겠지."
"이건 좀 다른 이야기지만 당신에게 알리는 편이 좋을 것 같은 일이 있어요."
"뭔데?"
"당신이 전화하라고 말씀하신 넬 브린리의 전화번호는 드렌튼 94268번이었어요. 그런데 로더 몬테인이 아까 가르쳐 준 번호는 드렌튼 68942번, 즉 넬 브린리의 전화번호 마지막 두 숫자를 앞으로 끌어다 붙여 만든 번호예요. 이것은 그녀의 머리에 넬 브린리의 전화번호가 깊이 새겨져 있다는 뜻이 아니겠어요? 내가 물어 볼 때 망설이지도 않고 그 번호를 말했으니까요. 그녀는 아마 결혼하기 전까지 그 주소에 살면서 그 전화를 썼던 게 틀림없는 것 같아요."

페리 메이슨은 웃음을 머금고 대답했다.
"훌륭한 추리인데, 델라. 어쨌든 내가 다시 전화할 때까지 기다리고 있어요."
그는 수화기를 놓고 이마의 땀을 닦았다. 그리고는 빠른 걸음으로 서둘러 모퉁이를 돌아서 전보국으로 들어갔다.
페리 메이슨은 카운터에서 전보 용지 한 장을 들고 나와 주머니에서 펜을 꺼내들고 문제의 전보를 펼쳐 보며 미간을 찌푸렸다. 잠시 뒤 얼굴을 들자 여직원과 눈길이 마주쳤다.
그녀가 옆으로 다가오자 메이슨은 방금 인쇄한 명함을 한 장 건네주었다.
"실은 특별히 부탁하고 싶은 것이 있습니다만……."
젊은 여직원은 명함을 받아들자 고개를 끄덕이며 미소를 띠고 물었다.
"말씀하세요, 몬테인 씨. 무슨 일이시지요?"
"어떤 중대한 거래 관계로 이 전보를 받았는데, 상대방의 주소를 적어 놓은 수첩을 잃어 버렸습니다. 전보국에서 전보를 접수할 때에는 발신인의 주소를 기록해 둔다고 들었는데……. 이 전보의 발신 번호로 발신인의 주소를 찾을 수 있을까요?"
"아마 찾아낼 수 있을 거예요."
여직원은 명함과 전보를 손에 들고 방 안으로 들어갔다.
메이슨은 전문을 쓴 뒤 수취인란에는 '그레고리'라고만 썼다. 주소란은 그냥 남겨놓았다.

'중대 사정으로 무작정 연기 바람. 자세한 사항은 만나서.'

그리고 R. 몬테인이라고 서명한 다음 그는 그 여직원이 돌아오기를 기다리고 있었다.

여직원은 5분도 채 지나지 않아서 돌아왔다. 전보 한 귀퉁이에 발신인의 주소와 이름이 펜으로 적혀 있었다.

메이슨은 그것을 받아 보고 고개를 끄덕였다. 그리고 아까 '그레고리'라고 쓴 이름 뒤에 '목슬리'라고 쓰고, '노웍 거리 316번지 콜먼트 아파트'라고 써넣었다.

"이번에는 댁의 성함과 주소를 남겨 놓지 않으면 안 되겠는데요." 하며 여직원은 미소 지었다.

"아, 물론이지요."

메이슨은 이렇게 말하며 'R. 몬테인, 동 펠튼 거리 128번지'라고 썼다.

요금을 치르고 전보국을 나와서 그는 택시를 불러 세웠다.

"노웍 거리 316번지." 그는 운전기사에게 행선지를 일러 주었다.

메이슨은 쿠션에 기대어 담배에 불을 붙이고 반쯤 눈을 감은 채 창 밖을 스치는 바깥 풍경을 내다보고 있었다. 담배가 거의 타들어갔을 무렵 차가 보도 곁에 멈추었다.

콜먼트 아파트는 본래 개인 주택으로 세워진 커다란 2층 건물이었다. 노웍 거리 일대의 아파트 자리로는 아주 좋은 곳이다. 이 아파트는 그 주인이 큰 저택의 아래위층을 각기 두 개의 아파트로 뜯어고친 것이다. 그러나 그중 셋은 빈집인 모양이었다. 양쪽에는 보다 근대적인 아파트가 빽빽이 들어서 있어 개인 주택을 고쳐 만든 이 아파트는 그다지 인기가 없는 모양이었다. 이 건물이 헐리고 그 대신 보다 현대적인 아파트가 세워질 날도 그리 머지않은 듯싶었다.

메이슨은 그레고리 목슬리라고 쓰인 문패가 붙어 있는 2층 B호의 벨을 눌렀다.

그러자 전기 버저가 울리면서 문이 열렸다. 변호사는 문을 밀어젖했다. 그 바로 앞에 긴 층계가 희미하게 보였다. 층계를 올라가니 2층 복도에서 인기척이 들려왔다. 계단 위에 희미하게 보이는 남자의 그림자를 향해 메이슨은 가볍게 인사를 했다.

나이는 서른여섯이나 일곱 살쯤 되었을까, 민첩하고 빈틈없어 보이는 눈에 억지웃음을 띤 부드러운 모습의 사나이였다. 이 더위에도 얼룩 한 점 없는 양복을 말끔하니 차려 입고 있어 어딘지 모르게 안일하고 유복한 냄새가 풍겼다.

"안녕하십니까? 하지만 제가 모르는 분이군요, 실은 어떤 사람과 약속이 있어, 그 사람으로 잘못 생각했습니다."

"로더 말인가요?" 페리 메이슨이 물었다.

사나이는 순간 반사적으로 공격에 대비하듯 몸을 긴장시켰으나 아까의 정중한 어조를 잃지 않고 말했다.

"아, 역시 그랬군요. 자, 이리로 들어와서 앉으십시오. 그런데 당신의 성함은?"

"메이슨이라고 합니다."

"처음 뵙겠습니다, 메이슨 씨."

남자는 한 손을 내밀어 정말 기쁘다는 듯이 메이슨의 손을 힘주어 쥐었다.

"당신은 목슬리 씨이지요?"

"그렇습니다. 그레고리 목슬리입니다. 오늘은 날씨가 무척 덥군요."

목슬리는 그를 서재로 안내한 뒤 의자를 권했다.

서재는 쾌적하게 가구가 갖추어져 있었으나 좀 예스러웠다. 창문이 모두 열려 있어 15피트 저쪽에 현대식 아파트의 옆면이 보였다.

메이슨은 다리를 포개고 앉아 기계적으로 담뱃갑을 꺼냈다.

"저 아파트 때문에 이 집은 통풍이 잘 안 되겠군요. 그렇지 않습니까?" 메이슨이 물었다.

목슬리는 눈살을 찌푸렸다.

"안이 훤히 들여다보이는 데다 통풍도 나빠 아주 좋지 않습니다. 이렇게 더운 날은 꼭 찜통에 들어앉은 기분이지요."

목슬리는 흰 이를 드러내 보이며 선량한 미소를 지었다. 마치 세상만사를 깨달아 괴로움도 즐거움도 다 겪어 본 사람이 짓는 가볍고 쓴 웃음 같았다.

"이 집이 헐리고 저런 큰 아파트가 들어설 날도 그리 멀지는 않은 것 같은데요." 메이슨이 말했다.

"그렇게 되겠지요." 목슬리는 메이슨의 얼굴을 찬찬히 관찰하면서 맞장구를 쳤다. "나는 저런 아파트를 좋아하지 않습니다. 아담하고 알찬 아파트가 좋아요. 관리인이 일년 365일 왔다 갔다 하면서 남의 방을 들여다보는 그런 대형 아파트는 질색입니다. 게다가 개인적이 아닌 능률주의라는 것도 마음에 들지 않고요."

변호사가 말했다.

"여기에는 당신 혼자 살고 있나 보지요?"

목슬리는 날렵하면서도 상대방으로 하여금 따라 웃지 않을 수 없도록 만드는 웃음소리를 냈다.

"당신은 부동산 이야기를 하러 오신 건 아니겠지요?"

메이슨은 그의 웃음에 맞추어 미소를 띠었다.

"그렇지는 않습니다."

"오신 용건은?"

메이슨은 사나이의 빈틈없는 눈을 지그시 바라보았다.

"로더의 친구로서 왔습니다."

목슬리는 고개를 끄덕였다.

"아, 그러시리라고 생각했습니다. 그러나 설마……."

그의 말은 무더운 오후의 정적을 깨뜨리며 시끄럽게 울려 퍼진 벨 소리로 끊어졌다.

목슬리는 눈살을 찌푸리고 메이슨을 쳐다보며 물었다.

"또 누군가와 여기서 만나기로 되어 있습니까?"

메이슨은 고개를 저었다.

목슬리는 사태가 어떻게 된 것인지 갈피를 잡지 못하는 것 같았다. 그의 얼굴에서는 미소가 사라지고 대인 관계가 좋은 정중한 태도도 찾아볼 수 없었다. 그 대신 눈초리가 험악해지면서 찬찬히 메이슨을 훑어보았다. 기분 나쁜 표정이었다.

그는 양해도 구하지 않고 의자에서 일어나 발소리를 죽이며 문간으로 나가 복도와 페리 메이슨을 동시에 지켜볼 수 있는 곳에서 걸음을 멈추었다.

다시 벨이 울렸다.

목슬리는 버튼을 눌러 전기 버저가 현관문의 고리를 벗기도록 했다.

목슬리는 지금까지와는 전혀 다른 아주 무뚝뚝한 목소리로 말했다.

"누구요?"

"전보입니다." 남자의 목소리가 대답해 왔다.

층계를 올라오는 발자국 소리, 바스락거리는 종이 소리, 다시 층계를 내려가는 발자국 소리가 들린 뒤 현관문이 둔탁하게 닫혔다.

목슬리는 방으로 돌아오자 전보의 봉함을 뜯었다. 그것을 펴서 전문을 읽고는 의심스러운 듯 페리 메이슨을 쳐다보았다.

"이 전보는 로더로부터 온 거요."

"아, 그래요?" 메이슨은 힘없이 대답했다.

"당신에 대해서는 아무 말도 적혀 있지 않은데요."

"쓰고 싶지 않았던 게지요." 메이슨은 아무렇지도 않게 대꾸했다.

"왜 쓰고 싶지 않았을까요?"

"그녀는 내가 온 것을 모르고 있으니까요."

목슬리의 태도에서 다정하게 꾸미고 있던 가면이 완전히 사라졌다. 그의 눈은 험악하고 빈틈없는 모습으로 바뀌었다.

"그럼, 용건은?"

"나는 그녀의 친구로……."

"아까도 그렇게 말했었지요."

"나는 그녀의 친구로서 여기에 온 겁니다."

"그 말도 아까 들었습니다."

"나는 변호사입니다."

목슬리는 후유 하고 크게 숨을 내뱉고는 뚜벅뚜벅 테이블 쪽으로 가더니 가만히 선 채 서랍의 손잡이에 오른손을 대었다.

"지금 뭐라고 말씀하셨지요?"

"나는 변호사라고 말했소. 그래서 일부러 친구로서 왔다는 것을 미리 말씀드린 것입니다."

"아무래도 나는 까닭을 모르겠는데……."

"다시 말해서 나는 이곳에 로더의 친구로서 온 것이지, 변호사로서 온 게 아니라고 말씀드리는 것입니다. 로더는 나에게 의뢰하지도 않았고 내가 이곳에 온 줄도 모르고 있으니까요."

"그렇다면 당신이 여기에 온 이유는?"

"개인적인 만족을 위해서입니다."

"무엇을 노리고 왔지요?"

"당신이 로더에게서 끌어내려는 것이 무엇인가 하는 것을 알고 싶을 뿐이오."

"친구치고는 꽤 지껄이시는군……."

그는 여전히 오른손을 서랍의 손잡이에 댄 채 말했다.

목슬리의 태도에서는 이미 손님을 환대하는 부드러움 같은 것은 손톱만큼도 찾아볼 수 없었다. 조금 전에 보여 준 정중한 태도는 흔적도 없이 사라지고 대신 차갑고 빈틈없는 적의가 가득 차 있었다.
"내 이야기를 들어 주겠소?"
메이슨은 강한 어조로 말했다.
"마음대로 하시오. 이야기를 듣기는 하겠지만, 반드시 당신이 바라고 있는 대로 되리라고는 할 수 없을 거요."
"나는 변호사입니다. 어떤 일이 계기가 되어 로더에게 관심을 갖게 되었습니다. 그 계기가 어떤 것이었나 하는 건 설명할 필요가 없겠지요. 그러나 운이 나쁘게도 나는 로더와 연락을 취할 수가 없었습니다. 그런데 그때 당신이 로더와 연락을 취하고 있다는 것을 알게 되었지요. 그래서 나는 당신과 연락해 보기로 했소. 어디로 가면 로더를 만날 수 있는지 가르쳐 주면 고맙겠습니다."
"만나면 그녀를 도와 줄 수 있다는 말이지요?"
"만나기만 한다면……."
목슬리는 왼손으로 테이블을 톡톡 두드리고 있었다. 오른손은 여전히 서랍의 손잡이에 댄 채 자세에 조금도 빈틈이 없었다.
"변호사로서는 좀 멍청한 이야기 같은데요?"
메이슨은 어깨를 으쓱했다.
"그럴지도 모르지요."
잠깐 사이를 두었다가 목슬리는 다시 물었다.
"그럼, 로더는 당신에게 모든 것을 털어놓았겠군요?"
"나는 있는 그대로를 당신에게 이야기했는데……."
"아직 내 질문에는 대답하지 않았소."
"당신의 질문에 꼭 대답할 필요는 없겠지요. 당신이 이야기할 마음이 없다면 내 쪽에서 이야기해 둘 것이 있소."

"어디 들어 봅시다."
"로더 몬테인은 훌륭한 여자요."
"그래서 어쨌다는 말이오?" 목슬리가 되물었다.
"나는 로더 몬테인을 도와 줄 생각이오."
"그 이야기는 아까도 했을 텐데."
"일주일 전쯤에 로더 몬테인은 칼 W. 몬테인과 결혼했소."
"그건 나도 알고 있소."
"결혼 전 로더의 성은 로튼이었지요."
"그래서?"
"아마도 로더는 뭔가 오해하고 있는 모양이오."
"오해?"
"자기가 미망인이라고 말이오. 만일 그녀가 결혼했던 남자가 실은 죽지 않고 단지 법정 기간인 7년 동안만 실종되었다고 생각해 봅시다. 그렇게 되면 법률상 사망의 추정이 성립되지요. 그러나 그것은 어디까지나 추정에 불과합니다. 만일 그 남자가 살아서 모습을 나타낸다면 그는 역시 로더의 남편이거든요."
목슬리의 눈은 이제 적의에 불타올라 번쩍번쩍 빛나고 있었다.
"친구로서는 지나치게 상세히 아는데!"
페리 메이슨은 의미 있는 눈초리로 그를 쳐다보며 말했다.
"시간이 지날수록 상세히 알게 되지."
"그러나 아직도 부족해."
"그렇다면?"
"요컨대 쓸데없는 간섭은 하지 말라는 거요."
전화벨이 따르릉 대며 기계적인 정확성으로 끈질기게 울리기 시작했다.
목슬리는 혀끝으로 입술을 핥고는 한 5초쯤 망설이다가 메이슨에게 빈틈을 보이지 않고 전화 있는 곳으로 갔다. 수화기를 왼손에 쥐고는 새끼손가락과 약손가락 사이에 끼듯이 송화기를 감싸 쥐고 귀로 가져갔다.

"누구요?"

수화기에서 이가 맞지 않는 듯한 금속성의 소리가 들렸다.

"지금은 안 돼. 손님이 있어⋯⋯ 지금은 안 된다고 하잖아⋯⋯ 손님이 누구인지 말해주지. 잘 들어. 이름을 듣고 나서 마음을 결정해⋯⋯ 손님은 변호사. 이름은 페리 메이슨⋯⋯."

페리 메이슨은 후다닥 일어섰다.

"만일 로더라면 이야기를 해야겠소!"

메이슨은 이렇게 말하며 전화기가 있는 곳으로 성큼성큼 걸어갔다.

목슬리의 얼굴은 분노로 굳어졌다. 오른손으로 주먹을 불끈 쥐며 소리쳤다.

"가까이 오지 마!"

그러나 메이슨은 아랑곳하지 않고 다가갔다. 목슬리는 오른손으로 전화기를 붙잡고 왼손에 들었던 수화기를 놓으려고 했다.

"로더, 내 사무실로 전화해요!" 메이슨은 고함을 질렀다.

목슬리는 찰칵 하고 수화기를 내렸다. 그의 얼굴은 증오심으로 일그러져 있었다.

"당신, 쓸데없는 짓 하지 마!"

메이슨은 어깨를 으쓱했다.

"할 말은 벌써 다 했으니, 이젠 그만 가겠소."

이렇게 말한 뒤 메이슨은 모자를 집어 들고 목슬리에게 등을 돌린 채 긴 층계를 유유히 내려갔다.

목슬리는 층계 끝까지 나와서 멀어져 가는 메이슨의 넓은 어깨를 독기 어린 눈초리로 말없이 노려보고 있었다.

메이슨은 현관문을 소리내어 닫고는 기다리게 한 택시를 타고 세 블록쯤 지나서 약국에 들러 델라 스트리트에게 전화를 걸었다.
"무슨 소식 없나?" 메이슨이 물었다.
"있어요. 로더 몬테인의 과거 기록을 조사했어요. 이번에 결혼하기 전의 이름은 로더 로튼으로, 그레고리 로튼의 아내입니다. 그레고리는 1929년 2월 폐렴으로 사망, 그때의 사망 진단서에 서명한 의사는 클로드 밀샤프입니다."
"밀샤프는 어디 살고 있지?"
"텔레시터 아파트 비치우드 거리 1928번지입니다."
"그 밖의 것은?"
"핸드백 안에 있던 피스톨의 출처를 알아냈습니다."
"그래, 어디서 난 거였나?"
"그 피스톨은 클로드 밀샤프가 사 간 것입니다. 주소는 역시 비치우드 거리 1928번지."
페리 메이슨이 휙 하고 휘파람을 불었다.
"다른 건 없어?"
"지금으로서는 이것이 모두예요. 드레이크 씨가 이제 얼마나 더 조사해야 좋을지 알고 싶어합니다."
"로더에 대해서는 이제 그쯤 해 두어도 좋아. 이번에는 그레고리 목슬리라는 자를 자세하게 조사해 달라고 해요. 주소는 콜먼트 아파트, 노웍 거리 316번지야."
"목슬리를 미행해야 하나요?"
"아니, 그럴 필요는 없어. 사실 뒤를 밟는다는 것은 별로 좋은 방법이 못 되거든. 그리고 목슬리는 아주 빈틈없는 사나이야. 그가 사건에 어느 정도 관련되어 있는지 아직 모르니까."
델라 스트리트의 근심스러운 목소리가 다시 울려 왔다.

"소장님, 아무래도 이 사건에 너무 깊이 개입하는 게 아닐까요?"
메이슨은 여느 때와 다름없이 부드럽고 쾌활한 목소리로 말했다.
"나는 지금 기분이 좋아, 델라. 어쨌든 착실하게 변호료를 벌고 있으니까."
"그야 그렇지요!"
델라가 크게 소리쳤다.

5

페리 메이슨은 수화기를 내려놓고 약국 카운터로 갔다.
"이프랄이란 무슨 약이지요?"
점원은 수상쩍다는 듯이 그를 쳐다보았다.
"수면제입니다만……."
"어떤 수면제지요?"
"신경 안정제의 일종인데, 마취시키는 게 아니라 기분 좋게 잠들도록 해주는 약입니다. 적당한 분량만 사용하면 부작용은 결코 없습니다."
"죽은 듯이 잠들어 버리나요?"
"아뇨, 적당량을 쓰면 그런 일은 없습니다. 지금 말씀드린 것처럼 자연스럽고 기분 좋게 잠이 들지요. 왜 그러십니까?"
메이슨은 고개를 끄덕이고 카운터에서 등을 돌렸다.
"실례했습니다."
메이슨은 휘파람을 불며 약국에서 나왔다. 택시 운전기사가 얼른 보도를 뛰어내려 차 문을 열어 주었다.

"이번에는 어디로 가십니까?"

페리 메이슨은 두 가지 계획 가운데 어느 것을 택할까 망설이듯 이마에 주름살을 모았다.

메이슨을 태운 차가 세 블록쯤 달렸을 때 한 대의 차가 노웍 거리로 미친 듯이 달려왔다. 그 차를 피해 급히 커브를 꺾었기 때문에 차체가 크게 흔들렸다. 메이슨의 시선이 달려온 차 안에 못 박혔다. 급정거한 운전기사의 눈도 메이슨의 눈길을 쫓았다.

"아주 거친 운전인데요." 운전기사가 말했다.

"더욱이 여자로군!" 메이슨이 말했다. 그러더니 갑자기 그는 길로 내려서 한 손을 들었다.

그 시보레가 천천히 방향을 돌려 보도로 다가왔다. 차 안에서 로더 몬테인이 발갛게 상기된 얼굴로 페리 메이슨을 뚫어지게 쳐다보고 있었다. 차가 한 번 크게 흔들리더니 멈추었다.

변호사의 첫 마디는 그녀와 만나게 되리라고 예상했던 것처럼 아주 자연스러웠다.

"당신의 핸드백을 보관하고 있습니다."

"알고 있어요. 댁의 사무실을 나와 반 블록쯤 가다가 생각이 나서 되돌아가려다가 그만두었지요. 당신이 핸드백을 열어 본 뒤 여러 가지 물을 게 뻔하다고 생각되었고, 그런 질문에 대답하고 싶지 않았기 때문이에요. 그런데 당신은 그레고리가 있는 곳에서 무얼 하셨지요?"

"오늘은 이만 됐소."

페리 메이슨은 택시 운전기사에게로 돌아서서 말했다.

메이슨이 주는 지폐를 받아들면서 운전기사는 수상하다는 눈길로 차 안의 여자를 흘끔흘끔 쳐다보았다.

메이슨은 시보레의 문을 열어 로더 몬테인 옆에 자리를 잡고 앉으며 빙그레 웃었다.

"당신이 착수금을 놓고 간 것을 몰라서 실례했소. 당신이 나가고 난 다음에야 알았기 때문에……. 당신을 돕기 위해서 행동을 시작했습니다."

그녀의 검은 눈동자가 노여움으로 빛났다.

"그레고리를 찾아간 것이 나를 돕기 위해서였다고 말씀하시는 건가요?"

메이슨은 고개를 끄덕였다.

여자는 몹시 불쾌한 듯 얼굴을 붉히며 말했다.

"당신 때문에 모든 게 엉망이 되어 버렸어요. 당신이 그곳에 있는 걸 알고 서둘러 차를 몰고 왔어요. 벌써 내 비밀을 모두 폭로했겠지요?"

"왜 5시 약속을 지키지 않았습니까?" 메이슨이 물었다.

"결심이 서지 않아서요. 그래서 훨씬 뒤로 미루어 주었으면 하고 전화한 거예요."

"뒤라니. 얼마쯤?"

"훨씬 뒤로요."

"그레고리가 무엇을 요구했습니까?"

"당신과는 관계없는 일이에요."

변호사는 그녀의 마음을 꿰뚫어보듯이 지켜보고 있었다.

"우리 사무실에 왔을 때 당신이 의논하려고 한 것 가운데에는 그 일도 들어 있었을 텐데…… 왜 이제 와서 감추는 거지요?"

"당신과 의논할 마음은 오늘 아침에 모두 없어졌지요."

"내가 당신의 자존심을 상하게 하지만 않았더라면 털어놓았을 텐데……."

"네, 당신은 무례한 분이에요!"

메이슨은 소리 내어 웃었다.
"자, 이제 이 정도로 서로 오해를 품시다. 나는 하루 종일 당신과 연락을 취하려고 속을 태웠으니까요."
"핸드백 안을 살펴보았겠지요?"
"네, 하나도 빼놓지 않고……. 그뿐인가요? 전보도 보고 넬 브린리도 만나 보았지요. 그리고 정보를 얻기 위해 사립 탐정까지 동원했습니다."
"그래서 무엇을 알아냈지요?"
"여러 가지를 알아냈습니다. 그건 그렇고, 밀샤프라는 의사는 어떤 사람이지요?"
로더는 움찔하며 숨을 삼켰다.
"친구예요."
"당신 남편도 그분을 알고 있습니까?"
"아뇨."
메이슨은 크게 어깨를 움츠렸다.
여자는 잠시 사이를 두었다가 물었다.
"그분에 대해서는 어떻게 알아냈지요?"
"여기저기로 냄새를 맡으며 돌아다니다가 알아낸 거지요. 당신을 돕기 위해 준비하다가 말이오."
"나를 도와 줄 수는 없을 거예요. 물어 보고 싶은 게 한 가지 있는데, 그것만 가르쳐 주시고 뒷일은 내게 맡겨 주세요."
"알고 싶은 게 뭐지요?"
"7년 동안 실종되었던 사람을 사망한 것으로 추정할 수 있는가 하는 거예요."
"어떤 특수한 상황 아래에서는 그렇습니다. 7년의 경우도 있고 5년의 경우도 있지요."

구원을 받은 듯한 안도의 표정이 그녀의 얼굴에 퍼졌다.
"그럼, 그 뒤의 재혼은 합법적인 것이 되겠지요?"
천천히 고개를 젓는 메이슨의 얼굴에는 동정의 빛이 떠올랐다.
"안됐습니다만, 부인, 그건 어디까지나 추정에 지나지 않습니다. 만일 그레고리 목슬리가 그레고리 로튼, 즉 당신의 전남편인데 그가 7년이 지난 지금 살아서 모습을 나타냈다면 당신과 칼 몬테인 씨의 결혼은 무효가 됩니다."
메이슨을 바라보는 그녀의 눈은 고뇌의 그림자로 흐려져 있었다. 눈물이 넘쳐흐르면서 입술이 떨렸다.
"난 지금의 남편을 진심으로 사랑하고 있어요."
그녀는 솔직하게 심정을 털어놓았다.
메이슨은 그녀의 어깨에 손을 얹고 격려하듯이 가볍게 두드렸다. 그것은 남성의 보호본능에서 나온 행동이었다.
"당신의 남편에 대해서 말해 주시오."
"아니에요. 당신은 이해할 수 없을 거예요. 아무도 이해할 수 없어요. 나 자신도 이해할 수 없으니까요. 남편은 마약 중독에 걸려 있었어요. 가족들에게 알려졌더라면 큰일 날 뻔했지요. 아시다시피 저는 정식 간호사입니다."
"그래서요? 모두 털어놓고 이야기해 주시오."
"처음에 그레고리와 결혼한 데 대해서는 이야기할 수 없어요."
그녀의 입술이 떨렸다.
"그건 좋지 못한 이야기예요. 내가 아주 어린 소녀였을 때, 어려서 세상 물정 모르고, 감동하기 쉬운 나이일 때 있었던 일이에요. 그레고리는 매력적인 남자로 나보다 9살 위였어요. 주위 사람들이 그 남자를 조심하라고 충고해 주었지만 그때 나는 그런 충고를 단지 질투와 선망 때문이라고 생각했어요. 그 사람은 어린 소녀의 마음을 사로잡는 수단과 방법을 몸에 익히고 있었어요."
로더가 한숨을 쉬자 메이슨이 재촉했다.
"그래서?"
"나는 약간의 돈을 모아 두었었지요. 그 사람은 그것을 빼앗아 달아나 버렸어요."
메이슨의 눈이 가늘어졌다.
"당신이 주었습니까, 아니면 저쪽에서 훔쳐 간 것입니까?"
"훔쳐 갔어요. 증권을 산다기에 내주었지요. 그의 이야기로는 돈이 필요해진 친구가 있는데, 그 사람으로부터 싸게 증권을 사 두면 큰 이익을 볼 수 있다는 것이었어요. 그러나 그 뒤로 그 사람은 다시 돌아오지 않았어요. 돈을 손에 쥐고 달아나기 전에 그는 나에게 키스를 해주었어요. 그런 비열한 짓은 죽어도 잊지 못할 거예요."
"경찰에 신고했습니까?"
로더는 고개를 저었다.
"돈에 대해서는 신고하지 않았어요. 나는 그 사람에게 무슨 사고가 생기지 않았나 하고 경찰에 사고 기록을 조사해 달라고 부탁했습니다. 그리고 병원이라는 병원에 모두 전화를 해 보았지요. 사실을 알기까지는 오랜 시간이 걸렸습니다. 모든 것을 알고 나자 나는 미칠 것만 같았어요."
"왜 체포하도록 신고하지 않았지요?"
"그럴 용기가 없었어요."
"왜요?"
"그건 말할 수 없어요."
"왜 말할 수 없습니까?"
"남에게는 말할 수 없는 일이에요. 나는 자살 직전에까지 갔었어요."

"피스톨은 그 때문에 가지고 있었던 거군요?"
"아니에요!"
"그럼, 목슬리를 죽일 생각이었습니까?"
로더는 아무 대꾸도 하지 않았다.
"그 뒤로 당신은 범죄의 진상에 대해 알고 싶어했습니까?"
로더는 여전히 아무 말이 없었다.
메이슨은 그녀의 어깨에 힘 있게 손을 얹고 다그쳤다.
"아시겠습니까, 당신은 여러 가지로 어려운 문제를 지니고 있소. 당신에게는 그것을 털어놓을 사람이 필요해요. 나 같으면 도울 수 있소. 진상을 감추지 말고 이야기해 주시오."
"이야기할 수 없어요. 그런 무서운 일을……. 도저히 사실을 고백할 용기가 없어요!"
"남편께서는 그 일을 알고 계십니까?"
"천만에요! 남편의 집안을 아신다면 그런 건 물을 수 없을 거예요."
"좋소, 어떤 집안이지요?"
"시카고의 필립 몬테인에 대해서 들은 일이 있나요?"
"못 들었습니다. 어떤 인물이지요?"
"굉장한 부자예요. 독립 전쟁 이래로 이어 온 전통적인 가계에 어떤 긍지를 가지고 있는 옛날 노인으로, 칼은 그의 외아들입니다. 필립 몬테인은 결코 나를 자기 아들의 아내로 인정하려고 하지 않아요. 나는 아직 만나 본 일도 없습니다만, 자기 외아들이 간호사 따위와 결혼한다는 것은 생각만 해도 충격적이었던 모양이에요."
"그래, 결혼한 뒤로는 만났소?"
"아니요. 그러나 칼에게 온 편지를 보았어요."
"그분은 당신들이 결혼하기 전에 아들이 당신과 결혼할 마음이 있다는 사실을 알았습니까?"
"아니요, 우리는 도망쳐서 결혼했습니다."
"당신 남편은 아버지 앞에서는 감히 머리도 들지 못하는 모양이군요?"
그녀는 고개를 끄덕였다.
"칼을 만나 보시면 알 수 있을 거예요. 그는 정신적으로도 도덕적으로도 허약합니다. 마약 중독에 걸려 있으니까요. 강한 의지력이 없어요."
로더는 자기 말에 정신이 난 듯 얼굴을 붉혔다.
"그러나 차츰 회복되고 있어요. 마약이 인간에게 어떤 영향을 미치는지는 알고 계시겠지요?" 그녀는 신경질적으로 말을 계속했다. "칼은 아직도 주위의 영향을 받기 쉬운 상태예요. 초조해하고 사물에 대해 아주 민감합니다."
"당신은 남편의 결함을 정확하게 알고 있으면서도 깊은 애정을 느끼고 있군요."
메이슨은 여자의 속마음을 캐내려는 듯 말했다.
"사랑하고 있어요. 이 세상의 그 무엇과도 바꿀 수 없을 만큼……. 그 사람을 사내다운 남자로 만들어 내겠어요. 지금 칼에게 필요한 것은 시간과 옆에서 도와줄 의지가 강한 사람이에요. 내가 왜 칼을 사랑하고 있으며, 그리고 얼마나 그를 사랑하고 있는가를 이해하기 위해서는 지금까지 내가 얼마나 괴로운 일을 당했는지를 알지 않으면 안 돼요. 나는 첫 번째 결혼에 실패하고 몇 년 동안 정말 비참한 생활을 해 왔어요. 자포자기하여 자살하려고까지 마음먹은 적도 있었지요. 그러나 그것도 용기가 없어 못했어요. 그 첫 번째 결혼으로 나는 성격까지 바뀌었답니다. 더 이상 어떤 남자도 사랑할 수 없게 되었어요. 이미 전처럼 연애해서 결혼할 생각은 없었습니다.

지금의 나의 애정에는 다분히 모성적인 것이 있다고 생각합니다. 나의 첫사랑은 단순한 환상이었어요. 그때 내게는 숭배할 수 있는, 존경할 수 있는 남성이 필요했던 거예요. 이해하시겠지요?"
그녀는 말을 끊었다.
"남편께서는 그러한 모성적인 애정에 감사하고 있습니까?"
"언젠가는 이해해 주리라 생각해요. 칼은 어릴 때부터 언제나 아버지에게 복종해 왔습니다. 세상에서 소중한 것은 가문과 사회적 지위, 이 두 가지뿐이라는 관념에 묻혀서 자라 왔지요. 그래서 그 사람은 조상의 망령에 얽혀 인생을 살 작정이었던 거예요. 가문이 전부라 생각하고, 그것이 일종의 고정관념으로 되어 버린 겁니다."
"이제야 겨우 요점에 다가선 것 같군요. 그렇게 가슴속에 감추어둔 것을 털어놓으면 기분도 훨씬 좋아지리라고 생각합니다."
그녀는 그렇지 않다는 듯 재빨리 고개를 저었다.
"아니요, 모두 다 이야기할 수는 없어요. 당신이 아무리 동정해 주어도 그렇게는 할 수 없어요. 다만 내가 알고 싶은 것은 칼과의 결혼이 합법적인가 아닌가 하는 점이에요. 이 결혼이 합법적인 것이라면 나는 어떤 일이 있어도 견뎌 나가겠어요. 그러나 만일 칼이 나를 버리거나 그의 아버지가 나에게서 그 사람을 떼어놓는다면 나는 살아갈 수가 없어요."
메이슨은 천천히 입을 열었다.
"만일 남편이 당신을 버릴 수 있는 그런 성격의 사람이라면, 당신의 애정도 헛수고라는 생각은 들지 않습니까?"
"바로 그것이 내가 확실히 해 둘 일이라고 생각하고 있어요. 왜냐하면 칼은 나를 필요로 하는 타입이고, 또 그렇기 때문에 내가 애정을 갖고 있는 것입니다. 칼은 약한 사람이에요. 내가 그를 사랑하고 있는 이유 가운데 하나는 아마 그것일지도 몰라요. 굳세고 과

단성 있고, 나를 열중시킬 만한 매력이 있는 남자는 이제 질색이에요. 앞으로 두 번 다시 남자에게 깊이 빠져들고 싶지 않아요. 아마 이것은 억압된 모성 콤플렉스 같은……. 바보 같은 짓인지도 모르지요. 나 자신도 잘 모르니까, 설명할 수는 없어요. 다만 그렇게 느낄 뿐이에요. 당신도 자기 감정을 모두 설명할 수는 없겠지요? 다만 그런 느낌이 든다는 것을 자각할 뿐이지요."
"당신이 숨기고 있는 것은 무엇입니까?"
"무서운 일이에요."
"말해 줄 수 없소?"
"말할 수 없어요."
"당신이 내 사무실에 왔을 때 내가 좀더 친절한 태도를 취했더라면 털어놓았을까요?"
"천만에요. 그럴 생각은 조금도 없었어요. 지금까지 이야기한 것도 어떻게 해서 입을 열게 되었는지 모르겠어요. 나는 친구가 법률상의 의견을 듣고 싶어한다고 이야기하면 당신을 속일 수 있으리라 생각했어요. 거울 앞에서 연습했어요. 몇백 번이나……. 내가 이렇게 말하면 당신은 이렇게 대답하리라는 짐작까지 해보면서, 그런데 그 자리에서 곧 거짓말이라는 게 드러나 버렸지요. 나는 어쩐지 무서워졌어요. 당신의 사무실에서 나올 때처럼 무서운 생각이 든 적은 한 번도 없었어요. 너무나 겁에 질린 나머지 엘리베이터에서 내려 반 블록쯤 도망쳐 나올 때까지 핸드백을 잊고 왔다는 사실조차 몰랐을 정도니까요. 정말 무서웠어요. 그래서 핸드백도 찾으러 갈 용기가 나지 않았어요. 우선은 되돌아섰지만, 당신과 얼굴을 마주할 생각을 하니 견딜 수가 없었어요. 그래서 핸드백은 나중에 찾기로 마음먹었지요."
"나중이라면 언제 말씀입니까?"

"어떻게든 이 곤경에서 벗어날 방법을 찾아낸 뒤에요."
변호사의 눈에 동정의 빛이 떠올랐다.
"나는 그렇게 남의 이야기를 이해 못하는 사람이 아닙니다. 남편이 행방불명되고 나타나지 않자 당신은 사망한 것으로 생각하여 진실된 마음으로 재혼했소. 여기에는 당신을 책망할 만한 이유가 하나도 없어요. 전남편과 이혼하고 칼 몬테인과 재혼하면 끝나는 것입니다."
여자의 눈에서 눈물이 스며 나왔다. 그녀는 입술을 꼭 깨물며 말했다.
"당신은 칼을 잘 몰라요. 만일 지금의 결혼이 합법적이 아니라는 것을 알게 되면 나는 그레고리와 이혼하지도 못하고 물론 칼과 재혼할 수도 없게 될 거예요."
"비밀리에 이혼을 하면 되지 않습니까?"
"안 돼요."
잠시 침묵이 흘렀다.
"당신은 나를 믿을 수 있겠지요?"
그녀는 고개를 끄덕였다.
"그러면 제게 약속해 주시겠습니까?"
"무엇을요?"
"내일 아침, 모든 것을 다 제쳐 두고 내 사무실로 나오십시오. 오늘 하룻밤 생각하고 내일이 되면, 당신의 마음도 달라질지 모르니까요."
"그래도 마찬가지예요. 당신은 몰라요. 당신은……."
그녀의 얼굴에 굳은 결의의 빛이 떠올랐다. 그리고 순간 그녀의 눈에 교활한 빛이 살짝 스쳐 갔다.
"알았어요. 약속하지요."

"그럼, 나를 사무실까지 바래다 주지 않겠습니까?"
"안 돼요. 남편에게 돌아가지 않으면……. 벌써부터 내가 돌아오기를 기다리고 있을 거예요. 당신이 그레고리에게 가 있는 것을 알고 나는 마음을 가라앉힐 수가 없었어요. 무슨 일이 일어날지 몰라 그것이 마음에 걸려서 여기까지 달려오다가 우연히 당신을 만나게 된 거예요. 그러니까 이제 돌아가지 않으면 안 돼요."
메이슨은 고개를 끄덕였다.
아까의 택시 운전기사는 다시 요금을 벌 수 있을지 모른다고 생각했는지 길 곁에 차를 세운 채 기다리고 있었다. 오랜 경험으로 여자가 운전하는 차에 남자가 탔을 경우 그대로 내리는 수가 흔하다는 것을 알고 있었기 때문이다.
페리 메이슨은 차 문 손잡이를 비틀어 열며 로더에게 말했다.
"내일 아침 9시면 어떻겠습니까?"
"9시 반으로 해 주세요."
메이슨은 고개를 끄덕이고 격려하듯 미소를 지어 보였다.
"내일쯤이면 틀림없이 그렇게 말하기 어려운 이야기로 여겨지지 않을 겁니다. 오늘은 이만 하고 나머지는 내일 듣기로 하지요. 하기야 대강 짐작이 가지 않는 바도 아닙니다만."
여자의 눈이 매달리듯 메이슨의 얼굴을 지켜보고 있다가 사납게 바뀌었다.
"9시 반이에요."
이렇게 말하며 그녀는 신경질적으로 소리 내어 웃었다.
메이슨은 차 문을 닫았다. 그녀는 기어를 넣었다. 차는 속력을 내어 달려가 버렸다.
메이슨은 운전기사에게 눈짓을 보냈다.
"다시 당신 차를 타게 됐군."

운전기사는 빙그레 웃음이 떠오르려는 것을 감추기 위해 옆으로 얼굴을 돌렸다.

6

페리 메이슨은 자동차를 내려 주차장에 두고 반 블록쯤 앞에 있는 자기 사무실을 향해 걷기 시작했다. 길모퉁이의 신문 파는 소년이 겨드랑이에 끼고 있던 다발에서 신문을 하나 뽑아내어 둘로 접어들고는 외쳤다.

"사건의 자세한 내용이 실려 있습니다! 여자가 남자를 때려죽인 사건! 여기 모두 실려 있습니다!"

메이슨은 신문을 사서 걸으면서 펼쳤다. 그리고 페이지 윗단의 큼지막하게 나 있는 표제부터 훑어보았다.

한밤중의 방문객, 사기꾼을 살해
그를 죽인 범인은 여자인가?

메이슨은 신문을 접어들고 빌딩 입구로 들어가는 사람들의 물결에 휩쓸렸다. 만원이 된 엘리베이터를 타자 한 사나이가 메이슨의 팔을 툭 쳤다.

"안녕하십니까, 메이슨 씨, 신문을 읽으셨겠지요?"
메이슨은 고개를 저었다.
"범죄 사건에 대한 기사는 여간해서 잘 읽지 않습니다. 이쪽에서 먼저 손대는 일이 많으니까요."
"지난번 재판에서는 정말 훌륭한 솜씨를 보여 주셨습니다, 메이슨 씨."
메이슨은 다만 기계적인 미소를 지어 보였다. 먼저 말을 걸어 화제를 끌어 낸 사나이는 여러 가지 잡다한 이야기를 늘어놓았다. 이러한 일은 사회적으로 이름난 사람이면 누구나 경험하게 되는 것이다. 이와 같은 일방적인 잡담은 상대방에게 자기의 어떤 특정한 의견을 이야기하기 위한 게 아니라, 다음날 친구들을 만났을 때 아주 자연스러운 말투로 이때의 대화를 재현해 들려주기 위한 것이다. 이를테면 '어제 나는 페리 메이슨과 여러 가지 이야기를 주고받았는데 말이야……'라는 식으로.
"그럼, 실례하겠습니다." 엘리베이터가 그의 사무실이 있는 층에 멎자 메이슨은 작은 소리로 말했다.
"만일 내가 이 사건을 취급하게 된다면 어떻게 할 것인가, 그것을 말씀드리지요, 메이슨 씨. 나는 우선……."
엘리베이터의 문이 열려 이야기가 중단되었으나 메이슨은 정중한 미소로 대했다. 뒷날 메이슨 자신이 지금 그가 이야기한 것을 깡그리 잊어 버렸을 때 이 남자가 배심원으로 메이슨이 맡은 사건의 배심원석에 앉아 있지 않으리라는 보장이 없기 때문이다. 그러나 사무실을 향해 성큼성큼 걸음을 옮기고 있는 메이슨의 얼굴에는 귀찮은 짐 하나를 덜어 버렸다는 안도의 표정이 떠올랐다. 사무실의 문을 열었다.
델라 스트리트의 눈동자는 걱정으로 흐려져 있었다.
"읽으셨어요, 소장님?"

메이슨은 눈을 찡긋해 보였다.

그녀는 메이슨의 옆구리에 낀 신문을 가리켰다.

"표제만⋯⋯. 어느 사기꾼이 피살당한 모양이지? 뭐, 짐작 가는 점이라도 있나?"

델라 스트리트는 아무 대답이 없었다. 그러나 그녀의 얼굴 표정은 말 이상으로 사태의 심각성을 이야기해 주고 있었다.

페리 메이슨은 안쪽 방으로 들어가 신문을 책상 위에 펴놓고 읽기 시작했다.

경찰은 오늘 새벽 노웍 거리 308번지 벨레이어 아파트에 사는 한 시민으로부터 전화로 노웍 거리 316번지 콜먼트 아파트에 살고 있는 그레고리 목슬리(36살)가 여자로 추정되는 범인에 의해 머리에 타박상을 입고 빈사 상태에 빠져 있다는 신고를 받았다. 경찰은 오전 2시 27분에 신고를 받고 곧 무선으로 전달, 해리 엑스터와 보브 밀턴 순경이 탄 62호 순찰차를 맨 먼저 현장으로 보냈다. 두 경찰관은 2층 B호의 문을 밀어 부수고 안으로 들어가 빈사 상태에 빠져 있는 그레고리 목슬리를 발견했다. 방 안의 침대에는 사람이 잔 흔적이 있었으나 피해자는 완전히 옷을 입은 채 마루 위에 엎어져 두 손으로 카펫을 움켜잡고 있었으며 바로 옆에는 피투성이가 된 철제 부젓가락이 굴러 떨어져 있었는데, 이것이 분명 피해자에게 치명상을 준 흉기로 생각된다. 피해자는 두개골이 부서져 있었다. 순찰차의 경관은 급히 구급차를 불렀으나 목슬리는 의식을 되찾지 못하고 병원으로 가는 도중에 숨이 끊어졌다. 경찰은 피해자가 그레고리 케리, 일명 그레고리 로튼이라는 악명 높은 상습 사기꾼임을 확인했다. 그는 잔돈푼이나 모아 둔 용모가 뛰어나고 매력적인 여사무원을 유혹하는 수법으로 사기를 일삼았다. 그는 거짓

이름으로 희생자에게 접근하여 공손한 태도와 사람의 마음을 끄는 성격과 고급 옷차림과 뛰어난 말재주 등으로 여자들을 손쉽게 유혹한 뒤 '투자'라는 명목으로 돈을 빼앗아 행방을 감추어 버리는 수법을 써 왔다.

또 이 사기꾼은 필요한 경우에는 많은 가짜 이름을 사용하여 정식 결혼도 서슴지 않았다. 경찰이 밝혀낸 바에 따르면 그는 많은 여자들과 결혼한 전력이 있다. 또한 피해자의 대부분은 결혼한 뒤 목슬리의 자취를 감추는 수법에 걸려들었으면서도 고소한 사실이 없는 것으로 알려졌다.

한편 경찰은 이 사건의 범인을, 벨레이어 아파트 269호에 살고 있는 주유소 경영자 벤저민 클랜돌 씨의 증언에 따라 여자로 추정하고 있다.

이 아파트와 피해자가 살고 있는 콜먼트 아파트 북쪽 사이에는 2피트도 안 되는 빈터가 있을 뿐이며, 어젯밤에는 무더워서 양쪽 아파트가 모두 창문을 열어 두었다고 한다.

그런데 클랜돌 씨 부부는 한밤중에 계속 울려대는 전화벨 소리에 잠이 깨었으며, 그 뒤 '조금만 기다려 달라'는 목슬리의 목소리를 들었다고 한다.

클랜돌 부부는 둘 다 그 전화가 걸려온 시각을 정확히 말할 수는 없지만, 그들이 잠자리에 든 시각이 11시 50분쯤이었던 점으로 미루어 12시에서 오전 2시 사이일 것이라고 추정하고 있다. 왜냐하면 목슬리가 전화에 대고, 새벽 2시에 로더라는 여자가 오기로 되어 있으며, 그때 그녀는 틀림없이 이 빚을 처리하고도 남을 만한 돈을 가지고 올 것이라고 말하는 소리를 들었기 때문이다.

클랜돌 씨 부부는 모두 로더라는 이름을 들은 것으로 기억하고 있다. 클랜돌 씨는 성도 들은 듯한데 확실치 않으며 외국 이름 같아서 어미는 '에인' 또는 '인'으로 끝나는 것 같았다고 했다. 그리고 이름의 첫 부분은 몹시 빠르게 말했기 때문에 확실히 들을 수가 없었다고 증언했다.

전화로 주고받는 소리가 계속되자 클랜돌 부부는 잠을 이룰 수 없고 난처하여 창을 닫을까 하였으나 그대로 내버려 두었다고 한다.

또한 클랜돌 씨는 잠에서 채 깨어나기 전 몽롱한 상태에서 목슬리의 방에서 이야기하는 소리를 들었는데, 뒤이어 남자의 목소리가 싸움하는 듯 높아지고 얻어맞는 소리가 나더니 쿵 하고 무엇인가 쓰러지는 소리가 들려 왔다고 한다.

그리고 마구 때리는 소리가 났을 때 목슬리의 현관에 누가 왔는지 벨 소리가 울렸다. 클랜돌 씨가 졸음을 이기지 못하고 다시 잠들려는 순간 부인이 그를 깨웠다. 경찰을 불러야 한다는 부인의 요청에 그는 창가로 가서 목슬리의 방을 쳐다보았는데, 불은 켜져 있었고 벽에 달린 거울을 통해 바닥에 쓰러져 있는 남자의 발이 비쳤다고 한다. 그리고 전화로 급히 경찰에 신고했는데, 그때가 2시 20분쯤이었다고 한다.

클랜돌 부인은 전화벨 소리에 눈이 떠져 다시 잠들지 못했다고 한다. 그들은 잠이 덜 깬 어렴풋한 상태에서 로더라는 여자에 대한 이야기를 주고받는 것을 듣는둥 마는둥 하고 있었는데, 목슬리의 아파트에서 들려오는 이야기 소리가 낮아지더니 이어서 분명히 젊은 여자로 짐작되는 빠른 말소리와 격앙된 목슬리의 목소리가 들려왔다. 그리고 확실히 사람을 때렸다고밖에 생각되지 않는 소리가 나며 이어서 쿵 하고 무엇인가 바닥 위로 넘어지는 소리가 들린 뒤 조용해졌다. 그런데 사람을 때리는 소리가 나기 바로 전에 목슬리의 아파트 벨 소리가 집요하게 울리고 있었다. 마치 누군가가 끈질기게 엄지손가락을 버튼에 댄 채 울렸다 끊었다를 되풀이하는 듯했다. 부인의 말에 의하면, 벨 소리는 때리고 넘어지는 소리가 들린 뒤에도 계속 울렸는데, 그 뒤 밖에 있던 사람이 아파트 안으로 들어왔는지 다시 낮은 목소리가 들려왔고 이어서 가만히 문 닫는 소리가 나더니 이윽고 조용해졌다는 것이었다.

부인은 다시 잠들려고 15분이나 20분쯤 누워 있었으나 아무래도 경찰에 알려야 할 것 같은 생각이 들어 남편을 깨워 알아보도록 권했다고 한다.

경찰에서는 범인의 신원에 대해 결정적인 단서를 확보한 듯하다. 목슬리의 아파트에 와서 치명적인 일격을 가했거나 또는 그 자리에 있었던 여자는 장갑을 끼었던 것으로 보이며, 현장에는 자물쇠용 열쇠 한 개와 자동차 열쇠가 두 개 든 가죽 열쇠지갑이 떨어져 있었다. 경찰에서는 자물쇠용 열쇠를 자가용 차고 열쇠로 보고, 또 차의 열쇠는 형태로 보아 시보레와 플리머드의 열쇠가 틀림없다고 한다. 따라서 경찰은 시보레와 플리머드 두 대를 가지고 있는 사람을 자동차 등록부에서 체크하고 있으며, 차고 열쇠의 출처도 찾고 있는 중이다. 문제의 여자가 두 대의 자동차 열쇠를 가지고 있었다는 사실로 보아, 경찰은 그녀가 기혼 부인이며 남편과 함께 두 대의 자가용을 사용하고, 저택에 차고가 있는 인물로 추정하고 있다.

또한 경찰은 흉기에서 지문이 검출되지 않은 것은 범인이 장갑을 끼고 있었기 때문이라고 풀이하고 있다. 흉기와 문의 손잡이에서 전혀 지문이 발견되지 않자 수사 당국은 약간 당혹감을 느끼고 있으나, 이 사건에서는 현장에 떨어져 있는 자물쇠용 열쇠가 방문자의 정체를 밝히는 데 결정적인 단서가 될 것이므로 지문 문제는 제2차적인 중요성밖에 없다고 말했다.

목슬리에 관한 경찰 기록에 의하면 본명은 그레고리 케리로,

1929년 9월 15일 세인트 퀜틴 교도소에서 4년의 징역형을 받고…
…(2페이지의 제1란에 계속)

페리 메이슨이 신문을 2페이지로 넘기고 있을 때 델라 스트리트가 형식적인 노크를 하고 가만히 방 안으로 들어와 소리나지 않게 문을 닫았다. 메이슨은 얼굴을 들고 눈살을 찌푸렸다.
"그분의 남편이 오셨어요."
"몬테인?"
델라는 고개를 끄덕였다.
메이슨은 눈을 반쯤 감고 다시 물었다.
"용건이 무엇인지 물어 보았나, 델라?"
"아니요, 직접 말씀드리고 싶답니다. 생사가 걸린 중대 문제라면서요."
"부인이 어제 이곳에 왔었던 걸 알아내려고 하던가?"
"아니요."
"태도가 어때?"
"신경질적이에요. 꼭 유령처럼 창백한 얼굴의 젊은이인데, 눈 밑에는 기미가 끼어 있고 면도도 하지 않은 채 셔츠 칼라는 땀으로 젖어 구겨져 있었어요."
"모습은 어떻지, 델라?"
"작고 약해 뵈는 체격입니다. 옷은 고급이지만 맵시가 없어요. 입 언저리가 약하고 부인보다는 한두 살쯤 아래일 것 같아요. 협박을 당하면 금방 허리를 굽힐 테지만 반대로 상대가 약해 보이면 고압적으로 나오는 도련님 타입입니다. 스스로 자신도 없고 그렇다고 남을 믿지도 못하는 인물 같아요."
페리 메이슨은 미소를 지었다.

71

"델라, 이번에 배심원을 선정할 때는 내 곁에 앉아 주겠어? 당신의 사람 보는 눈은 틀림이 없으니까."
"이미 저분에 대해 알고 계세요?"
"거의 모두를……. 그런데 신문을 다 읽을 때까지 좀 기다려 달라고 하지."
델라는 재빨리 고개를 저었다.
"그러니까 내선 전화를 쓰지 않고 제가 직접 들어온 거예요. 몹시 초조해 있거든요. 기다리게 하면 틀림없이 되돌아갈 거예요."
메이슨은 마지못해 신문을 접어 책상 서랍에 집어넣었다.
"들여보내!"
델라 스트리트는 문을 열고 말했다.
"메이슨 씨가 만나시겠답니다, 몬테인 씨."
중키보다는 약간 작은 체격의 남자는 급한 걸음으로 메이슨의 책상 옆으로 다가오더니 델라 스트리트가 문을 닫을 때까지 기다리고 서 있다가, 델라의 모습이 사라지자 꼭 시를 외는 어린아이처럼 빠른 말투로 이야기하기 시작했다.
"나는 칼 W. 몬테인입니다. 시카고의 부호 C. 필립 몬테인의 아들입니다. 아버지에 대해서는 아시리라고 생각합니다."
변호사는 고개를 끄덕였다.
"오늘 아침 신문은 읽으셨지요?" 몬테인이 물었다.
"표제는 보았소만, 모두 읽을 틈이 없어서……. 앉으시지요."
몬테인은 큰 가죽의자에 걸터앉아 몸을 앞으로 내밀었다. 이마에서 머리카락이 흘러내리자 짜증스러운 표정으로 쓸어 올리고 말했다.
"살인 사건 기사는 읽으셨습니까?"
페리 메이슨은 마치 애매한 기억을 회상하듯 눈살을 찌푸렸다.
"네, 표제만 읽었습니다. 그런데 왜 그러시지요?"

몬테인은 의자에서 미끄러져 내릴 정도로 몸을 앞으로 내밀고 말했다.
"내 아내가 그 살인 용의자로 지목당하게 되었습니다."
"부인이 범행을 저질렀습니까?"
"천만에요."
메이슨은 아무 말 없이 젊은이에게로 눈길을 보냈다.
몬테인은 더욱 힘 있게 말했다.
"하고 싶어도 아내는 할 수 없었을 겁니다. 그건 불가능한 이야기입니다. 그런데 아내는 이 사건에 말려들어가 버렸습니다. 아내는 범인이 누구인가를 알고 있습니다. 비록 모른다 해도 짐작되는 바가 있을 겁니다. 나는 알고 있으리라고 확신하고 있습니다만……, 아내는 그 남자를 감싸고 있어요. 아내는 그전부터 그 남자에게 이용당해 왔습니다. 그렇기 때문에 우리가 도와주지 않으면 결국 그 남자는 아내를 궁지에 몰아넣을 것입니다. 지금 아내는 그를 숨겨주고 있어요. 그는 아내의 뒤에 숨어 있는 것이지요. 아내가 거짓말을 하여 그를 비호하면 그는 점점 아내를 빠져나올 수 없는 구렁텅이로 몰아넣을 것입니다. 어떻게 해서든지 당신의 도움을 받지 않으면 안 되겠습니다."
"사건이 일어난 것은 오늘 새벽 2시였지요. 그때 부인은 집에 계시지 않았습니까?"
"네, 없었습니다. 간단히 설명드릴 수는 없습니다. 처음부터 이야기하지 않으면 안 되니까요."
"그럼, 처음부터 이야기해 보십시오." 메이슨은 명령하는 투로 말했다. "의자에 편안히 앉아서 처음부터 이야기해 보십시오."
몬테인은 가죽의자에 깊숙이 고쳐 앉아 신경질적인 손길로 이마의 머리카락을 쓸어 올렸다. 눈동자는 붉은색을 띤 갈색으로, 마치 수의사를 바라보는 절름발이 개처럼 메이슨의 얼굴을 빤히 쳐다보았다.
"나는 칼 몬테인입니다. 시카고의 부호 C. 필립 몬테인의 아들이지요."
"그것은 이미 들었습니다."
"내가 대학을 졸업하자 아버님은 나를 실업계에서 일하도록 마련하셨습니다. 그러나 나는 세상 물정을 알고 싶어서 1년쯤 여행을 하다 이곳에 왔습니다. 나는 신경이 불안정한 데다 급성 맹장염까지 걸리고 말았어요. 바로 수술을 하지 않으면 안 되게 됐지요. 그런데 공교롭게도 아버지는 상당한 거액이 걸려 있는 금융상의 문제가 생겨 이곳에 오지 못하게 되었습니다. 그래서 나는 혼자 서니사이드 병원에 입원하여 치료비는 전혀 걱정할 필요없이 훌륭한 치료를 받았습니다. 물론 비용은 아버지께서 보내주셨지요. 아버지는 특별 간호사를 고용해 밤낮으로 나를 돌보게 했습니다. 방 담당 간호사의 이름이 로튼, 로더 로튼이었지요."
몬테인은 그 말이 틀림없이 페리 메이슨에게 의미 깊게 들리리라고 생각하셨는지 일부러 입을 다물었다.
"그래서요?" 변호사는 말을 재촉했다.
몬테인은 의자의 팔걸이에 팔꿈치를 짚고 몸을 앞으로 내밀면서 느닷없이 말했다.
"나는 그녀와 결혼했습니다."
마치 자기가 범한 죄를 고백하는 듯한 태도였다.
"그랬었군요……." 이렇게 말하는 메이슨의 말투에는 회복기의 환자가 간호사와 결혼하는 것은 흔히 있는 일이 아니냐는 듯한 여운이 있었다.
몬테인은 다시 의자 끝까지 몸을 앞으로 내밀고 머리카락을 쓸어올렸다.

"저의 아버지께서 어떻게 생각했는지는 아시겠지요? 나는 외아들입니다. 몬테인 집안을 이어받을 사람은 나뿐입니다. 그런데 내가 간호사와 결혼했지요."
"간호사와 결혼해서 안 될 일이라도 있습니까?"
변호사가 되물었다.
"물론 없지요. 그러나 당신은 모르실 겁니다. 나는 그 문제를 저의 아버지의 관점에서 설명해 보겠습니다."
"왜 부친의 관점 같은 것에 마음을 쓰고 있지요?"
"중요하니까요."
"좋습니다. 그럼, 계속해 보십시오."
"아버지는 내가 입원 중에 고용한 간호사 로더 로튼과 결혼했다는 내용의 전보를 그야말로 충격적으로 받아들였습니다."
"그러니까 그전에 미리 결혼할 작정이라는 것을 알리지 않았군요?"
"네, 나 자신도 잘 몰랐으니까요. 충동적인 결심이었지요."
"왜 먼저 약혼을 하고 그것을 부친에게 알리지 않았습니까?"
"반대할 것이 틀림없었으니까요. 그렇게 되면 아주 귀찮은 일이 생기게 됩니다. 나는 어떻게 해서든지 그녀와 결혼하고 싶었습니다. 그러나 그러한 나의 마음을 조금이라도 아버지에게 알렸더라면 결혼은커녕 송금도 중단하고 집으로 돌아오라고 명령할 것은 물론 그 밖의 여러 가지 필요한 조처를 취하셨을 겁니다."
"그래서요?"
"그래서 나는 그녀와 결혼한 다음 아버지에게 전보로 알렸습니다. 그러자 아버지는 아주 호의적이었어요. 먼저 말씀드린 사업상의 문제 때문에 자리를 비울 수가 없으니 둘이서 시카고로 인사하러 오라고 하셨습니다. 그러나 로더는 가고 싶어하지 않았어요. 얼마쯤 사이를 두고 싶다는 것이었지요."

"그래서 가지 않았군요?"

"네, 가지 않았습니다."

"부친께서는 화를 내셨습니까?"

"그랬으리라고 생각합니다."

"그런데 살인 사건에 대해 하실 말씀이 있다고 하셨지요?"

메이슨이 재촉했다.

"여기 아침 신문이 있습니까?" 몬테인이 물었다.

메이슨은 책상 서랍을 열고 델라가 칼 몬테인이 왔다고 알릴 때 읽고 있었던 신문을 꺼내 놓았다.

"3페이지를 펴 보십시오." 몬테인이 말했다.

메이슨은 3페이지를 펼쳤다. 차고의 열쇠 사진이 실물과 같은 크기로 지면 한가운데 실려 있고, 그 아래에는 '이 열쇠를 떨어뜨린 사람이 범인일까?'라고 씌어 있었다.

몬테인은 가죽 열쇠 지갑을 주머니에서 꺼내더니 열쇠 하나를 끌러내어 메이슨에게 넘겨주었다.

"비교해 보십시오."

메이슨은 열쇠를 사진 위에 올려놓았다. 그리고 지면의 반대쪽에 연필로 모형을 그려보고 천천히 고개를 끄덕이며 물었다.

"그런데 어째서 이 열쇠가 당신 손에 있지요? 경찰이 보관하고 있는 줄 알았는데."

몬테인은 고개를 저었다.

"사진의 것과는 다른 겁니다. 이것은 제가 쓰는 열쇠지요. 사진의 것은 아내의 열쇠입니다. 우리들은 차고와 두 대의 자동차 열쇠를 하나씩 가지고 있지요. 아내는 그것을 그때······."

몬테인은 말꼬리를 흐렸다.

그리고 열쇠 지갑을 열어 또 두 개의 열쇠를 책상 위에 놓고 가리켰다.
"시보레 쿠페와 플리머드 세단의 열쇠지요. 아내는 여느 때 시보레를 사용하고 나는 플리머드를 탑니다. 그러나 서로 바꿔 탈 때도 있어 번거롭지 않게 열쇠를 각자 하나씩 갖기로 하고 시동 키는 꽂아 놓은 채 사용하고 있습니다."
"이곳에 오기 전에 부인과 이야기했습니까? 당신이 여기로 의논하러 오겠다고……."
"아니요."
"왜 안하셨지요?"
"어떻게 설명을 해야 납득해 주실지 잘 모르겠군요."
"설명을 듣지 않고는 이해할 수가 없겠는데요."
"처음부터 모조리 이야기하지 않으면……."
"지금 그렇게 이야기하고 계시지 않습니까?"
"그렇기는 합니다만……."
"그럼, 계속해 보십시오."
"아내는 나에게 약을 먹이려고 했습니다."
"무엇을 먹인다고요?"
"약을 먹이려고 했어요."
"잠깐만, 지금 부인은 어디 계십니까?"
"집에요."
"그걸 당신이 알고 있다는 것을 부인께서도 아십니까?"
몬테인은 고개를 내저었다.
메이슨은 참을성 있게 말했다.
"좋소. 그럼, 말해 보십시오."
"내가 퇴원하고 난 뒤부터였습니다. 사실은 그보다 먼저 시작되었습니다만, 나는 무척 초조한 기분이어서 진정제를 먹기 시작했습니다. 습관성이 있다는 것을 모르고 복용하다 보니 중독이 되어 버렸지요. 아내는 그런 습관은 반드시 고쳐야 한다며 대신 이프랄을 주었습니다. 그것이라면 몸에 아무 해가 없다고 말입니다."
"이프랄이 뭐지요?"
"수면제입니다."
"수면제요? 그것도 습관성이 있습니까?"
"아니요. 신경쇠약과 불면증에 효과가 있는 약이지요. 두 알만 먹으면 편히 잠들 수 있고 잠이 들어서도 마약 같은 부작용은 남지 않거든요."
"그것을 계속해서 복용하고 있습니까?"
"물론 그렇지는 않습니다. 다만 신경성 불면증이 나타나면 신경안정제 대신 먹습니다."
"그런데 부인이 그 약을 먹이려 했다는 말씀이시지요?"
"네, 어젯밤 아내가 자기 전에 코코아를 한 잔 마시는 것이 어떻겠느냐면서 확실히 몸에 좋을 것이라고 권했습니다. 그래서 그럼 갖다 달라고 하고, 침실에서 옷을 갈아입고 있었지요. 욕실에는 거울이 달려 있는데, 부엌문이 열려 있어 그 안이 훤히 비치고 있었습니다. 나는 아무 생각 없이 욕실의 거울을 보고 있다가 코코아를 만들고 있는 아내의 모습을 보았습니다. 아내는 핸드백 속을 뒤지고 있었습니다. 이상하다 싶어 나는 그 자리에 선 채 거울 속을 들여다보고 있었지요. 그러자 아내는 이프랄 병을 꺼내어 코코아 속에 정제를 넣었습니다. 몇 개를 넣었는지는 모르지만 여느 때보다는 분량이 많은 것 같았습니다."
"거울에 비친 부인을 보고 있었군요?"
"그렇습니다."

"그래서 어떻게 했습니까?"
"아내가 코코아를 가지고 왔습니다."
"약을 넣는 것을 보았다고 말했습니까?"
"아니요."
"왜지요?"
"그건 나도 잘 모르겠습니다. 다만 아내가 왜 그런 짓을 했는지 그 이유를 알고 싶었습니다."
"그래서 어떻게 했지요?"
"가만히 욕실로 가지고 가서 코코아를 쏟아 버린 뒤 컵을 씻어 물을 넣어 가지고 침실로 돌아왔습니다. 우리는 침대를 각기 따로 쓰고 있는데, 나는 내 침대 가장자리에 앉아 코코아를 마시는 척하면서 물을 마셨지요."
"부인에게는 당신이 코코아 대신 물을 마시는 것이 보이지 않았습니까?"
"네, 아내에게는 컵 속에 든 것이 보이지 않도록 자리를 잡고 앉았지요. 그리고 코코아를 마시는 것처럼 조금씩 마셨습니다."
"그리고는?"
"그리고는 깊은 잠에 빠진 것처럼 꼼짝 않고 누워서 어떻게 되어 가는지 지켜보고 있었습니다."
"그래서 어떻게 되었습니까?"
몬테인은 기억을 더듬는 듯 소리를 낮추었다.
"새벽 1시 35분이 되자 아내는 침대에서 빠져나와 어둠 속에서 가만히 옷을 갈아입었습니다."
메이슨의 눈에 흥미로워 하는 빛이 떠올랐다.
"그리고 부인은 무슨 일을 했지요?"
"집을 나갔습니다."

"그래서요?"
"차고 문이 열리고 차를 끌어내는 소리가 들려 왔습니다. 그리고 일단 차를 세운 뒤 차고 문을 닫는 소리가 났지요."
"차고의 문은 어떻게 생겼지요."
"옆으로 당겨서 열도록 되어 있습니다."
"차가 두 대 들어가는 차고지요?"
"그렇습니다."
"그럼, 부인이 일부러 차를 세워 두고 문을 닫은 것은 차를 끌어냈다는 것을 아무에게도 보이고 싶지 않았기 때문이라고밖에 생각할 수 없겠군요?"
몬테인은 힘 있게 고개를 끄덕였다.
"그것이 중요한 점입니다. 바로 그렇습니다!"
"그런데 누군가가 차고를 감시하고 있다고는 생각되지 않았습니까?"
"그런 일은 없었는데요. 내가 아는 한에서는……."
"그러나 부인은 분명 누군가가, 아마도 야경꾼이나 누군가가 차고를 들여다볼지도 모른다고 생각하지 않았을까요?"
"그렇지 않습니다. 차고 문이 열려 있는 것을 내가 창 너머로 내다보고 눈치채면 안 된다고 생각한 것이겠지요."
"그러나 당신은 수면제를 먹고 깊이 잠든 것으로 되어 있지 않았습니까?"
"하기는 그렇군요."
"그렇다면 부인은 다른 이유 때문에 문을 닫는 데 마음을 쓴 것이 틀림없습니다."
"그러고 보니 그렇군요. 거기까지는 미처 생각지 못했습니다."
메이슨은 깊이 생각하고 나서 물었다.

"차고의 문은 어떻게 연다고 하셨지요?"
"양쪽으로 밀어서 여는 두 개의 문이 있지요. 왼쪽에 넣은 차를 쓸 때는 그냥 왼쪽으로 밀면 됩니다. 차고를 닫을 때는 한쪽 문을 왼쪽에 남겨 둔 채 다른 쪽 문을 오른쪽으로 밀어서 자물쇠를 걸도록 되어 있지요."
페리 메이슨은 손가락으로 책상 위에 놓인 열쇠를 톡톡 쳤다.
"이것이 그 자물쇠를 여는 당신의 열쇠인가요?"
"그렇습니다."
메이슨은 신문의 사진을 가리키며 또 물었다.
"이쪽이 부인의 열쇠고요?"
"그렇습니다."
"어떻게 그걸 알 수 있지요?"
"열쇠가 세 개 밖에 없으니까요. 하나는 책상 서랍 속에 있고, 하나는 내 열쇠 지갑 속에, 그리고 또 하나는 아내의 열쇠 지갑 속에 있습니다."
"책상 서랍을 조사하여 예비 열쇠가 없어지지 않은 것을 확인했습니까?"
"확인했습니다."
"좋습니다. 이야기를 계속해 보십시오. 부인은 차고 문을 닫은 뒤 어떻게 했습니까?"
"아내는 지금 말씀드린 바와 같이 차를 끌어내고 차고 문을 닫았습니다."
"문에 자물쇠를 잠갔습니까?"
"글쎄요, 아니, 잠그지 않았습니다. 자물쇠를 걸지 않았을 겁니다."
"내 질문의 초점은" 메이슨은 천천히 한 마디 한 마디에 힘을 주어 말했다. "부인이 갔던 곳에서 열쇠를 떨어뜨렸다면 집에 돌아왔을 때 차고 문을 열지 못했을 겁니다. 그러나 부인은 지금 집에 계신다니 돌아오신 게 사실 아닙니까?"

"그렇습니다. 아내는 차고에 열쇠를 걸지 않았을 겁니다."

"부인께서 집을 빠져나간 뒤 당신은 무엇을 하셨습니까?"

"옷을 갈아입고 뒤를 밟아 보기로 했습니다. 가는 곳을 알고 싶었지요. 아내가 방을 나가자 나는 옷을 갈아입기 시작했습니다. 그러나 이미 시각이 늦었습니다. 아내는 내가 구두를 신기도 전에 차를 몰고 나가 버렸습니다."

"어떻게 해서든지 그 뒤를 쫓지 않았습니까?"

"네."

"왜지요?"

"어쨌든 따라갈 수 없다는 것을 알았으니까요."

"그래서 부인이 돌아올 때까지 기다렸습니까?"

"아니요. 침대로 돌아가 누워 있었습니다."

"부인은 몇 시에 돌아왔습니까."

"2시 반에서 3시 사이입니다."

"그때 차고 문을 열었습니까?"

"네, 문을 열고 차를 집어넣었습니다."

"그리고 문을 닫았겠지요?"

"닫으려고 했습니다."

"그런데 안 됐군요."

"그렇습니다."

"이유는?"

"문을 다시 끌어 닫으려면 가끔 널빤지 뒤쪽의 받침대가 차고 안에 있는 차의 범퍼에 걸릴 때가 있지요. 그렇게 되면 문짝을 떼어내지 않으면 안 됩니다."
"그럼, 그때도 역시 그게 걸렸던 모양이지요?"
"그렇습니다."
"부인은 왜 문짝을 떼어내지 않았을까요?"
"힘이 모자랐기 때문일 겁니다."
"그래서 차고 문을 열린 그대로 놓아두었던가요?"
"네."
"그런 일을 어떻게 알았습니까? 당신은 침대에 누워 있지 않았습니까?"
"그렇게 생각하시겠지요. 하지만 차고 문을 열심히 끌어당기는 소리가 들려 왔어요. 그리고 오늘 아침 차고에 가 보고 확실한 것을 알 수 있었지요."
"좋습니다. 그리고는?"
"침대에 누워 자는 체하고 있었습니다."
"부인이 돌아왔을 때도요?"
"네."
"부인이 방으로 돌아왔을 때, 왜 어디 갔다 오는지 물어 보지 않았습니까?"
"나도 잘 모르겠습니다. 다만 아내의 이야기를 듣는 것이 무서웠어요."
"무엇이 두려웠다고요?"
"말하자면 아내가…… 저어……."
페리 메이슨은 몬테인의 붉은 빛 도는 갈색 눈을 지켜보았다.
"솔직하게 털어놓는 게 좋습니다."
몬테인은 크게 숨을 들이쉬고 입을 열었다.
"만일 당신 부인이 밤 1시 반에 외출했다면, 당신은……."

"나는 독신이니까 예를 들어도 소용이 없습니다. 그보다는 사실을 들어 봅시다."

몬테인은 의자 끝에서 우물쭈물하며 다섯 손가락으로 머리카락을 쓸어 올렸다.

"아내는 비밀이 많은 여자입니다. 누구의 눈치 같은 것을 볼 필요 없이 혼자서 생활해온 여자이기 때문에 그런 버릇을 갖게 되었나 봅니다. 아무튼 자기가 자진해서 설명하는 타입은 아닙니다."

"잘 알아듣지 못하겠는데요."

"아내는 사실……. 내가 말하고자 하는 것은…… 그러니까 어떤 의사와 아주 친합니다……. 서니사이드 병원에서 외과 수술을 담당하고 있는 의사지요."

"이름이 뭐지요?"

"밀샤프…… 클로드 밀샤프입니다."

"그래서 부인이 닥터 밀샤프를 만나러 갔다고 생각하셨군요?"

몬테인은 고개를 끄덕이다가 갑자기 가로저었다. 그러나 다시 생각을 고친 듯 끄덕였다.

"당신은 그러한 의심을 확인하고 싶지 않아서 부인에게 물어 보기가 두려웠다는 말이지요?"

"그때는 두려웠어요, 그렇습니다."

"그런데요?"

"그런데 오늘 아침에야 사실을 알았습니다."

"어떻게요?"

"신문을 보고 알았지요."

"언제 보았지요?"

"1시간쯤 전입니다."

"어디서?"

"조그마한 철야 영업 레스토랑에 들려 아침 식사를 할 때였어요."
"그때까지 아침 식사를 하지 않으셨군요?"
"네, 나는 오늘 아침 일찍 일어났습니다. 시간은 모르겠습니다만 직접 커피를 끓여 서너 잔 마셨습니다. 그리고 잠시 산책하러 나갔습니다. 레스토랑에 들른 것은 돌아오는 길이었지요. 그때 신문을 읽었습니다."
"부인은 당신이 외출한 것을 아십니까?"
"네, 내가 커피를 끓이고 있을 때 눈을 떴습니다."
"무어라고 말하던가요?"
"나보고 잘 잤느냐고 물었습니다."
"뭐라고 대답했지요?"
"너무 잘 자서 밤새도록 아무 소리도 듣지 못했다고, 몸을 뒤채는 일조차 없었다고 대답했지요."
"부인은 무어라고 했습니까?"
"자기도 푹 잤는데 모두 코코아 덕분일 거라면서, 침대에 들어가 베개에 머리를 댄 순간 그냥 잠이 들어 버렸다고 말했습니다."
"부인은 잘 잤습니까, 집에 돌아와서?"
"아니요, 그녀는 무엇인가 수면제 같은 것을 먹었습니다. 아시다시피 그녀는 간호사입니다. 욕실에 들어가서 약상자를 여는 소리가 들렸어요. 그런 뒤에도 아내는 제대로 잠을 이루지 못했습니다. 계속 몸을 뒤채고 있었습니다."
"부인은 오늘 아침 어떤 태도였지요?"
"매우 수척해 보였습니다."
"그런데도 잘 잤다고 말했군요?"
"그렇습니다."
"당신은 그 말을 그대로 듣고 흘려 버렸습니까?"

"네."
"일어나자마자 손수 커피를 끓이셨다고요?"
몬테인은 눈을 내리깔았다.
"네. 다른 사람들은 이상하다고 생각할지 모르겠지만, 나에게는 자연스러운 일입니다. 나는 일어나서 주위를 둘러보았습니다. 그러자 화장실 테이블 위에 놓인 아내의 핸드백이 눈에 띄었습니다. 아내는 그때 조용히 자고 있었습니다. 수면제를 먹었으니까요. 그래서 나는 핸드백을 열고 안을 조사해 보았습니다."
"왜지요?"
"무슨 단서라도 잡을 수 있을지 모른다고 생각했기 때문입니다."
"무슨 단서를요?"
"아내가 어디를 갔었나 하는 것 말입니다."
"그러나 당신은 그것을 알게 되는 것이 두려워서 감히 물어 보지도 못하시지 않았습니까?"
"그때 나는 몹시 혼란스런 상태였습니다. 밤의 정적 속에서 내가 겪은 고뇌를 당신은 모를 겁니다. 생각해 보십시오. 나는 약을 먹은 체하고 있지 않으면 안 됐지요. 꼼짝 않고 한곳에서 가만히 있어야 했단 말입니다. 꼭 고문당하는 기분이었습니다. 매 시간 시계 치는 소리를 듣고, 그리고……"
"핸드백 속에 무엇이 있던가요?"
"동 펠튼 거리 128번지의 R. 몬테인 앞으로 온 전보가 있었습니다. 발신인은 그레고리라는 자로 '최후의 답, 오늘 5시까지 기다림'이라고 적혀 있었습니다."
"전보는 그대로 놓아두었습니까?"
"네, 핸드백 속에 도로 집어넣었습니다. 그보다 먼저 설명해 드릴 일이 있습니다."

"모두 이야기해 보세요. 토막토막 듣는 것은 참을 수 없군요. 어서 이야기해 보세요."
"전보의 주소와 이름은 펜으로 씌어 있었습니다. 노웍 거리 그레고리 목슬리라고."
"죽은 남자의 이름과 주소군요."
메이슨은 무언가 생각에 잠긴 듯 말했다.
몬테인은 고개를 끄덕여 그렇다는 뜻을 나타냈다.
"그때 부인의 열쇠가 백 속에 있는지 없는지 알았습니까?"
"아니요, 몰랐습니다. 아무튼 그때는 아직 특별히 열쇠 같은 것을 문제 삼을 만한 상황이 아니었으니까요. 전보를 발견하여 내용을 읽고 나서야 아내의 행적을 알아낸 것 같은 기분이었습니다."
"말하자면 부인은 닥터 밀샤프에게 간 게 아니었다는……."
"아닙니다. 그녀는 밀샤프에게 갔었습니다. 그러나 그때는 그렇게 생각하지 않았을 뿐이지요."
"왜 상대가 밀샤프라고 생각했지요?"
"이제부터 그 이야기를 해 드리겠습니다."
"그럼, 어서 계속해 보세요."
"아내가 나가고 나서 나는 혼자 고민했습니다. 그래서 곧 밀샤프에게 전화를 걸어 아내와 그가 친하게 지내고 있는 것을 알고 있다고 알려 주려고 마음먹었습니다."
"그런 짓을 해서 무슨 이득이 있지요?"
"모르겠습니다."
"어쨌든 닥터 밀샤프에게 전화를 했단 말이지요?"
"네."
"몇 시쯤?"
"2시쯤입니다."

"그런데요?"
"벨이 울리는 소리가 나고 얼마 안 있어 동양인 고용인이 전화를 받았습니다. 긴급 환자가 있으니 밀샤프 선생을 곧 바꿔 달라고 말했지요."
"당신의 이름은 말했습니까?"
"아니요."
"고용인은 뭐라고 하던가요?"
"밀샤프 선생은 왕진 중이라고 대답했습니다."
"그래서 돌아오는 대로 연락해 달라고 부탁했나요?"
"아니요, 그대로 전화를 끊었습니다. 이쪽의 정체를 알리고 싶지 않아서지요."
메이슨은 고개를 가로저으며 크게 한숨을 쉬었다.
"그럼, 이번에는 내가 물어볼 차례군요. 왜 당신은 부인이 집에 돌아왔을 때 곧 물어보지 않았지요? 왜 코코아에 수면제를 탄 이유를 물어보지 않았습니까?"
그는 거드름을 피우며 자세를 고쳐 앉았다.
"그것은 내가 몬테인 집안의 한 사람이기 때문입니다. 우리 집안 사람들은 그런 짓은 하지 않습니다."
"그런 짓이라니요?"
"입씨름 말입니다. 이런 일을 처리하는 데는 좀더 품위 있는 방법이 있거든요."
메이슨은 정이 떨어지는 듯한 표정을 지었다.
"그래서 당신은 아침 신문을 읽고 난 뒤……?"
"로더, 아니 아내의 행동을 알았습니다."
"무엇을요?"
"아내는 목슬리를 만나러 간 것이 틀림없지만, 닥터 밀샤프도 그곳에 갔을 겁니다. 그리고 싸움이 벌어지자 밀샤프는 목슬리를 죽인 것입니다. 그러니까 아내는 그 자리에 있다가 말려들어간 거지요. 아내의 열쇠 지갑이 현장에 떨어져 있었으니 언젠가는 경찰이 그것을 단서로 하여 아내를 찾아낼 것입니다. 그렇게 되면 아내는 밀샤프를 싸고돌 것이 틀림없어요."

"왜 그렇게 생각하지요?"

"나는 그렇게 확신하고 있습니다."

"차고 문을 열어 놓은 데 대해서는 부인에게 무어라고 말했습니까?"

"부엌의 창문에서 차고가 내다보입니다. 그래서 커피를 끓일 때 아내에게 주의시켰습니다."

"부인은 뭐라고 대답하던가요?"

"처음에는 아무것도 모른다고 하더니 나중에는 안에 백을 놓아 둔 것을 잊은 채 자물쇠를 걸었는데, 잠자리에 들기 전에 생각이 나서 찾으러 갔다고 말했습니다."

"부인은 열쇠도 없이 어떻게 차고에 들어갔을까요?"

"나도 그 점을 물어보았습니다. 아무튼 아내는 가끔 핸드백을 잃어버리곤 하거든요. 지금까지도 두서너 번 그런 일이 있었고, 100달러 넘는 돈을 잃은 적도 한 번 있었지요. 아내는 언제나 열쇠를 백에 넣어 둡니다. 그러니까 백을 자동차에 놓아두고 닫아 버렸는데 어떻게 차고 문을 열었느냐고 캐물었습니다."

"그랬더니요?"

"서랍에서 예비 열쇠를 가지고 나가 열었다고 했습니다."

"거짓말을 하는 것 같이 보였습니까?"

"아니요, 똑바로 나를 쳐다보며 아주 그럴싸하게 대답했지요."

메이슨은 손끝으로 책상 끝을 톡톡 두드렸다.

"그래서 당신은 나에게 무엇을 부탁하시겠습니까?"
"아내의 변호를 맡아 달라는 겁니다. 아내가 밀샤프를 싸고돌아서 이 사건에 말려들어가는 것을 막아 주겠다고 내게 약속해 주십시오. 그리고 또 한 가지는 저의 아버지를 지켜 주십시오."
"당신의 부친을?"
"그렇습니다."
"부친이 이 사건과 무슨 관계가 있습니까?"
"우리들의 이름이 살인 사건과 연관되어 세상에 알려진다는 건 아버지의 생명을 끊는 거나 마찬가지입니다. 몬테인 집안의 이름이 세상에 드러나지 않게 해주십시오. 아버지를…… 저, 가만히 두고 싶습니다."
"그것은 매우 어려운 문제인데요. 그밖에 다른 부탁은?"
"만일 밀샤프가 유죄로 밝혀질 때에는 그를 기소하는 데 힘써 주십시오."
"밀샤프를 기소하여 만일 부인이 말려든다면?"
"그런 경우에는 물론 그가 기소되지 않도록 손을 써 주셔야겠지요."
메이슨은 찬찬히 칼 몬테인의 얼굴을 쳐다보았다.
"경찰서에서는 아직 이 차고 열쇠에 대해 아무런 단서도 잡지 못하고 있소. 그 점을 충분히 생각해 두어야 할 겁니다." 메이슨은 천천히 말에 힘을 주었다. "경찰은 플리머드와 시보레를 가지고 있는 사람을 닥치는 대로 조사할 것입니다. 그러나 당신 이름을 발견하고 차고를 조사하러 와도 전혀 그 열쇠가 발견되지 않는다든지, 또는 다른 자물쇠가 걸려 있는 것을 보게 되면 당신이나 부인을 신문하지 않을지도 모르지요."
몬테인은 다시 몸을 바로 세워 앉았다.

"경찰에서는 어떻게든 알게 될 겁니다."
"왜 그렇게 확신하지요?"
"내가 사실을 알릴 것이기 때문입니다. 그렇게 하는 것이 나의 의무입니다. 비록 아내가 말려들어간다 해도 사실을 감출 수는 없어요. 아내와 법 사이에 끼어 고민할 필요는 없습니다."
"만일 부인이 결백하다면?"
몬테인은 벌컥 화를 냈다.
"물론 결백합니다. 그러니까 이렇게 이야기하고 있지 않습니까! 범인은 밀샤프입니다. 이건 누구나 다 알 수 있는 일입니다. 아내가 외출하고, 밀샤프도 외출하고, 목슬리는 죽고……. 아내는 그를 비호하려 하고, 그는 아내에게 죄를 뒤집어씌우려고 하겠지요. 그러니까 먼저 경찰에 알려서……."
메이슨은 이야기를 가로막았다.
"자, 몬테인 씨, 당신은 지금 질투하고 있소. 그러니까 사물을 왜곡하여 생각하게 되는 거지요. 닥터 밀샤프의 일은 잊어 버리는 게 당신을 위해 좋을 거요. 우선 댁으로 돌아가셔서 부인의 해명을 들으십시오. 경찰에 알리는 것은 그 뒤에라도……."
몬테인은 필요 이상으로 거드름을 피우며 서먹서먹한 태도로 벌떡 일어섰다. 그러나 그 거드름 피우는 태도도 이마에 흘러내려와 있는 흐늘흐늘한 머리카락 때문에 아무런 효과가 없었다.
"그거야말로 밀샤프의 계획에 말려들어가는 짓입니다. 그자는 아내에게 거짓말을 하도록 잔꾀를 가르치고 있어요. 아내는 내가 경찰에 알린다면 틀림없이 말릴 것입니다. 그러나 경찰이 열쇠의 임자를 알아냈을 경우, 내 입장은 어떻게 됩니까? 안 됩니다. 메이슨 씨, 나는 마음을 굳혔습니다. 나는 내 나름의 생각에 따라 행동하겠습니다. 아내에 대해서도 단호한 태도를 취하겠어요. 그러나 밀샤프에 대해서는 가차 없이 추궁할 작정입니다."

"그런 어리석은 태도를 버리고 좀더 현실적으로 생각해 보시오!" 메이슨은 참을 수가 없어 버럭 소리를 질렀다. "자기 감정만 앞세우니까 그런 어리석은 생각을 하게 되고 세상에 없는 정의파인 체하며……."

몬테인은 상기된 얼굴로 메이슨의 말을 가로막았다.

"그것으로 좋습니다." 그는 온몸이 정의로 똘똘 뭉쳐진 양 위엄을 보이며 말했다. "나는 이미 마음을 정했습니다, 메이슨 씨. 이제 경찰에 출두하겠습니다. 이렇게 하는 것이 모두에게 가장 좋은 일이라고 생각하기 때문입니다. 밀샤프는 아내를 마음대로 조종할 수 있어도 경찰은 어쩔 수 없을 겁니다."

메이슨은 경고했다.

"닥터 밀샤프에게는 손을 대지 않는 게 당신 자신에게 이로울 거요. 아무 증거도 없으니까."

"그는 살인이 일어난 시각에 외출 중이었습니다."

"왕진 중이었는지도 모르지요. 부인의 일을 경찰에 알릴 생각이라면 그건 좋습니다. 그러나 만일 밀샤프의 이름을 입에 올리게 되면 당신 자신이 시끄러운 일에 말려들어가게 될 겁니다."

"알았습니다. 그럼, 잘 생각해 보지요."

몬테인도 그 말에는 동의했다.

"우선 당신은 변호사로서 아내의 대리인이 되어 주십시오. 청구서는 내 앞으로 보내 주시면 됩니다. 그리고 저의 아버지에 대한 일도 잊지 마시고 적극적으로 손을 써 주시기 바랍니다."

"한 번에 두 가지는 곤란한데요," 메이슨은 무뚝뚝하게 말했다. "우선 부인의 대리인이 되겠습니다. 밀샤프가 방해가 된다면 어떻게든 해치울 수 있지만, 당신 아버지는 과연 보호해 드려야 할 필요가 있는지 모르겠군요. 만일 부인을 대리하는 일에 무언가 조건이 붙는다면 이 일은 맡지 않겠습니다. 나는 나대로 자유롭게 행동할 작정입니다. 그리고 한 가지 더 말씀드려 두겠는데, 당신의 아버님 경우는 직접 이쪽으로 나오시는 게 좋겠습니다. 또 청구서를 보낸다는 따위의 말은 그다지 달갑지 않군요."

"물론 당신의 기분도 잘 알겠습니다." 몬테인은 천천히 입을 열었다. "우선 아내를 먼저, 그건 내가 가장 바라는 바입니다."

"그럼, 부친에 대한 것은 부차적으로 나도……."

몬테인은 눈을 아래로 내리깔고 자그마한 소리를 냈다.

"그렇게 할 필요가 있게 될까요……."

"아마 그렇게는 안 되겠지요. 당신 부친께서는 이 사건과 아무 관련이 없으니까요. 하지만 돈주머니의 끈을 쥐고 있는 것이 그분이라면 내 보수는 그분에게서 받아야겠군요."

"아버지는 돈을 내놓으려 하지 않을 겁니다. 로더를 싫어하니까요. 돈은 내가 어떻게든지 만들겠습니다. 아버지는 단 1센트도 내놓지 않을 겁니다."

메이슨이 갑자기 화제를 바꾸었다.

"언제 경찰에 알리시겠습니까?"

"지금 당장……."

"전화로?"

"아니, 내가 직접 출두하겠습니다."

몬테인은 발길을 돌려 문 쪽으로 걸어가다가 갑자기 무언가 생각이 난 듯 뒤돌아보며 한 손을 내밀고 메이슨에게로 다가왔다.

"열쇠를 주십시오. 하마터면 잊을 뻔했군요."

페리 메이슨은 한숨을 쉬고 책상에서 열쇠를 집어 들어 몬테인의 손바닥에 떨어뜨려 주었다.

"쓸데없는 일은 그만두었으면 좋겠는데……."

그러나 몬테인은 복도로 통하는 문 쪽으로 걸어갔다. 정의파의 단호한 결의를 보이려는 듯한 걸음걸이로…….

7

페리 메이슨은 눈살을 찌푸리며 급히 시계를 들여다보았다. 그리고는 초조한 듯이 엄지손가락으로 벨을 눌렀다. 세 번 벨을 누르고는 대문을 등지고 돌아서서 양쪽 집을 둘러보았다.

이웃집 창문의 레이스 커튼이 움직이는 것이 눈에 들어왔다.

메이슨은 또 한 차례 벨을 눌러 보고 대답이 없는 것을 확인하자 조금 전 커튼이 슬쩍 흔들렸던 이웃집으로 곧장 걸어갔다.

벨을 누름과 거의 동시에 발소리가 나고 대문이 열렸다. 몸집이 좋은 중년 여자가 빛나는 눈초리로 집어삼킬 듯이 메이슨을 쳐다보았다.

"물건을 억지로 떠맡기는 장사꾼은 아니겠지?"

메이슨은 고개를 저었다.

"모자를 쓰지 않았으니 잡지 구독을 권유하러 다니는 사람도 아닌 모양이고."

변호사의 미소는 쓴웃음으로 바뀌었다.

"그럼, 무슨 일로 왔지?"

그 매끄러운 혀끝에서 거침없이 반말이 튀어나왔다.
"몬테인 부인을 찾고 있습니다."
메이슨은 아무 말 없이 여자의 입에서 또 무슨 말이 나올까 기다리고 있었다.
"벨을 울려 봤어?"
"아시지 않습니까? 커튼 뒤에서 내다보셨으니까."
"아니, 그래서 어쨌단 말이야? 자기 집 창문으로 바깥을 내다볼 권리가 내게 없다고 말하는 건 아니겠지? 이건 분명히 내 돈 내고 산 내 집이야!"
메이슨은 웃음이 터져 나왔다.
"별다른 뜻이 있는 건 아닙니다. 다만 시간이 좀 없어서 그럴 뿐이니까요. 당신은 날카로운 통찰력을 갖고 계신 분 같군요. 제가 몬테인 댁을 방문한 것은 부인께서도 보셨습니다만, 혹시 몬테인 부인이 나가시는 것을 보시지 못했습니까?"
"보았다면 어쩌려고?"
"그녀에게 급히 연락할 일이 있어서……."
"친구요?"
"그렇습니다."
"몬테인 씨도 집에 없는 모양이지?"
메이슨은 고개를 끄덕였다.
"그렇다면 여느 때보다 훨씬 일찍 나간 거야. 오늘은 나가는 걸 보지 못해서 나는 아직 자는 줄 알았지. 전혀 돈에 신경 쓰는 사람이 아니니까. 그 사람이라면 하고 싶지 않은 일은 하지 않아도 되는 훌륭한 신분이라서."
"몬테인 부인은 어떻습니까?"
"그 사람은 간호사 출신인데, 돈 때문에 결혼한 거야. 30분쯤 전에 택시로 나갔어."
"들고 나간 짐은?"
"작은 가방 하나였지. 1시간 전에 운송회사에서 사람이 와서 트렁크를 운반해 나갔거든."
"언제 집에 돌아오는지 모르시겠습니까?"
"모르겠어. 이웃에 살아도 서로 상대를 하지 않으니까. 그 사람들한테 나 같은 건 보잘것없는 가난뱅이일 뿐이지. 이 집은 내 아들이 사 주었어. 금액을 모두 지불한 건 아니지만, 그래도 그 애가 생명보험에 들어 주어서, 그 애가 죽었을 때 나온 보험금으로 집값을 치렀지. 우리 찰스는 얼마나 상냥하고 분별 있는 아이였는지……. 요즘 아이들이라면 부모 생각하고 보험에 든다는 게 도저히……."
페리 메이슨은 가볍게 인사하면서 말했다.
"폐를 끼쳐 죄송합니다. 덕분에 많은 것을 알았습니다."
"그 사람이 돌아오면 누가 찾아왔다고 할까?"
"아마도 돌아오지 않을 겁니다."
여자는 현관까지 따라오면서 다시 물었다.
"돌아오지 않는다고?"
페리 메이슨은 아무 말도 하지 않고 터벅터벅 보도로 걸어 나갔다.
"뭐라더라, 소문에 의하면 가족들이 두 사람의 결혼을 반대하고 있다던데! 부친한테서 오는 송금이 없으면 그 양반 어떻게 할 작정인지……."
메이슨은 재빠른 걸음으로 걸어가다 뒤돌아보고 웃는 얼굴을 지어보이며 모자를 약간 위로 올리고 길모퉁이를 돌았다.
　큰길에서 택시를 잡자 메이슨은 행선지를 일러 주었다.
"비행장으로 갑시다."

차가 움직이기 시작했다.

"벌금은 내가 낼 테니 힘껏 달려 주시오."

운전기사는 빙그레 웃으며 속력을 내어 혼잡한 거리를 교묘하게 누비고 나갔다.

"이건 버스 정도의 속력밖에 안 되지 않소?"

"나는 언제든지 이렇게 운전합니다."

"빨리 달리면 팁을 많이 내겠소."

"안전 속력으로 모시겠습니다. 나도 여편네와 자식을 거느리고 있으니까요."

운전기사는 입을 다물었다. 갑자기 옆 골목에서 경쾌한 세단이 튀어나왔다. 그래서 브레이크를 밟고 급히 핸들을 꺾었다.

"이렇다니까요. 급히 서둘러 가려고 하면 바로 이런 일이 생기지요. 사고를 내게 되면 회사는 변명도 들어 주지 않아요. 언제든지 잘못한 건 택시 운전기사로 되어 버립니다. 우리는 자기 차뿐만 아니라 상대방의 차까지도 보살피며 운전하지 않으면 안 돼요. 충돌이나 일으켜 보세요. 당장 목이 날아가 버리지요. 그런데 손님, 지금 미행당하고 있다는 걸 아십니까?"

페리 메이슨은 움찔하며 몸을 일으켰다.

"돌아보면 안 됩니다요." 운전기사가 경고했다. "점점 이리로 가까이 오고 있어요. 포드 쿠페인데, 손님이 타신 뒤 바로 알아차렸지만 그때는 마음에 두지 않았지요. 그러나 이 혼잡한 거리에서도 아직까지 뒤를 찰싹 따라붙어 오는데요."

페리 메이슨이 눈을 위로 치켜뜨고 백미러를 들여다보려 하자 운전기사가 말했다.

"좀 기다리십시오. 잘 보이도록 해 드리지요."

운전기사는 도로 양쪽이 비어 있는 것을 보자 무척 다행이라는 듯한 손을 올려 백미러를 움직였다. 그러자 등 뒤에 따라오는 차량의 행렬이 비쳤다.
"손님은 뒤를 감시해 주십시오. 나는 앞을 맡을 테니까요."
메이슨의 눈이 무슨 생각에 잠긴 듯 가늘어졌다.
"이런 걸 알아차리는 걸 보니 당신도 꽤 눈치가 빠른데."
"당연하지요. 차의 앞뒤에 정신을 쏟지 않으면 여편네며 애들하고 영 작별을 해야 하니까요. 뒤를 부탁합니다, 손님. 내가 할 일은 운전뿐이니까요."
페리 메이슨은 천천히 입을 열었다.
"포드 쿠페로구먼. 오른쪽 파인더가 구부러져 있고, 남자 둘이 타고 있군. 그럼, 이렇게 합시다. 다음 모퉁이에서 왼쪽으로 꺾어 8자형으로 두 블록쯤 돌아주시오. 그럼, 미행당하고 있는지 어떤지 확실해질 테니까."
"8자형으로 돌면 이쪽에서 알아차렸다는 것을 알려 주게 됩니다."
"어떻게 생각하든 상관없소. 어쨌든 확실한 걸 알아야겠으니까. 이 차를 미행하는 게 아니라면 그대로 지나치겠지. 미행하는 것이 확실하면 차를 세우고 어떻게 할 셈이냐고 물어 보겠소."
"설마 납 콩알이 날아오는 건 아니겠지요?"
운전기사는 질리는 듯 물었다.
"그런 일은 없을 거요. 기껏해야 사립 탐정일 테지."
"부인과 무언가 시끄러운 일이 있나 보지요?"
"당신 말이 맞아요. 과연 당신은 대단한 운전기사군요. 운전만 잘하는 줄 알았더니 그게 아니로군."
운전기사는 빙그레 웃으며 하얀 이를 드러내 보였다.
"알았습니다, 손님. 쓸데없는 소리는 하지 않을게요……. 자, 꼭 붙잡으세요. 왼쪽으로 돌립니다."

차는 차체를 기울이며 옆 골목으로 미끄러져 들어갔다.
다시 급격하게 커브를 돌아 삐익 소리를 냈다.
"포드는 가 버렸소. 거기 보도에 붙여서 잠깐만 세워 주시오. 다른 골목으로 돌아서 오는지 어떤지 기다려 봅시다. 백미러로 보니 포드는 네거리에서 속력을 떨어뜨리는구먼. 우리가 왼쪽으로 두 번째 돌아섰을 때 네거리에 와 있었어. 거기서 차를 꺾을까 어떨까 잠시 망설이더니 결국 그대로 지나쳐 버렸소."
운전기사는 단조로운 리듬으로 껌을 씹으면서 뒤창문 쪽을 돌아다 보았다.
"여기 서 있으면 시간만 없어집니다. 비행기를 타시려는 거지요?"
"실은 나도 타게 될지 어떨지 모르겠구려."
"그건 그렇고, 이 근처 어떤 골목에서 그 차가 튀어나올 것 같지는 않군요."
"다른 길로 나가서 비행장으로 가 볼까? 딴 길로 나갈 수 있소?"
"그렇고말고요, 바라시는 대로 하지요."
"그럼, 딴 길로 갑시다."
운전기사는 자세를 똑바로 잡고 백미러를 조절했다.
"이제 이건 필요 없겠지요, 손님?"
차는 다시 기어를 넣고 움직이더니 속력을 내기 시작했다. 변호사는 쿠션에 기댄 채 가끔씩 고개를 돌려 뒤를 살펴보았다. 그러나 미행당하는 기색은 없었다.
차가 공항을 향해 돌 때 운전기사가 물었다.
"어디다 댈까요?"
"매표구로."
"동행이 와 있습니다요, 손님."
운전기사는 턱을 쑥 뽑아 올리며 말했다.

파인더가 구부러진 포드 쿠페가 '주차 금지'라고 빨간 표지가 붙어 있는 보도 옆에 멈춰서 있었다.
"경찰인가요?" 운전기사가 물었다.
메이슨은 이상하다는 듯 그 차를 보면서 말했다.
"잘 모르겠는데."
"경찰입니다. 그렇지 않으면 이런 데 주차할 수가 없거든요." 운전기사가 잘라 말했다. "돌아갈 때도 타시겠다면 기다리지요. 어떻게 하시겠습니까?"
"기다려 주시오."
"그럼, 주차장으로 차를 돌려놓아야겠군."
"좋소, 거기서 기다리시오."
페리 메이슨은 매표구 쪽으로 들어가더니 곧장 창구로 향했다. 그러다 갈색 모피 깃을 단 갈색 코트가 눈에 띄자 갑자기 걸음을 멈추었다.
코트의 주인은 회전문 옆 칸막이 안에서 햇볕을 쬐고 있었다. 문 저쪽에는 대형 헬리콥터가 햇살을 받아 번쩍번쩍 빛나고 있었다. 요란한 프로펠러 소리를 내며 천천히 회전을 시작하고 있었다.
페리 메이슨은 문을 밀치고 들어갔다. 제복을 입은 승무원이 큰 걸음으로 문 쪽을 향해 걸어가고 있었다. 스튜어디스가 한 사람 비행기에서 내려와 트랩 옆에 섰다.
메이슨은 갈색 코트의 주인공 뒤로 다가섰다. 그리고는 낮은 목소리로 소곤거리듯이 말했다.
"놀라지 마시오, 로더."
로더는 깜짝 놀라 몸이 굳어지는가 싶더니 천천히 뒤를 돌아보았다. 불안으로 흐려진 눈이 재빨리 메이슨의 얼굴을 쳐다보았다. 그리고는 자기도 모르게 숨을 들이키고 다시 앞쪽을 향했다.

"당신이었군요."

로더는 주위를 경계하듯 조심스럽게 말했다.

"형사 두 사람이 당신을 찾고 있소." 메이슨은 낮은 목소리로 말을 계속했다. "아마도 사진은 갖고 있지 않고, 인상 기록서뿐일 거요. 비행기에 오르는 사람을 감시하고 있소. 비행기가 출발하면 공항 안을 수색할 게 틀림없소. 저쪽 전화 부스 안으로 들어가시오. 나도 뒤따라갈 테니까."

로더는 사람들의 눈을 피해 문 근처의 무리들 속을 빠져나와 신경질적으로 달음질쳐서 전화 부스로 들어가 문을 닫았다.

제복을 입은 직원이 문을 열고 승객을 태우기 시작했다. 어깨가 넓은 두 남자가 비행기 뒤에서 나와 승객 한 사람 한 사람을 날카로운 탐색의 눈으로 살펴보고 있었다.

페리 메이슨은 형사가 거기에 정신이 팔린 틈을 이용하여 재빨리 전화 부스 안으로 뛰어가 문을 열었다.

"바닥에 쪼그리고 앉으시오, 로더."

"안 돼요. 앉을 자리가 없어요."

"그렇게 하지 않으면 안 돼요. 자, 나를 쳐다보고 등을 전화 선반 밑 벽에 꼭 붙여요. 옳지, 이번에는 무릎을 꿇고, 그렇게……이제 됐소."

메이슨은 겨우 문을 닫고 나서 전화기 앞에 섰다. 그리고는 재빨리 로비 쪽을 살폈다.

"로더, 내가 말하는 것을 잘 들어요. 여기 와 있는 형사들은 당신이 지금 비행기에 탄다는 정보를 입수한 듯하오. 그리고 시내에서 밖으로 빠져나가는 출구에 감시망을 쳐 놓았는지도 모르오. 공항, 철도역, 버스 터미널 등 모든 곳에 경계망을 쳐 놓고 있을 거요. 나는 저 형사들을 모르나 저쪽에서는 나를 알고 있소. 아마도 내가 당신 집을 나와서 택시를 집어타자 이내 나라는 것을 알아차린 모양이오. 저들은 내가 당신과 만날 것으로 짐작하고 잠시 내 뒤를 미행했지만 내가 따돌려 버렸지. 그러자 저들은 이리로 직행해 왔소. 내가 여기에 있는 걸 발견하면 아마 당신이 비행기에 타기 전에 무언가 지시를 하려고 온 줄로 짐작할 거요. 그러나 당신의 모습이 보이지 않으면 내가 비행기를 놓쳐서 전화로 당신 있는 곳을 찾고 있다고 생각할 거요. 그러니 조금 있다가 연극을 합시다. 내가 형사의 모습을 눈치채고 전화 부스 안에 몸을 숨기고 있는 줄로 생각하도록……. 대충 알아듣겠소?"

"네." 입 안에서 중얼거리듯 로더의 목소리가 바닥에서 올라왔다.

"됐소. 자, 녀석들은 이리저리 둘러보기 시작했소. 나는 전화로 이야기하는 시늉을 할 테니까."

메이슨은 수화기를 들었으나 돈은 넣지 않았다. 그대로 송화기에 입을 대고 빠른 말로 지껄이기 시작했다. 겉으로는 상대와 통화하는 것처럼 보이지만 사실은 로더 몬테인에게 명쾌하게 지시하고 있는 것이었다.

"비행기로 멀리 도망치려 하다니, 당신도 약간 분별이 모자라는군. 도망친다는 것은 뭔가 뒤가 켕기는 일이 있다는 것을 뜻하지요. 다른 도시로 가는 표를 가진 당신이 저 비행기를 타다가 경찰에 체포되었다면 어떻게 되겠소? 당신을 기소할 이유만 더 커질 뿐이오. 알겠소? 이제부터는 당신이 도망치려고 했다는 것을 경찰이 증명하지 못하도록 무슨 수를 쓰지 않으면 안 됩니다."

"어떻게 내가 여기 있다는 것을 아셨지요?"

"경찰과 같은 수법이지요. 당신은 가벼운 소지품만 들고 집을 나왔소. 그리고 트렁크를 운송회사에 보냈소. 만일 기차를 탔다면 틀림없이 수하물로 보냈겠지요. 그건 그렇고, 사태가 이렇게 되면 당신은 어려운 각오를 해야겠소. 하지만 경찰에 가는 건 아니고 어떤 신문사에 가서 독점 기사를 쓰는 거요."
"모든 것을 털어놓으라는 말씀이신가요?"
"아니, 다만 당신이 그렇게 마음먹고 있다는 시늉만 하면 되는 거요. 어쨌든 이야기할 기회는 없을 테니까."
"왜요?"
"당신이 신문사에 모습을 나타내는 순간 이야기할 여유도 없이 형사가 잡으러 올 거요."
"그 다음에는 어떻게 되지요?"
"그렇게 되면 침묵이 있을 따름입니다. 아무것도 말해서는 안 됩니다. 변호사가 입회하지 않는 한 말하지 않겠다고 끝까지 버티시오, 알겠지요?"
"네."
"좋소. 그럼, 이제 〈크로니클〉지에 전화를 걸겠소. 겨우 형사들이 눈치 챈 모양인데. 이쪽이 먼저 알고 있다는 것은 모르는 모양이오. 〈크로니클〉지에 전화를 건 뒤 이쪽이 눈치챘다는 것을 저들에게 알려 줍시다. 일부러 등을 돌리고 숨바꼭질하는 것처럼 해야겠군. 그러면 그들은 내가 이곳에서 당신과 만날 예정이었으며, 자기들이 떠나기를 기다리는 것으로 생각하겠지. 그래서 나를 감시할 수 있는 곳에 지켜 서서 내가 여기서 나가든지 당신과 만날 때까지 기다릴 것이오."

메이슨은 동전을 집어넣고 〈크로니클〉지의 번호를 돌린 다음 사회부 부장인 보스트위크를 불러냈다.

수화기 저편에서 그의 목소리가 들려오자 메이슨은 이야기를 했다.
"로더 몬테인의 특종 기사를 싣고 싶지 않나? 피살된 그레고리 목슬리를 오늘 새벽 2시에 방문하기로 약속되어 있었던 여자인데, 만일 생각이 있다면 그녀를 보내 주지…… 좋네…… 아마 그녀도 〈크로니클〉지 기자라면 속내를 털어놓을 마음이 들 걸세. 아, 여기는 페리 메이슨이네. 물론 나는 그녀의 대리인이 되는 거지…… 좋고말고. 그럼, 잘 들어두게. 내가 여기 있는 것도 몬테인 부인이 여기 있는 것도 소문내서는 안 되네. 나는 전화 부스 안에 있어. 기자를 두 사람쯤 보내 주면 로더 몬테인 부인을 맡기도록 하지…… 그 다음에 무슨 일이 일어날지는 보증 못하겠어. 그것은 자네 쪽에서 하기 나름이지만, 적어도 로더 몬테인이 〈크로니클〉지에 나타났다는 특종은 실을 수 있지 않겠나? 그러나 미리 말해 두지만, 〈크로니클〉지가 도망치기 직전의 그녀를 붙잡았다고 쓰는 건 곤란해. 이것은 어디까지나 스스로 출두하는 거니까…… 그렇지. 〈크로니클〉지에 자신을 맡기는 건 그녀가 원해서 하는 거야. 〈크로니클〉지가 다른 신문을 앞지르는 거지…….

뭐라고? 그녀를 바꾸라고? 그렇게 할 수는 없네. 그녀 대신 내가 진술할 수도 없는 입장이고, 자네 있는 곳에서 그녀의 진술을 받아낼 수 있을지도 장담 못하겠어……. 특종을 거저 주겠다는 건데 너무 뻔뻔스러운 소리는 그만두게. 지금부터 호외 준비나 해 놓고 자네 부하에게서 연락이 있는 대로 거리로 내보내면 되지 않나. 솔직히 말해서 보스트위크, 자네 부하가 로더와 인터뷰하기 전에 형사에게 체포될 염려도 있다네. 그러나 그렇게 되면 그녀는 묵비권을 행사할 테니까…… 오케이. 그럼, 호외 준비를 하고 기자를 보내 주게. 그리고 현재의 상황에 대해 서너 가지 새로운 이야기를 들려주지.

그런데 미리 부탁해 두지만, 지금부터 이야기하는 것에 나를 끌어들이면 곤란해. 나는 다만 자네가 손에 넣을 수 없는 정보를 두세 가지 알려 주는 것뿐이니까. 준비됐나? 로더 몬테인은 몇 년

전 그레고리 로튼이라는 사람과 결혼했었네. 인구 통계국에 가면 결혼 허가증이 있지. 그레고리 로튼이 바로 그레고리 목슬리, 본명이 그레고리 케리라는 그 피살된 사나이일세.

 일주일쯤 전에 로더 로튼은 칼 몬테인이라는 남자와 재혼을 했네. 시카고의 부호 C. 필립 몬테인의 외아들이지. 몬테인 집안이라면 상류 계급인 데다 가풍이 대단해. 로더 로튼은 결혼 허가증 신청서에 미망인이라고 써넣었네. 그런데 그레고리 목슬리가 나타나 한바탕 소동이 벌어진 거야. 로더는 넬 브린리라는 여자친구와 동 펠튼 거리 128번지에서 함께 살았는데, 목슬리가 그 주소로 몇 번이나 전보를 보내어 뭔가 요구를 해 왔어. 자네가 경찰이나 전신회사 같은 데서 그 전보의 내용을 입수한다면 아주 귀중한 자료가 되겠지. 넬 브린리도 자기가 대신 전보를 받아 줬다는 것을 인정할 걸세. 내가 알려 줄 수 있는 것은 이것뿐이네, 보스트위크, 이 자료로 기사를 만들게. 호외에 실을 특종 기사를 쓸 수 있도록 다른 자료도 찾아보게……. 아, 그녀는 공항에서 어떻게 되겠지. 왜 공항에 나왔느냐고? 내가 이곳으로 불러냈네……. 안 돼, 이야기는 이것뿐이니까 더 이상 이야기할 만한 건 없네. 그럼, 잘 부탁하네."

아직도 볼멘소리가 커다랗게 흘러나오고 있었으나 페리 메이슨은 수화기를 놓아 버렸다. 그리고 전화 부스에서 나올 듯한 태도를 취하며 뒤돌아보다 유리창 너머로 형사 한 사람을 보자 발을 멈추고 얼굴을 감추는 듯 어깨를 돌리고 머리를 숙였다. 그리고 수화기를 들고는 다시 전화를 거는 체했다.

 "형사는 나를 알아차렸고, 이쪽에서도 자기들을 알아차렸다는 것을 눈치 챈 모양이오, 로더. 아마 일부러 틈을 보이고 한 번 골탕을 먹이려고 하겠지. 어디엔가 몸을 숨기고……."

"이리로 올 것 같지는 않나요?" 로더가 목소리를 죽여 말했다.
"걱정 없소. 그들의 목적은 당신이지 내가 아니니까. 그들은 당신이 여기서 나와 만나기로 되어 있기 때문에 내가 기다리고 있는 것이라고 짐작할 거요. 그래서 내가 자기들이 떠날 때까지 여기서 몸을 숨기고 있을 거라고……. 저들은 이제부터 보라는 듯이 휘젓고 다니다가 여길 떠나는 체할 거요. 그렇게 하면 나를 유인해 낼 수 있으리라 생각하고……."
"어떻게 나에 대해서 알아냈을까요?"
"당신 남편으로부터요."
로더는 자기도 모르게 숨을 삼켰다.
"그러나 남편은 아무것도 몰라요. 자고 있었으니까요."
"그는 자고 있지 않았소. 당신은 남편이 마실 코코아에 이프랄 정제를 몇 알 넣었지만 상대도 만만치 않았소. 그는 코코아를 마시지 않았거든. 그는 잠든 체하며 당신이 집에서 나갈 때와 돌아올 때의 소리를 모두 듣고 있었소. 자, 무슨 일이 있었는지 솔직히 말해 주시오."
전화 부스 아래에서 올라오는 소리와 로더의 목소리는 무척 알아듣기 힘들었다. 페리 메이슨은 수화기를 귀에 댄 채 몸을 한쪽으로 기울이고 그녀의 소리가 잘 들리도록 자세를 취했다.
"나는 옛날에 무서운 일을 저질렀어요. 그레고리는 그 일을 알고 있었던 거예요. 형무소에 갈 만한 일이지요. 그러나 내가 두려워하는 것은 형무소에 가는 게 아니라 칼이예요. 그 사람의 부모는 칼이 신분이 낮은 여자…… 매춘부보다 조금 나은 여자와 결혼했다고 생각하고 있어요. 그래서 나는 칼의 아버지로부터 '그것 보라'는 말을 결코 듣고 싶지 않은 거예요. 또한 칼과의 결혼에 파탄을 일으키고 싶지도 않고요."

"그다지 크게 참고될 만한 이야기는 아닌데요."
메이슨은 전화를 거는 시늉을 하면서 말했다.
"모두 이야기하고 있는 거예요." 로더는 우울한 목소리로 말했다. 금방 울음을 터뜨릴 듯한 목소리였다.
"우물쭈물하고 있을 때가 아니오. 괜히 눈물로 시간을 없애지 말아요."
로더는 똑똑하게 대답했다.
"울지는 않아요. 울어서 시간을 허비할 생각은 없어요."
"내 귀에는 당신이 우는 것처럼 들렸소."
"당신도 금속제 전화 부스 밑바닥에 허리를 대고 무릎 사이에 턱을 끼고 있는데 그 위에 사람이 앞을 가리고 서 있어 보세요. 그때 기분이 어떤지 알게 되겠지요. 당신도 이런 소리가 나올 테니까요."
메이슨은 자신도 모르게 웃음이 터져 나왔다.
"그래서요?"
"그레고리는 귀찮은 일에 말려들어가 있었어요. 무슨 일인지는 모르지만 그 사람은 일 년 내내 어떤 사건에 휩싸여 있는 것이었어요. 틀림없이 나를 버리고 나서 형무소에 가 있었을 거예요. 그러니까 아무 소식도 없었겠죠. 그 사람이 행방을 감추었을 때 나는 그를 찾아내려고 무척 애를 썼습니다. 그러나 알아낸 것은 그레고리가 비행기 사고로 죽었다는 것뿐이었어요. 지금도 그가 왜 비행기에 타지 않았는지 그 이유를 모르겠어요. 비행기표는 샀지만 무슨 이유 때문인지 그는 타지 않았어요. 경찰의 수배를 경계한 것이 아닌가 생각돼요. 탑승자 명단에도 분명히 올라 있었으니까요. 그래서 나는 그레고리는 죽었다고 생각했지요. 아무리 생각해 보아도 틀림없이 죽은 것 같았습니다만, 문제는 시체가 발견되지 않는 것이었어요. 그래서, 그래서 나는 그레고리가 죽은 것으로 생각하고 처신해 왔어요."

변호사는 무슨 말을 하려다가 입술까지 튀어나오는 말을 꾹 눌러 참았다.

"무슨 말씀을 하려고 하셨지요?" 로더가 물었다.

"아니, 이야기를 계속하시오."

"그런데 그레고리가 돌아왔어요. 그레고리는 칼에게서 돈을 뜯어내라고 윽박지르는 것이었어요. 칼은 법정에 자기의 이름이 오르내리는 것을 막기 위해서라도 돈을 낼 것이라면서 '유부녀를 가로챈 죄목으로 칼을 고소하겠다'느니, '너는 여전히 내 여편네인데 칼은 우리를 갈라놓았다'고 생떼를 썼어요."

메이슨은 입가에 차가운 웃음을 머금은 채 말했다.

"여편네의 돈을 가로채 가지고 자취를 감춘 뒤 몇 년 동안 편지 한 장 없던 작자가 말이오?"

"당신은 모를 거예요. 그레고리가 재판에 이기느냐 지느냐 하는 것이 문제가 아니에요. 문제는 그 사람이 그것을 들고 나올 권리가 있느냐 없느냐 하는 거지요. 칼은 법정에서 자기 이름이 불리게 된다면 아마 그 전에 죽어 버릴 거예요."

"아무튼 사실이 어떻게 되었든지 모두 나에게 털어놓기 전에는 아무것도 이야기하지 않겠다고 한 약속을 기억하고 있겠지요?"

"네, 알았어요. 나는 넬 브린리를 만나러 갔었어요. 그런데 또 전보가 와 있었어요. 그레고리로부터 온 것이었어요. 단단히 화가 났던지 곧 전화하라는 내용이었지요. 그래서 전화를 하자 오늘 밤 안으로 확실한 대답을 하라는 것이었어요. 나는 확실한 대답이라면 지금 곧이라도 할 수 있다고 말해 주었지요. 그러나 그는 직접 만나서 이야기하고 싶다는 것이었어요. 나는 남편이 잠들 때까지는 빠져나올 수가 없으니까 새벽 2시에 찾아가겠다고 말했어요. 그래서 칼이 깊이 잠들도록 이프랄을 여느 때의 두 배쯤 코코아에 넣어 마시게 했어요."
"그리고 어떻게 했지요?"
메이슨은 이렇게 물으면서 몸의 위치를 조금 바꾸어 전화 부스 유리창 너머 공항 로비 쪽을 흘끗 보았다.
"1시가 조금 넘었을 때쯤 일어나 옷을 갈아입고 가만히 집을 나왔어요. 차고 문의 자물쇠를 열고 시보레 쿠페를 끌어내어 문을 닫았어요. 그러나 자물쇠 거는 것을 잊어 버렸지요. 차를 타고 나와 보니 한쪽 타이어에 공기가 빠져 있었어요. 정비사가 스페어타이어와 바꾸어 주었지만, 그것도 못이 박혀 있어 펑크 난 거나 마찬가지였어요. 하지만 아직 공기가 남아 있어서 바꿔 낄 때까지는 펑크 난 줄을 몰랐지요. 그래서 다시 그 타이어를 빼내 못을 뽑아내고 새로운 타이어로 갈아 끼워야 했어요. 수리가 끝날 때까지 기다릴 수 없다고 말하자 그는 보관증을 써 주었어요. 나중에 다시 찾아가기로 한 거지요."
"못이 박힌 타이어를 말이지요?"
"네, 그것을 펑크 난 타이어와 바꿔 끼울 작정이었어요. 펑크 난 쪽의 타이어는 완전히 납작 달라붙어서 못 쓰게 되고 말았거든요."
"그리고 나서 어떻게 됐지요?"
"그리고는 그레고리의 아파트로 갔어요."
"벨을 눌렀습니까?"
"네."
"몇 시였지요?"
"모르겠어요. 그러나 2시는 넘었을 거예요. 약속 시간에 늦어 버렸어요. 2시 10분이나 15분쯤 되었을 거예요."
"그리고?"

"저는 몹시 화가 났어요. 그레고리는 '어떻게 해서든지 돈을 만들어. 적어도 2천 달러는 아침에 은행 문이 열리는 것과 동시에 내 계좌로 입금하고, 따로 1만 달러를 남편한테서 긁어 내. 그것이 싫다면 남편을 고소하고 너를 체포하도록 하겠어'라고 말했어요."
"그래서 당신은 어떻게 했지요?"
"한 푼도 줄 수 없다고 잘라 말했어요."
"그랬더니?"
"그 사람은 입에 담지 못할 욕을 퍼부었어요. 나는 당신에게 전화하려고 했어요."
"그런데?"
"나는 전화 있는 곳으로 달려가서 수화기에 손을 댔어요."
"잠깐만, 당신은 장갑을 끼고 있었습니까?"
"네."
"좋소. 그 다음은?"
"수화기를 들려고 하자 그레고리가 달려들었어요."
"그래서 어떻게 했지요?"
"나는 싸우면서 그레고리를 밀어냈습니다."
"그래서?"
"겨우 풀려났다고 생각했는데 또 달려들었어요. 난로 곁에는 스탠드가 있고 그 안에 부젓가락과 삽과 브러시가 들어 있었어요. 나는 닥치는 대로 아무거나 집어들었지요. 그것은 부젓가락이었어요. 그것을 휘두를 때 그레고리가 머리 어딘가에 맞은 모양이에요."
"그때 도망쳤습니까?"
"아니에요, 그런데 전기가 나가 버려서……."
메이슨은 깜짝 놀라서 자기도 모르게 소리를 질렀다.
"전기가 나갔다고요?"

로더는 웅크린 자세에서 어떻게든 몸을 편히 해보려고 꼼지락거리고 있었다.
"네, 불빛이 하나도 남김없이 다 나가 버렸지요. 전원이 끊어진 것 같았어요."
"당신이 그레고리를 때리기 전입니까, 아니면 그 뒤입니까?"
"때린 것과 거의 동시였어요. 부젓가락을 휘두르고 있는데 갑자기 캄캄해졌어요."
"아마도 당신은 때리지 않았을 거요, 로더."
"아니에요, 때렸어요, 메이슨 씨. 손에 반응이 있었는걸. 그 사람은 뒤로 비틀거렸어요. 그리고는 그대로 넘어졌어요. 그런데 어떤 사람이 방에 있었어요. 남자였는데, 성냥을 긋고 있었어요."
"그래서 어떻게 되었지요?"
"나는 방을 뛰어나와 침실로 들어갔어요. 거기서 의자에 걸려 앞으로 넘어졌어요."
"그리고는?"
"성냥 긋는 소리가 또 들려 왔어요. 아까와 같이 샌드 페이퍼를 문지르는 소리였어요. 그 남자가 침실까지 쫓아오는 소리도 들려 왔습니다. 이 모든 일은 순식간에 일어난 거예요. 나는 침실을 빠져 나와 복도로 해서 계단을 내려가려고 했지요. 그런데 그 남자가 또 쫓아왔어요."
"그래서 당신은 계단을 내려왔습니까?"
"아니오, 내려가는 것이 무서웠어요. 그때 벨이 울리고 있었어요."
"벨이라고요?"
"현관 벨 말이에요."
"누군가가 안으로 들어오려고 했군요?"
"네."

"벨이 울리기 시작한 것은 언제부터지요?"
"정확하게는 모르겠지만, 나와 그레고리가 싸우고 있을 때부터였을 거예요."
"얼마 동안 울리고 있었지요?"
"굉장히 오래."
"어떻게 울리고 있었지요?"
"그레고리를 깨우려는 듯한 소리였어요. 입구에 있는 사람에게 우리가 다투는 소리가 들렸다고는 생각되지 않아요. 그런데 그 벨 소리는 아주 독특했어요. 잠시 울리고는 다시 잠시 쉬고, 또 울리고 하는 식으로 여러 차례 되풀이되었지요."
"누구인지는 몰랐지요?"
"네."
"그래서 벨 소리가 그칠 때까지 계단을 내려가지 않았다는 말이지요?"
"네."
"벨 소리가 그치고 얼마쯤 뒤에 내려왔지요?"
"곧 내려왔어요. 거기 있는 게 무서워서……."
"그레고리가 죽었는지 어쩐지는 몰랐겠군요?"
"네, 그레고리는 마루에 쓰러져서 움직이지 않았어요. 어쨌든 쓰러지는 소리가 들렸어요. 내가 죽였다고 생각해요. 하지만 그럴 마음은 없었어요. 그저 아무렇게나 부젓가락을 휘둘렀을 뿐인데……."
"그러니까 벨 소리가 그치자 바로 계단을 내려왔다는 이야기지요?"
"네."
"그때 누구를 만났습니까?"
"아무도."

"당신 자동차는 어디다 세워 놓았지요?"
"옆 골목 모퉁이를 돌아서요."
"그리고 갔겠군요?"
"네."
"그런데 당신은 그레고리의 방에다 열쇠를 떨어뜨렸다고 했소. 틀림없이 부젓가락을 집어들을 때 떨어뜨린 것이겠지요?"
"그랬을 거라고 생각해요."
"잃어 버린 것을 알았습니까?"
"그때는 몰랐어요."
"그럼, 언제 알았지요?"
"신문을 읽고 처음으로……."
"차는 어떻게 탔지요?"
"차의 문을 잠그지 않았어요. 시동 키는 꽂아 놓은 채로요. 그래서 차고까지 타고 와서……."
"잠깐만요." 메이슨은 로더의 말을 가로막았다. "당신은 나갈 때 차고 문을 닫았는데 자물쇠는 잠그지 않았다고 말했지요?"
"네, 잠근 줄 알았는데 잠그지 않았더군요."
"그러나 차고문은 닫혀 있었겠지요?"
"네."
"당신이 닫았던 그대로였습니까?"
"네."
"그래서 어떻게 했지요?"
"문을 열었어요."
"문을 열려면 문이 레일 위로 구르게 해야 하겠지요?"
"네."
"옆의 폭 끝까지?"

"네."
"그리고 나서 차를 차고 속에 집어넣었단 말이지요?"
"네."
"차고문은 열어젖힌 채로 두고?"
"네, 닫으려고 했으나 문을 열 때 다른 차의 범퍼에 걸려서 움직이지 않았어요. 아무리 해도 잡아당길 수가 없었어요."
"그리고 2층으로 올라가 침대에 들어갔다는 말……."
"네, 몹시 흥분해 있었기 때문에 강한 진정제를 먹었어요."
"오늘 아침 남편과 이야기를 나누어 보았소?"
"네, 칼은 먼저 일어나 커피를 끓이고 있었어요. 늦게까지 잘 수 있도록 많은 수면제를 먹였는데 좀 뜻밖이라는 생각이 들었어요."
"커피를 갖다 달라고 부탁했지요?"
"네."
"남편은 지난밤에 당신이 외출했는지 어쨌는지 묻던가요?"
"아니요, 잘 잤느냐고 물었어요."
"그래서 당신은 거짓말을 했소?"
"네."
"그리고 나서 남편은 외출했소?"
"네."
"그 뒤에 당신은 무엇을 했지요?"
"다시 침대로 돌아와서 잠깐 동안 졸았어요. 그리고는 일어나서 목욕을 하고 옷을 갈아입고 현관문을 열고는 우유와 신문을 가져왔지요. 칼은 산책하러 갔을 거라고 생각했어요. 신문을 펼쳐 보고 나는 내가 꼼짝할 수 없게 되었음을 알았어요. 차고의 열쇠 사진이 맨 먼저 눈에 들어왔지요. 칼이 보면 금방 알아볼 게 틀림없다고 생각했어요. 게다가 경찰도 열쇠의 주인을 곧 찾아내리라고 생각했지요."
"그래서 어떻게 했지요?"
"운송회사에 전화를 걸어 트렁크를 가명으로 발송시키고, 휴대품을 챙겨서 택시를 불러 곧장 이리로 달려왔어요."
"이 시간에 출발하는 비행기가 있다는 걸 알고 있었군요?"
"네."
페리 메이슨은 깊은 생각에 잠긴 듯하더니 이윽고 입을 열었다.
"아파트의 초인종을 울린 사람에 대해서 마음 속에 짚이는 게 없소?"
"없어요."
"돌아올 때 두 개의 문은 열린 채였소, 아니면 닫혀 있었소?"
"두 개의 문이라니요?"
"그레고리의 방에서 복도로 나오는 문과, 계단 아래에서 아파트 밖으로 나오는 문 말이오."
"잘 모르겠어요. 아무튼 나는 얼마나 허둥대고 있었는지 온몸이 떨리고 땀으로 흠뻑 젖어 있었어요. 그런데 어떻게 차고 문에 대해서 알고 계시지요?"
"남편이 말해 주었소."
"경찰에 신고하러 갔다고 들었는데요?"
"그렇소, 그러나 그전에 내게 들렸었지요."
"뭐라고 말하던가요?"
"그는 신문에 나 있는 열쇠 사진을 보고 당신 것인 줄 금방 알아차렸다면서 당신이 약을 먹이려고 했다는 것, 당신이 외출한 것, 그리고 집에 돌아온 것, 차고 문에 범퍼가 걸렸다는 것, 문이 열려 있어 당신에게 물어 보았더니 거짓말을 했다는 것 등 모두 이야기해 주었소."

"남편이 그렇게 주의 깊은 사람이라고는 생각 못했어요." 로더는 울먹이는 목소리로 말했다. "차고 문에 대해 거짓말을 했기 때문에 나는 꼼짝 못하게 되는 게 아닐까요?"

메이슨은 무뚝뚝하게 대답했다.

"당신에게 이로울 건 없겠지요."

"그래서 칼은 경찰에 가겠다고 당신에게 말했군요?"

"그렇소, 아무래도 말릴 수가 없었지요. 아무튼 그는 시민으로서의 의무라나…… 자기 나름대로의 생각을 가지고 있어서……."

"그런 것으로 그 사람을 판단해서는 안 돼요. 칼은 정말 좋은 사람이에요. 그가 무언가 다른 사람에 대해 말하지 않던가요?"

"당신이 누군가를 감싸려 하고 있다고 말하더군요."

"누구를?"

"닥터 밀샤프요."

메이슨의 귀에 로더의 헐떡이는 숨소리가 들렸다. 그녀는 깜짝 놀란 듯 말했다.

"칼은 닥터 밀샤프에 대해 무언가 알고 있는지 몰라요……."

"글쎄요. 당신은 어떻소?"

"우리는 단순한 친구예요."

"밀샤프도 어젯밤 그레고리의 집에 있었나요?"

"천만에요!"

"틀림없지요?"

"네."

페리 메이슨은 동전을 전화기에 넣고 폴 드레이크 탐정소의 번호를 돌렸다.

"페리 메이슨이네."

탐정이 나오자 메이슨은 곧 이야기를 시작했다.

"물론 신문은 읽었겠지?"

수화기는 계속 금속성의 소리를 냈다. 전화 부스 바닥에 웅크리고 앉은 로더 몬테인은 한쪽으로 몇 인치쯤 움직여 두 무릎의 위치를 조금 바꾸었다.

"오케이, 그럼 사건의 개요를 알고 있다는 거지. 나는 로더 몬테인 부인의 변호를 맡고 있네. 자네도 어제 내 사무실에서 나간 여자가 로더라는 것쯤은 벌써 알고 있겠지. 그러니까 자네가 전반적으로 조사를 시작해 주었으면 하네. 경찰에서 목슬리의 시체가 발견된 방의 사진을 찍었을 텐데, 그걸 몇 장 손에 넣어 주게. 신문기자에게 손쓰면 어떻게 될 거야. 조사할 수 있는 것은 하나도 빼놓지 말고 조사해 줘. 그리고 조금 이해가 안 가는 일이 있는데, 목슬리의 방문 손잡이에는 지문이 하나도 남아 있지 않다네. 그 이유를 알고 싶어. 로더가 장갑을 끼고 있었기 때문이라고? 그야 물론 그녀의 지문은 남아 있지 않겠지만, 그밖에도 그 손잡이를 만진 사람이 몇 사람인가 있단 말이야. 목슬리만 해도 낮에 열 번쯤은 문을 열고 닫았을 테고, 그리고 나도 오전 중에 찾아간 일이 있거든. 더운 날이라 내 손에는 땀이 끈적끈적했었지. 그러니 어떤 지문이든 남아 있어야 하는 거야. 물론 목슬리도 조사의 대상이지. 그의 신상과 전과에 대해 끝까지 조사해 주게. 증인들도 만나서 정보를 모아보고. 지방 검사는 아마도 검찰 측 증인을 모으고 있을 걸세. 그러니 검사보다 선수를 쳐야 하네…… 그런 걱정 안 해도 좋아…… 아무튼 나중에 만나지…… 아니, 그것은 알려 줄 수 없네. 자, 시작해 주게. 이제 몇 분 안 있으면 사태가 달라질 테니까. 그럼, 또……."

메이슨은 수화기를 내려 놓았다.

"자, 서둘러야겠소. 〈크로니클〉지의 기자가 곧 나타날 거요. 그 사람들은 무섭게 쫓아오니까. 이제부터 경찰이 당신을 신문할 겁니다. 갖은 수단을 다 써서 당신이 말하도록 할 거요. 이 방법 저 방법을 다 동원하여 당신으로 하여금 입을 열도록 할 거요. 그러나 당신은 절대로 입을 열지 않겠다고 나에게 약속해 주시오. 할 수 있겠소?"
"네."
"어떤 일이 있어도 입을 열면 안 됩니다."
"네."
"나를 불러 달라고 버티시오. 신문받게 될 듯하면 나를 불러 달라고 요구하는 거요. 알겠지요?"
"물론 할 수 있어요. 이건 벌써 열 번이나 대답했잖아요. 대체 몇 번이나 대답해야 당신 속이 후련해질까요?"

그때 전화 부스의 문을 똑똑 두드리는 소리가 났다. 메이슨은 입을 다물었다. 유리창 너머로 바라보니 한 젊은이가 유리창에다 명함을 갖다대고 있었다. 〈크로니클〉지의 기자였다.

메이슨은 문의 손잡이를 돌렸다.
"자, 로더, 갑시다."
문이 열렸다.
"그녀는 어디 있지요?"
기자가 물었다.

또 한 사람의 기자가 전화 부스 뒤에서 모습을 나타내며 "안녕하십니까, 메이슨 씨" 하고 소리쳤다. 로더 몬테인은 메이슨의 손을 잡고 비틀비틀 일어섰다. 두 기자는 눈을 둥그렇게 뜨고 그녀를 바라보았다.

기자 한 사람이 물었다.
"계속 거기에 있었나요?"

"그렇소, 그런데 자네들 차는? 급히 부인을 태우지 않으면……."
그때 다른 한 기자가 분하다는 듯 혀를 찼다.
"형사다!"
로비와 매표소를 갈라놓은, 낮은 유리를 낀 칸막이 뒤에서 두 사람의 남자가 모습을 나타내며 달려왔다.
"이 부인이 로더 몬테인이오." 페리 메이슨은 빠르게 말하기 시작했다. "〈크로니클〉지 같으면 공평한 조처를 취해 줄 줄 알았는데……. 몬테인 부인을 〈크로니클〉지를 대표하는 당신들에게 맡기려고 합니다. 신문에 게재된 차고 열쇠는 자신의 것이라고 인정하고 있습니다. 몬테인 부인은……."
이때 두 형사가 부스 안으로 뛰어 들어왔다. 한 사람이 로더의 팔을 움켜잡고 또 한 사람은 분해서 파랗게 질린 얼굴을 메이슨의 코앞에 들이댔다.
"역시 당신도 뒤가 켕기는 엉터리 변호사로군, 응?"
메이슨의 턱이 앞으로 내밀어졌다. 눈이 강철같이 험해졌다.
"닥쳐! 또 한 번 지껄이면 주둥이를 부숴 놓을 테다."
한패인 형사가 낮은 소리로 주의를 시켰다.
"그만 둬, 조. 그는 다이너마이트 같은 사람이야. 아무튼 우리는 여자만 붙잡으면 되니까."
"농담은 그만두시지!"
기자 한 사람이 항의했다.
"이 여자는 로더 몬테인인데, 당신들이 오기 전에 〈크로니클〉지에 신병을 맡긴 거야."
"뭐라고! 주제넘게 떠들지 마! 이 여자는 수배 중이야. 여기까지 쫓아와서야 겨우 체포했지. 이건 횡재인데……."
기자 한 사람이 전화 부스로 들어갔다. 동전을 넣고 신문사 번호를 돌리면서 그는 빙그레 웃으며 형사에게 말을 건넸다.
"15분만 기다렸다가 호외나 사 보라고. 횡재는 어느 쪽이 했는지 알 수 있을 테니까."

8

 페리 메이슨은 울 안에 갇힌 호랑이처럼 초조하게 사무실 안을 왔다 갔다 하고 있었다.
 여느 때 같으면 사색에 열중하고 있는 참을성이 강한 철학도를 연상케 하는 모습이었지만, 오늘은 전혀 그렇게 보이지 않았다. 오히려 겁에 질린 투사와도 같은 모습이었다. 그의 침착하지 못한 걸음걸이는 언제나처럼 정신을 집중시키기 위한 수단이 아니라 다만 넘쳐흐르는 육체적인 정력을 쏟아 버리려는 듯한 것이었다.
 사립 탐정 폴 드레이크는 가죽 표지의 노트를 무릎 위에 올려놓고 메이슨이 지시하는 조사 사항의 요점을 기록하고 있었다.
 델라 스트리트는 책상 모서리에 앉아 속기할 채비를 차리고 있었다. 변호사를 바라보는 그녀의 눈은 존경하는 마음으로 빛나고 있었다.
 "로더를 숨겨 버렸어."
 메이슨은 울리지 않는 전화를 향해 눈살을 찌푸리며 말했다.
 "고약한 녀석들! 언제나 못된 수법을 쓴단 말이야."

폴 드레이크는 손목시계를 들여다보며 말했다.

"아마도 경찰은……."

"누가 뭐라고 해도 녀석들은 로더를 숨겨 놓았어." 메이슨은 거친 말투로 드레이크의 말을 막았다. "로더가 경찰 본부나 지방 검찰청에 연행되는 대로 통보해 주도록 수배해 놓았는데, 그녀의 모습을 전혀 볼 수가 없단 말일세. 경찰이 어딘가 아무도 모르는 곳에 숨겨둔 거야."

메이슨은 홱 돌아서서 델라 스트리트에게 유쾌하게 명령했다.

"델라, 문서철을 조사해서 벤 사건 때의 인신 보호 영장 신청서를 찾아내 줘. 그것과 같은 식으로 신청서를 작성하는 거야. 내가 피고인 측으로 서명하겠어. 타이피스트에게 부탁해서 빨리 작성해 줘. 영장이 나오면 그걸로 경찰 놈들의 뺨을 갈겨 주어야겠어. 그러면 다시는 뒤에서 못된 짓을 하지 않을 테지."

델라 스트리트는 재빨리 방에서 나갔다.

메이슨은 탐정을 향해 말을 덧붙였다.

"또 하나 있어, 폴. 지방 검사는 남편의 신병도 확보하려 하고 있어."

"중요 참고인으로서인가?"

"중요 참고인이거나 공범, 그 어느 쪽이겠지. 어쨌든 이쪽에서 손을 쓰지 못하도록 신병을 확보해 두려는 생각일 거야. 그러니 어떻게 해서든지 남편과 연락이 닿도록 해야만 돼."

메이슨은 입을 다문 채 거칠게 방 안을 왔다 갔다 하고 있었다.

폴 드레이크는 문득 한 가지 꾀를 생각해 냈다.

"시카고의 부친이 위독하다고 가짜 전보를 치는 게 어때? 자네가 눈치 채지 못했다고 생각하면 면회 허가는 간단히 내릴 거야. 그렇게 되면 비행기를 이용할 테니까 내 부하 한 사람이 여객으로 가장

하고 비행기 안에서 칼에게 접근하는 거야. 그래서 사실을 알아내는 것도 좋을 듯싶은데."

메이슨은 걸음을 멈추고 눈살을 찌푸리며 뭔가 골똘히 생각하고 있었다.

그때 대기실 문이 열리고 델라 스트리트가 돌아왔다.

"아니, 그건 안 돼. 너무 위험해. 전보를 치려면 서명을 해야 하지 않나? 만일 가짜라는 사실이 드러나면 경찰은 벌집을 쑤신 듯 한바탕 소동이 일어날 걸세."

"왜 안 되지? 묘안이야. 칼을……"

"그의 아버지란 사람은 아마도 곧 스스로 여기까지 쫓아와서 자기 손으로 사건을 해결하겠다고 나설 타입이란 말일세. 사실 부친 쪽에서 자진해서 오지 않는다면 오게 되도록 일을 꾸며 볼까 하고 생각 중이야."

"왜?"

"돈을 끌어내고 싶으니까."

"로더의 변호료를 지불하게 할 작정인가?"

"으음."

"안 내놓을걸."

"나와 만나면 내놓게 돼."

또다시 메이슨은 뚜벅뚜벅 거친 소리를 내며 방 안을 걷기 시작했다. 그러다가 갑자기 휙 돌아서더니 입을 열었다.

"또 하나 문제가 있어. 검찰 측이 로더의 기소 원인을 굳게 뒷받침하기 위해서는 칼 몬테인이 있어야 하는데, 칼은 그녀의 남편이야. 형사 사건에서는 아내의 동의가 없는 한 아내에게 불리한 증언을 시키기 위해 남편을 소환할 수가 없거든."

"이 주의 법률이 그렇게 되어 있나?"

"그렇네."
"그럼, 자네한테는 안성맞춤이 아닌가?"
"그런데 그렇지가 않아. 검찰 측에서 로더와 칼의 혼인 무효 확인 소송 수속을 밟을 테니까."
"이혼이 아니란 말이지?"
"그렇지, 이혼이란 아무 의미도 없어. 살인 사건이 일어났을 무렵 부부였다는 것이 인정되기 때문이지. 그러니까 검찰 측은 이 결혼이 처음부터 무효였다는 근거를 확인하기 위한 수속을 밟을 거야."
"그런 것이 가능할까?"
"가능하고말고, 로더가 칼과 결혼할 당시 전남편이 살아 있었다는 게 증명되면 두 번째 결혼은 자연히 무효가 되거든."
"그렇게 되면 남편이 증언을 할 수가 있다는 말인가?"
"그렇지. 그렇기 때문에 그레고리 목슬리에 관해 여러 가지 좀 알아봐 주어야겠어. 그 사람의 과거를 죄다 알고 싶어. 지방 검사도 어느 정도 알고 있을 게 틀림없으니까, 우리는 그 이상의 것을 알아 둬야 해. 모든 것을 알고 싶어. 모든 것을……. 목슬리의 과거를 들출 때는 될 수 있으면 그에게 피해를 입은 사람에 대해서 하나도 빼놓지 말고 자세히 알아봤으면 좋겠어."
"여자 관계인가?"
"응, 특히 정식으로 결혼한 여자면 좋겠어. 로더가 처음은 아닐 거야. 녀석이 상투적으로 쓰는 수법이니까. 악당들은 한 번 쓴 수법은 잘 바꾸지 않거든."
폴 드레이크는 무엇인가 수첩에 적어 넣었다.
"그리고 전화에 대해서 말인데……." 메이슨은 말을 계속했다. "목슬리를 깨운 전화 말일세. 새벽 2시에 걸려 왔는데, 목슬리는 그 시간에 로더와 만나기로 약속이 되어 있었어. 2시에 로더와 만날 예정인데, 그녀가 돈을 가져올 거라고 전화에다 말했어. 전화에서 뭔가 얻을 수 있을 것 같은데, 아무튼 조사해 보는 게 좋겠네. 잘하면 상대를 알아낼 수 있을지도 모르니까."

"2시 전에 걸려 온 것 같군……."

"응, 나도 그렇게 생각해. 그 전화가 목슬리를 깨웠다는 것을 알 수 있어. 녀석은 약속 시간까지 두세 시간쯤 자 두려고 생각했을 테니까. 그때 전화가 걸려와 깨어나고 말았지. 녀석은 침대에서 일어나 전화 있는 곳으로 갔겠지……."

드레이크의 펜이 부리나케 수첩 위를 달리고 있었다.

"알았네, 그리고 또……."

"그리고 로더 몬테인이 처음으로 여기에 왔을 때 미행한 남자의 정체를 알아내야겠는데…… 혹시 사립 탐정이었는지도 모르겠네. 만일 그것이 사실이라면 돈을 들여서까지 로더의 움직임을 알아내려고 하는 사람이 누구인지, 그걸 좀 알아내야겠어."

드레이크는 고개를 끄덕였다.

메이슨은 이번에는 델라 스트리트를 향해 말했다.

"델라, 나는 허풍을 좀 떨어 보려고 해. 지금 우리들이 안고 있는 일은 아주 델리킷하단 말이야. 만일 신문이 간호사 출신의 아내가 남편에게 수면제를 먹이려고 했다는 기사를 써낸다면 우리에게 불리할 게 뻔해. 그러니 우리로서는 로더가 남편에게 한 행동보다는 남편이 그녀에게 무언가 석연치 않은 짓을 했다는 걸 세상에 알려서 그쪽으로 주의가 집중되도록 하는 게 좋을 거야. 이렇게 하면 어떨까? 독자 투고란이 있는 아침 신문이 있지? 거기에 투고를 해서 담당 편집자의 주의를 끌도록 해줘! 그러나 우리 사무실에서 보냈다는 사실을 전혀 눈치채지 못하도록 세심한 주의를 기울여야만 해."

델라 스트리트는 고개를 끄덕이고 펜을 들었다.

페리 메이슨은 빠른 말투로 봇물이 터진 듯 이야기하기 시작했다.

'나는 시대에 뒤떨어지고 낡아 빠진 사고방식을 가지고 있는 남편인지도 모르겠다. 아무튼 나는 수입에서 조금씩 알뜰히 저축하여 검소하게 살아온 사람이 경제적으로는 문둥병 환자나 되는 것처럼 사람들의 따돌림을 받고, 영화배우는 여자의 코라도 때려 세상을 떠들썩하게 만들지 않는 한 유명해지지 못한다는 식의 풍조를 볼 때마다 세상이 대체 어떻게 돌아가는 것인지 알 수가 없다.

그러나 나는 내 아내를 사랑하고 아내를 자랑으로 여기며 소중히 아낀다. 그리고 내 나름대로의 소신에 따라 노력하고 앞으로도 그렇게 살아갈 것이다. 그런데 요즘 신문에서 '준법정신 강한 남편'이라는 기사를 읽었다. 이 남편은 신문에서 살인 사건의 기사를 읽고 피살당한 남자가 사망 직전 자기 아내와 만나고 있었다고 생각하자, 아내를 감싸기는커녕 또 아내의 설명도 들어보려 하지 않고 오히려 이 '준법정신 강한 남편'은 단숨에 경찰로 달려가 아내의 체포를 요청했다. 게다가 사건 해결을 위해서는 경찰에 모든 협력을 아끼지 않겠다고 다짐까지 했다는 것이다. 이것이 시대의 흐름이라는 것인지 모르나, 나는 이와 같은 일은 온당치 못하다고 생각한다.

물론 이런 일을 이야기하려는 나 자신에 대해 현대 감각에 뒤진 구식 남편이라고 일축해 버리는 사람도 있을 것이다. 그러나 나는 현대의 시대상이 다시 지난날의 히스테리컬한 시대로 되돌아가고 있다고 단언할 수 있다. 이 기사를 읽었을 때 나는 나도 모르게 1929년의 그 절정에 달했던 열광적인 호경기를 상기했다. 그 일시적인 경제적 허구에 우리들이 모두 하나같이 홀려 버렸던 사실이 씁쓸하게 기억되지 않는가? 그러므로 어느 화창한 봄날 아침에 심한 두통과 함께 눈을 뜬 것처럼 우리가 한 일이 얼마나 어리석은 짓이었던가를 깨닫게 될 것이다. 그때가 되면 우리가 그렇게도 신경질적으로 내몰려고 했던 건전한 규범이 옳았다는 것을 알게 될 것이다. 우리는 당연히 긴축 정책을 써야 할 때 정부의 소비 정책에 앞을 다투어 쫓아가려 하지는 않았는가, 또 은행 예금 덕분에 경제적 변동을 한가롭게 넘긴 사람을 처벌하려고 하지 않았던가 하고 반성할 여지는 없는 것일까?

이런 점에 비추어 볼 때 아내를 체포하도록 하기 위해 단숨에 가까운 경찰서로 달려간 남편을 당국이 열심히 칭찬하는 듯한 추태를 보이는 것은 다시 한 번 반성해 보아야 할 일이 아닐까? 물론 이러한 생각 자체가 내가 어리석고 둔한 구식 남편이기 때문인지는 모르겠지만……. '

폴 드레이크는 메이슨의 얼굴을 똑바로 쳐다보면서 여느 때처럼 느린 어조로 말했다.

"이런 기사를 내서 무슨 이익이 있겠나?"

"있고말고……. 이 투고가 논쟁의 불씨가 될 것이거든."

"현대 남편론에 대해서?"

"그렇지."

"그렇다면 무엇 때문에 거기다 정치 비판까지 늘어놓지?"

"틀림없이 논쟁을 불러일으키도록 하기 위해서일세. 세상 사람들은 일부러 투고를 해서까지 로더 또는 그 남편의 편을 들만큼 이 문제에 관심을 보이지는 않거든. 그러나 여기에 정치를 곁들이면 찬반 양론이 맞붙게 되는 거야. 그러면 산더미같이 투서가 날아들어 올 걸세. 신문사도 무관심할 수만은 없겠지. 이 기사를 담당하는 여기자들이 배신 남편이라는 점에서 약간 흥분하게 될 테고……. 재미있는 기사가 나오게 될 거야."

드레이크는 천천히 고개를 끄덕였다.

"옳은 말이야."

"그런데 사진은 어떻게 되었나? 살인 현장 사진을 구했나?"

폴 드레이크는 의자 등받이에 세워 둔 서류 가방에서 마닐라 봉투를 꺼내어 번쩍거리는 인화지로 만든 넉 장의 사진을 꺼냈다.

메이슨은 사진을 받아들자 책상 위에 펼쳐놓고 몇 분 동안 자세히 살펴보더니 서랍에서 확대경을 꺼내어 그 가운데 한 장을 면밀히 검토하기 시작했다.

"이것 좀 보게, 폴."

메이슨은 사진의 일부분을 가리키며 말했다.

탐정은 천천히 일어나서 책상 옆으로 다가갔다.

"이건 괘종시계 아닌가? 침대 옆 스탠드 위에 있었어."

"내가 알기로는, 폴, 침대에는 사람이 잔 흔적이 남아 있었는데, 목슬리는 피살당할 때 양복을 입고 있었고……."

"그렇군."

"그렇다면 괘종시계는 두 가지 중요한 의미를 가지게 되네."

"어째서?"

"확대경으로 잘 보게나." 탐정은 크게 고개를 끄덕였다.

"괘종시계는 아주 뚜렷하게 찍혀 있어서 바늘도 아주 분명하게 보이는데, 3시 17분을 가리키고 있어. 사진의 오른쪽 귀퉁이에 있는 숫자는 감식 계원이 카메라의 위치며 노출 시간 및 그 밖의 필요 사항을 기록한 것인데, 그걸 보면 촬영 시각은 3시 18분이야. 그러면 괘종시계는 경찰 시간과 비교해서 1분밖에 틀리지 않는다는 말인데……."

"그것뿐이 아니야. 다시 한 번 잘 살펴보게나."

"무엇을 말하고 싶은 건가?"

"자, 문자반 위쪽에 또 하나의 문자반이 보이지? 일어날 시간을 맞추는 다이얼일세."
"그것이 어쨌다는 건가?"
"그 바늘을 보면 2시 조금 전을 가리키고 있어."
"그렇군. 목슬리는 로더 몬테인과 2시에 약속을 했으므로 선잠 깬 눈으로 만나고 싶지 않았던 거야."
"하지만 그렇게 되면 옷 갈아입을 시간이 부족해. 바늘의 위치로 보면 아마도 2시 5분 전이나 10분 전으로 맞추어 놓은 것 같은데."
"그러나 그는 옛날에 로더의 남편이었어. 로더만 하더라도 녀석을 잠옷 바람으로 보는 것이 처음이라고 할 수는 없지."
"내가 말하는 뜻을 아직도 모르고 있군."
메이슨은 사진 끝을 손가락으로 똑똑 두드리며 다시 말했다.
"전화가 울려서 그것이 목슬리를 깨게 한 거야. 따라서 그에게는 자명종이 필요 없었어. 그것이 울렸을 때는 벌써 옷을 갈아입고 있었으니까."
폴 드레이크의 흐린 눈이 페리 메이슨의 얼굴을 바라보았다.
"나로서는 도무지 모르겠군. 대체 자네는 왜 당당하게 정당방위를 주장하지 않는 건가? 의뢰인의 비밀을 누설하라는 것은 아니지만, 만일 로더가 진실을 말했다면, 맞붙어 싸우는 순간 부젓가락으로 목슬리를 때렸다고 자네에게 털어놓았을 게 아닌가? 그렇게 되면 배심원으로 하여금 그 사실을 믿게 하기는 그다지 어려운 일이 아니라고 생각되네……. 말하자면 정당방위니까."
"모든 진상을 파악하기 전에 변호 방침을 결정해 버리는 것은 위험한 일이야."
"그러나 정당방위론이 어째서 안 되는 거지?"
"첫째로 남편에게 약을 먹인 일 때문이야. 변호사는 배심원의 심리가 사건에 따라 어떻게 반응하는가를 예측하기 위해 배심의 심리학이라고나 할까 그런 것을 알고 있을 필요가 있네. 게다가 그 반응을 예측한다는 것은 그다지 쉬운 일이 아니란 말일세. 이 사건에 있어 불리한 점의 하나는 바로 그 이프랄 병이야. 칼 몬테인의 아내가 간호사 출신이고 마실 것에 약을 넣어 남편에게 주었다는 사실은 이 사건에 관련되어 나타난 여러 가지 증거 가운데 그녀에게 가장 불리한 증거야. 배심원들이 어떻게 생각할는지, 그 점을 생각해 보게나. 거기에다 정당방위를 주장하는 건 살인을 인정하는 것과 마찬가지야. 무엇보다도 검찰 측이 범인은 틀림없이 그녀라는 것을 입증할 만한 사실을 밝혀내기는 어려운 일이거든."

"범행 무렵 그녀가 현장에 있었다는 것은 입증할 수 있잖나? 살인은 2시 전후에 일어난 것이 틀림없고, 2시에서 2시 20분 사이에 이웃 사람이 경찰에 알리려고 했으며, 로더가 한밤중에 집을 빠져나와 목슬리의 아파트에 갔다는 건 의심할 여지가 없어. 더욱이 사건 현장에 문제의 열쇠가 떨어져 있었다는 사실로도 충분히 증명되지. 비록 그녀가 죽이지 않았다 하더라도 배심원들은 그녀가 현장에 있었던 것으로 여길 게 분명하고, 따라서 범인을 알고 있으리라고 생각할 것이 틀림없어."

"바로 그 점이 중요하단 말일세." 페리 메이슨은 천천히 말했다. "확신은 없지만 아무래도 그녀는 누군가를 감싸고 있는 듯한 기분이 들어."

"왜 그렇게 생각하지?"

"문 손잡이에 지문이 하나도 없었으니까."

"로더는 장갑을 끼고 있었네."

"끼고 있었든 아니든 그건 문제가 안 돼. 만일 끼고 있었다면 그녀의 지문은 남아 있지 않을 게 아닌가?"

"그렇지, 그래서 경찰은 로더의 지문을 하나도 발견하지 못했어."

"그렇다면 장갑을 끼었으니까 자기의 지문은 남지 않았을 텐데, 왜 로더는 지문에 대해서 신경을 곤두세웠을까?"

"그건 무슨 뜻이지?"

"즉 장갑을 끼었다면 지문이 남지 않아. 그것은 당연한 일이지. 그런데 문 손잡이며 흉기에 지문이 하나도 남아 있지 않다는 것은 누군가가 천 조각으로 지문을 남김없이 지워 버렸다는 뜻이 되거든. 증거가 될 만한 지문을 모두 없애 버리려는 속셈이지. 그러나 로더가 장갑을 끼었다면 지문이 남지 않았을 테니까 그런 것에 마음 쓸 이유가 조금도 없지. 그러므로 무엇 때문에 일부러 닦아 버릴 필요가 있었느냐 하는 거야."

드레이크는 생각에 골몰한 듯 이마에 여덟 8자를 그리고 있었다.

메이슨은 다시 마루 위를 걷기 시작했다.

그러더니 갑자기 옷장 문을 열고 모자를 꺼내어 눌러쓰고는 의미 깊게 델라 스트리트를 바라보았다.

"인신 보호 영장 신청서는 어떻게 되었지? 내가 서명만 하면 되겠지?"

델라는 머리를 끄덕이고는 큰 수술을 준비하는 간호사라도 된 것처럼 말없이 바쁘게 움직였다.

이윽고 그녀는 서류를 한 장 손에 들고 돌아왔다.

"여기가 마지막 항목입니다. 여기에 서명을."

페리 메이슨은 서명을 했다.

"이 서류를 제출하고 판사한테서 영장을 받아 줘. 모든 수속을 델라에게 맡기지. 나는 잠깐 나갔다 오겠어."

"오래 걸리나?"

폴 드레이크가 묻자 페리 메이슨은 기분 나쁜 미소를 지으며 말했다.
 "아니, 클로드 밀샤프 의사를 좀 만나보고 곧 돌아오겠네."

9

닥터 밀샤프의 간호사는 눈을 치켜뜨며 금속성의 소리를 냈다.
"들어가시면 안 돼요. 거기는 밀샤프 선생님의 개인 방이에요. 미리 약속하신 분이 아니면 만나지 않기로 하고 계신다구요."
페리 메이슨은 간호사를 바라보며 말했다.
"나는 여자와 싸우는 것이 가장 싫소. 방금 말했듯이 나는 변호사인데, 어떤 중요한 사건에 대해서 밀샤프 선생과 이야기를 해야 하오. 페리 메이슨이 밀샤프라는 이름으로 등록된 32구경 자동 권총에 관한 일로 용무가 있어 왔다고 전해 주시오. 30초 동안만 기다리지. 30초가 지나면 무조건 들어가겠소."
간호사의 눈에 낭패의 빛이 떠올랐다. 그녀는 잠깐 망설이더니 홱 몸을 돌려 문을 열고, 화난 듯이 쾅 소리를 내어 닫았다.
페리 메이슨은 시계를 들여다보면서 정확하게 30초 동안 기다렸다가 거침없이 문을 열고 안으로 들어갔다. 닥터 밀샤프는 가운을 입고 있었다. 이마에 가죽 밴드를 감은 요면경이 과연 의사다운 느낌을 주었다. 방 안에서는 소독약 냄새가 나고, 유리 케이스 속에 외과 도구가 번쩍번쩍 빛나고 있었다. 열려진 문 너머로 가지런하게 늘어진 책장이 보이고 그 반대쪽에 타일을 깐 수술실이 눈에 띄었다. 간호사는 밀샤프의 어깨에 손을 얹은 채 눈을 크게 뜨고 의사의 몸에 기대듯 하고 있었는데, 문이 열리자 당황한 빛을 보이며 돌아다보았다.

밀샤프의 얼굴이 창백해졌다. 페리 메이슨은 아무 말 없이 단호한 태도로 손을 뒤로 하여 문을 닫았다.

"유감스럽게도 시간이 없으니 쓸데없는 인사는 그만두기로 하지요. 당신에게 변명을 생각해 낼 여유를 주고 싶지도 않고, 그 변명이 거짓임을 증명하는 데 시간을 빼앗기고 싶지도 않으니까……."

밀샤프는 어깨를 으쓱했다.

"당신은 대체 누구요? 무슨 권리로 함부로 남의 방에 들어오는 거요. 썩 나가지 않으면 경찰을 부르겠소."

메이슨은 두 다리를 벌리고 도전적인 자세를 취하면서 턱을 쑥 내밀었다. 그 눈은 차갑고 아주 엄숙했다. 마치 화강암 조각처럼, 묵직하고 차갑고 좀처럼 움직이지 않을 듯한 태도였다.

"의사 선생, 경찰이 오면 무슨 이유로 1929년 2월에 그레고리 로튼의 이름으로 가짜 매장 허가증을 냈는지 좀 설명해 주셔야겠소. 또 한 가지, 로더 몬테인에게 32구경 권총을 주면서 그레고리 목슬리를 쏘라고 한 까닭도 설명할 수 있으실 테지요."

밀샤프는 혀끝으로 마른 입술을 핥으며 절망적인 눈길로 간호사를 돌아다보았다.

"자리를 좀 비켜 줘, 메이벨."

간호사는 잠깐 망설이며 적의에 찬 눈으로 메이슨을 쏘아보더니 이윽고 그의 옆을 스쳐 지나갔다. 메이슨은 그녀에게 "방해꾼이 들어오지 않도록 해주시오" 하고 소리쳤다.

그녀는 대답 대신 쾅 하고 문을 닫고 나가 버렸다.

메이슨은 밀샤프를 빤히 쳐다보았다.
"당신은 누구시오?" 의사가 통명스럽게 물었다.
"로더 몬테인의 변호사요."
한순간 밀샤프의 얼굴에 안도의 빛이 떠올랐다.
"그녀가 보낸 거요?"
"아니오."
"로더는 지금 어디 있소?"
"체포되었소." 메이슨은 천천히 말했다. "살인 용의자로 체포되었단 말이오."
"무슨 일로 이곳에 오신 거지요?"
"매장 허가증과 권총에 대해서 알고 싶소."
"앉으십시오."
밀샤프는 무릎의 힘이 빠진 듯 먼저 의자에 털썩 주저앉았다.
"잠깐만 기다리십시오. 로튼이라…… 그 사람은 남자입니까?…… 아무튼 꽤 많은 환자를 다루어서 이름만 가지고는 누가 누구인지 확실히 알 수가 없습니다. 기록을 조사해 보면 알 수 있을지도 모르겠군. 1929년이라고 하셨지요? 무슨 힌트가 될 만한 것이라도 말씀해 주시면……."
메이슨의 얼굴이 분노로 붉어졌다.
"공연한 이야기는 하지 마시오! 두 사람의 사이가 어떤지는 모르겠지만, 어쨌든 당신은 로더와 꽤 가까운 사이가 아닙니까! 그녀가 그레고리 로튼과 결혼하고, 그 로튼이 행방을 감춘 사실을 모른다고 하지는 않겠지요? 로더는 사정이 있어 이혼할 생각은 없었소. 그런데 1929년 2월 20일, 어떤 환자가 폐렴으로 서니사이드 병원에 입원했지요. 병력 카드에는 그레고리 로튼으로 기록돼 있고, 당신은 그의 담당 의사였습니다. 환자는 3월 23일 숨을 거두었고, 당신은 사망 진단서에 서명했지요."

밀샤프는 또 입술을 빨았다. 그의 눈은 낭패한 나머지 흐려졌다. 페리 메이슨은 왼팔을 구부리고 손목시계를 들여다보며 말했다.

"10초 동안 기다릴 테니, 모든 사실을 털어놓는 것이 좋을 거요."

밀샤프는 깊은 한숨을 내쉬었다. 잔뜩 겁을 먹은 듯 요령부득한 말이 수도꼭지에서 쏟아져 나오는 물처럼 의사의 입에서 튀어나왔다.

"당신으로서는 이해가 안 될 겁니다. 당신은 로더 몬테인의 변호사라고 말씀하셨는데, 나도 그녀의 친구입니다. 나는 그녀를 사랑했습니다. 이 세상에서 그 누구보다도……. 그녀의 일보다 더 마음을 쓰고 있는 일은 없었습니다. 그녀를 처음 알았을 때부터 사랑하고 있었지요."

"어째서 사망 진단서에 서명했습니까?"

"그녀가 생명보험금을 탈 수 있도록 하기 위해서였지요."

"왜 그렇게 할 필요가 있었소?"

"그레고리 로튼이 사망했다는 것을 증명할 수가 없었습니다. 그가 조난당한 비행기를 탔다는 소문이 있었는데, 항공회사의 기록에 따르면, 그는 사고 비행기의 표를 산 것이 틀림없습니다. 그러나 확실한 것은 증명할 수 없었지요. 발견된 시체도 하나뿐이었소. 보험회사 측은 증거가 불충분하다고 주장했지요. 게다가 변호사들은 7년의 법정기간을 기다린 다음 남편의 사망 확인 소송을 제기하는 방법 말고는 달리 어쩔 도리가 없다고 말했소. 그러나 로더는 로튼의 아내라는 신분에 묶여 있고 싶지 않았던 겁니다. 그러나 이혼하려고 하면 남편이 살아 있다는 걸 인정하는 게 됩니다. 그녀는 입장이 난처하게 되었지요.

그래서 나는 한 가지 묘안을 생각해냈습니다. 서니사이드 병원에는 입원하기를 바라는 가난한 환자가 많이 있습니다만, 대부분 빈사 상태에도 불구하고 치료를 받지 못하는 형편이었지요. 그중에서 그레고리 로튼과 비슷한 나이의 남자가 입원을 신청해 왔습니다. 폐렴으로 전혀 살아날 가망이 없는 상태였지요. 나는 그 남자에게 '만일 당신이 그레고리 로튼이라고 말하고 부모의 이름이며 주소도 내가 시키는 대로 신청해 준다면 입원할 수 있도록 편의를 보아 주겠소. 왜냐하면 그레고리 로튼이라는 남자가 벌써 입원 허가를 받았는데 아직 입원을 하지 않아서, 만일 당신이 그 사람 행세를 하면 쉽게 입원할 수 있을 거요'라고 말해주었지요. 그 남자는 내가 시키는 대로 했습니다.

그래서 병원 기록은 그레고리 로튼의 결혼 허가증에 적어 넣은 내용과 똑같게 되었습니다. 병원에서는 이 남자를 위해 여러 모로 손을 썼지요. 하느님께 맹세코 일찍 죽게 손을 쓴다든지 하는 일은 절대로 하지 않았습니다. 그보다는 어떻게 해서든지 살려내려고 온 힘을 기울였지요. 만일 그가 완쾌된다면 다른 가난한 환자들이 많이 있으므로 다시 똑같은 방법을 쓰면서 누군가가 죽을 때까지 기다리면 된다고 생각했기 때문입니다. 그러나 최선을 다했음에도 불구하고 그 남자는 사망하고 말았습니다.

나는 사망 진단서를 작성했고, 로더가 그것을 인구 통계청에 제출한 다음 몇 주일 지난 뒤, 그레고리의 생사를 우연히 조회해 보았더니 그의 사망 기록이 등록되어 있더라고 변호사에게 알렸습니다. 그 결과 변호사는 로튼의 사망 사실을 확인하는 소송을 제기했습니다. 이 변호사는 그 동안의 사정은 전혀 모르고 선의로 수속을 밟아 주었으며, 보험회사에 사망 사실을 통지하여 보험금을 받게 되었지요. 보험금은 그다지 많은 액수는 아니었습니다. 그렇지만 그렇게 하지 않으면 그처럼 쉽게 지불받지 못했을 테지요. 한 1천 5백 달러쯤이라고 생각됩니다."

"로튼이 아내를 수취인으로 하여 보험에 들었던가요?"
"네, 로튼은 둘이 서로 수취인이 되어 보험에 들어야 한다고 로더를 설득한 것 같습니다. 자기는 로더를 위해 5만 달러의 보험에 들도록 교섭 중이지만, 수속이 너무나 까다로워 조사가 끝날 때까지는 보험회사 쪽에서 임시 조치로 1천 5백 달러 정도의 보험밖에 응해 주지 않는다고 설명하고, 로더에게는 자기를 수취인으로 한 1만 달러짜리 계좌에 들게 했지요. 분명히 그레고리는 로더가 가진 돈을 훔쳐 가지고 도망하지 못할 경우에는 그녀를 죽이고 보험금을 탈 작정이었을 겁니다."
"물론 그레고리는 행방을 감추는 것과 동시에 보험금 납입을 그만두었겠군요?"
"그렇지요. 1천 5백 달러의 보험은 단순히 구실이었습니다. 아마 그 자신도 잊고 있었던 것 같소. 그가 행방을 감추기 전에 치른 보험금은 1회뿐이었지요. 로더는 그 뒤에도 계속 보험금을 넣었습니다. 비행기 사고가 난 것은 첫 보험금을 치른 지 두세 달 뒤였고, 사망 진단서가 받아들여진 것은 1년쯤 지나서였습니다. 사고가 나자마자 로더가 곧 신고했으면 아무래도 비행기 사고였으므로 별지장 없이 보험금을 탈 수 있었으리라 생각됩니다만, 그런데 그만 지불 신청이 늦어져 버려서……. 담당계원이 어찌나 사무적인지 시간만 빼앗기고 헛수고만 되풀이했을 뿐이지요."
"그래서 어떻게 되었소?"
"얼마 동안 기다리다가 내가 써 준 사망 진단서로 보험금을 받았지요."
"당신은 전부터 로더를 알고 있었소?"
"그렇습니다."
"구혼도 해보았겠지요?"

밀샤프는 얼굴을 붉혔다.
"그런 걸 구태여 말할 필요가 있습니까?"
"있고말고요."
"그렇다면 말하지요, 했습니다."
밀샤프는 반항적인 어조로 대답했다.
"로더는 어째서 승낙하지 않았지요?"
"로더는 두 번 다시 결혼할 마음이 없다고 잘라 말했습니다. 남자에 대한 신뢰를 잃어버린 겁니다. 아직 순진하고 어린 처녀 시절에 그레고리 로튼의 사기 결혼에 걸려들었기 때문이겠지요. 그의 배신이 그녀의 정서를 완전히 마비시켜 버린 겁니다. 그녀는 병자의 간호에 자신의 일생을 바치겠다고 굳게 마음먹고 있었습니다. 그래서 이제 와서는 도저히 사랑이니 연애니 하는 소리가 그녀의 귀에 들어갈 여지가 없었던 것입니다."
"그런데 놀랍게도 돈 많은 사람의 외아들과 결혼했다는 말이로군요?"
"너무 비위에 거슬리는 말씀을 하시는군요."
"뭐가 그리 비위에 거슬리시오?"
"돈 많은 사람의 외아들이라는 표현 말이오."
"하지만 사실이 그렇지 않소?"
"그야 그렇지만, 로더가 결혼한 것은 그런 이유에서가 아닙니다."
"어째서 그렇게 단언할 수가 있소?"
"로더의 인품이며 결혼 동기를 알고 있으니까요."
"그러면 왜 결혼했소?"
"억압된 모성 콤플렉스 때문입니다. 로더는 모성애를 쏟을 대상이 필요했던 것입니다. 그래서 저 돈 많은 부모를 가진 허약한 아들이, 정신 분열의 징조를 보이기 시작한 그 젊은이가 그녀의 콤플렉스를 해결하는 데 안성맞춤인 대상이었지요. 그 젊은이로서는 어린 아이가 선생님을 바라보듯, 어린아이가 어머니를 바라보듯 하는 주제에 로더를 사랑한다고 생각하고 있었지요. 로더는 자기 감정의 움직임이 어떤 것인지 전혀 몰랐습니다. 다만 무엇이든 끌어안고 귀여워할 수 있는 것을 찾았지요."
"물론 당신은 그 결혼에 반대했겠지요?"
밀샤프 의사의 얼굴이 창백해졌다.
"물론이지요."
그 말은 그의 고민을 대변하듯 공허하게 울려 나왔다.
"어째서?"
"그녀를 사랑하고 있었기 때문입니다."
"그녀가 행복하게 되리라고는 생각지 않았겠지요?"
밀샤프는 고개를 끄덕였다.
"행복하게 될 리가 없습니다. 자신의 감정에 대해서도 솔직하지 못했으니까요. 로더는 자기 감정이 어떤 심리적인 요인에서 나온 것인지 잘 모르고 있었던 것입니다. 그녀가 진정으로 찾고 있었던 것은 존경하고 사랑할 수 있는 남자였습니다. 물론 아기를 낳을 수만 있었더라면 그녀는 모성애를 쏟을 대상을 찾을 수 있었겠지요. 그런데 오랜 세월 동안 자연적인 성감정을 억눌러 왔으므로 끝내 그녀의 억눌린 모성 콤플렉스는 허약하고 생활 능력도 없는 남자를 끌어들이게 되었고, 그리하여 맹목적인 모성애를 발산시킨 거지요. 그런 남자를 지켜 주면서 천천히 한 사람의 남자로 만들어 내는 것이 자기 사명이라고까지 여기게 된 겁니다."
"로더에게 그렇게 말해 주었소?"
"이야기해 보았습니다."
"알아듣던가요?"

"아니요."
"그녀는 뭐라고 했소?"
"나와는 다만 친구로서 교제했으면 좋겠으며, 내가 그를 질투하고 있는 것이라고 말하더군요."
"당신은 어떻게 했소?"
밀샤프는 깊은 한숨을 내쉬었다.
"이런 일은 제삼자와는 이야기하고 싶지 않습니다."
"당신의 마음은…… 어떻든 좋소."
이렇게 말하며 페리 메이슨은 의사에게서 눈길을 떼지 않고 덧붙였다.
"그 다음을 이야기해 주시오, 요령 있게 말이오."
"나는 로더를 내 생명보다 더 사랑하고 있습니다."
밀샤프는 내키지 않는 표정으로 입을 열었다.
"그녀를 행복하게 해줄 수 있는 일이라면 무슨 일이든 받아들였지요. 사랑이란 이기적인 것이어서는 안 됩니다. 그러므로 나는 내 행복과 그녀의 행복을 혼동할 생각은 없소. 물론 그녀가 다른 사람을 제쳐 두고 나와 결혼해서 행복하게 된다면 더 바랄 게 없겠지요. 하지만 다른 남자와의 결혼이 나와 결혼하는 것보다 행복할 수 있다면 나는 깨끗이 물러설 작정이었습니다. 어쨌든 그녀 자신의 행복이 가장 큰 문제였으니까요."
"그래서 당신은 물러선 것인가요?"
"그렇소."
"그래서 다음은?"
"그녀는 칼 몬테인과 결혼했지요."
"그것이 당신과 로더 사이의 우정에 장애가 되었단 말이오?"
"아니, 조금도……."

"그런데 로튼이 등장했군요."
"그렇지요. 로튼, 다른 이름은 목슬리요."
"그는 무엇을 노린 거지요?"
"돈입니다."
"어째서?"
"누군가로부터 협박당하고 있었지요. 사기 사건으로 감옥에 보내겠다는……."
"무슨 사기인지 아시오?"
"모르겠습니다."
"협박하던 상대라도……."
"모르겠는데요."
"목슬리가 얼마나 요구했는지 알고 있었소?"
"당장에 2천 달러를 내놓고 다음에 1만 달러를 내라는 거였소."
"그 돈을 로더에게 요구했단 말이오?"
"그렇습니다."
"그녀는 어떻게 했소?"
"가엾게도 어떻게 해야 좋을지 몰라 안절부절못하고 있었습니다."
"왜요?"
"어쨌든 결혼한 지 얼마 안 된 데다 오랫동안 억눌러 온 애정이 다시 싹트기 시작한 것이지요. 게다가 그녀는 남편을 사랑한다고 믿고 있었거든요. 그런데 그 비열한 사나이가 불쑥 나타난 겁니다. 그는 만일 돈을 마련해 오지 않으면 그녀를 보험금 사취와 중혼죄로 고발하겠다고 협박했습니다. 그녀가 돈을 내놓지 않으면 그는 한술 더 떠서 직접 칼 몬테인을 찾아가 돈을 빼앗아 올 것이 뻔한 일이었지요. 몬테인은 자기 가문의 이름이 신문 지상에 오르내리는 것을 굉장히 두려워하는 사람입니다. 빈틈없는 목슬리는 몬테인이 자기 가문에 대해 지니고 있는 콤플렉스와 그 아버지의 속물근성을 환히 알고 있었던 겁니다."
"그래서 어떻게 되었소?"
"로더는 목슬리를 만나, 빨리 없어지지 않으면 그녀의 돈을 빼앗아 도망친 죄로 고발하겠다고 말했습니다."
"당신이 가르쳐 준 꾀이겠지요?"
"그렇습니다."
"그래서 당신은 기회만 있으면 목슬리를 죽여 버리라고 권총을 준 것이로군요!"
밀샤프는 세차게 고개를 가로저었다.
"로더에게 권총을 준 것은 사실이지만, 그건 만일의 경우에 대비하여 몸을 지키라고 주었을 뿐이오. 로튼인가 목슬리인가 하는 녀석은 아무렇지도 않게 나쁜 짓을 해치우는 놈이니까요. 목적을 달성하기 위해서는 거짓말이며, 도둑질이며, 살인도 서슴지 않을 악당입니다. 그에게는 돈이 매우 다급하다는 것을 나는 알고 있었소. 그래서 로더가 혼자 그를 만나러 가는 것이 몹시 걱정스러웠습니다. 어쨌든 그는 자기를 찾아올 때 늘 그녀 혼자 올 것을 조건으로 내세우고 있었으니까요."
"그래서 로더에게 권총을 건네주었소?"
"네."
"그러면 로더가 목슬리를 만나러 가는 걸 알고 있었군요?"
"물론 알고 있었지요."
"어젯밤 그녀가 목슬리를 만나러 갈 것이라는 사실도 알고 있었소?"
밀샤프의 눈은 불안으로 침착성을 잃고 있었다. 그리고 의자에서 목을 움찔움찔하고 있었다.

"알고 있었소, 아니오?"
메이슨이 다그쳤다.
"몰랐습니다."
메이슨은 코웃음쳤다.
"증인석에 설 때는 좀더 그럴 듯하게 거짓말하도록 하시오. 그렇지 않으면 로더의 증인으로서는 낙제요."
"증인석이라고요!"
밀샤프는 놀라며 소리쳤다.
메이슨은 고개를 끄덕였다.
"그런 무서운 일이! 무엇 때문에 증인석에 서야 합니까? 로더를 구해내는 데 내 증언이 필요합니까?"
"아니, 그 반대요. 지방 검사가 검찰 측 증인으로 당신을 소환할 거요. 검사는 애써 로더 몬테인에게 불리한 심증을 굳히려고 할 것이고, 우선 살인 동기를 밝히려 할 텐데, 아마도 보험금 사취를 숨기기 위해 로더가 계획적으로 살인한 것이라고 주장할 거요. 따라서 가짜 사망 증명서와 보험금을 속여서 타낸 데 대한 공모 관계도 드러나겠지요. 그렇게 되면 당신 입장이 어떻게 되는지 알겠소?"
밀샤프의 입이 천천히 크게 벌어졌다. 페리 메이슨은 의사를 바라보았다.
"로더가 새벽 2시에 목슬리를 만나러 가는 걸 당신은 알고 있었지요, 선생?"
밀샤프는 각오를 한 모양이다.
"알고 있었소."
페리 메이슨은 천천히 고개를 끄덕였다.
"그렇게 솔직히 대답하는 것이 신상에 좋을 거요. 그런데 새벽 2시에 당신은 어디 있었소?"

"자고 있었습니다."

"증명할 수 있소?" 메이슨은 평범한 어조로 물었다.

"일반적인 증명밖엔 할 수가 없습니다. 즉 잠자리에 들어가서 아침까지 잤습니다. 흔히 누구나 잠들고 난 다음의 알리바이까지는 준비하지 않습니다. 지금 상황에서도 이렇게 대답하면 충분하다고 생각합니다만……."

"충분하겠지요, 선생." 메이슨은 어떤 의미를 감추고 있는 듯 천천히 말했다. "지방 검사가 당신이나 일본인 가정부에게 새벽 2시에 걸려온 전화에 대해서 신문하는 일이 없다면 말이오. 만일 가정부의 이야기가……."

밀샤프 의사의 얼굴빛이 홱 달라지자 메이슨은 도중에 입을 다물었다.

"자, 그 점은 어떻게 생각하시오?"

"나 참! 대체 어떻게 지방 검사가 그 전화 건을 알아냈을까요? 그 전화가 사건에 관계될 줄이야 꿈에도 생각지 못했습니다. 가정부의 이야기로는 술 취한 남자의 목소리였는데, 공중전화에서 걸려온 듯하다고 말했습니다만."

"어떻게 술 취한 걸 알았소?"

"모르겠습니다만, 아마도 말투가 그랬던 게지요. 나는 집으로 돌아왔을 때 보고를 들었을 뿐입니다……. 즉, ……."

"자, 솔직하게 이야기하시오."

메이슨이 다시 재촉하자 의사는 거침없이 이야기하기 시작했다.

"사실은 그곳에 갔었습니다. 2시가 아니고 좀더 지나서였지요. 침대에 누워 있어도 눈만 말똥말똥해지고 잠이 오지 않았습니다. 로더가 약속대로 갔을 것이 틀림없다는 생각이 자꾸 들었어요. 로더는 지금 어떻게 하고 있을까, 괜찮을까 하는 생각밖에 없었습니다.

그래서 침대에서 빠져나와 옷을 갈아입고 노웍 거리로 차를 몰았지요. 로더의 차가 옆 골목에 세워져 있었습니다. 목슬리의 아파트를 올려다보니 창문이 모두 캄캄하더군요.

　나는 벨을 눌렀습니다. 그러나 대답이 없었지요. 계속해서 벨을 울렸습니다. 그래도 대답이 없자 갑자기 걱정스러운 생각이 스쳤습니다. 로더의 차만 없었더라면 목슬리가 잠들어 버렸다고 생각했겠지만……. 건물 뒤쪽으로 돌아가서 안으로 들어갈 수 있는지 알아보려고 했습니다. 그러나 아파트 앞에 차를 세워 두고 싶지 않아서 그 블록을 돌아서는 골목까지 다시 차를 몰았지요. 그리고 골목을 따라 천천히 되돌아왔습니다. 그런데 이번에는 목슬리의 방에 불이 켜져 있지 않겠습니까? 나는 아까 울린 벨 소리에 목슬리가 잠을 깼나 보다고 생각하고 골목을 빠져나와 현관으로 돌아와서 또 벨을 울렸습니다. 그런데 이번에는 로더의 차가 보이지 않았습니다!"
"벨을 울리고 있을 때 당신은 길에 면한 좁다란 현관에 서 있었겠지요?"
"네."
"2층에서 벨 소리가 들려 왔소?"
"아니, 들려오지 않았습니다."
"맞붙어 싸우는 소리는?"
"아니요, 아무 소리도 듣지 못했습니다."
메이슨은 눈살을 찌푸리며 생각에 잠겼다.
"이제부터 내가 하는 말을 아무한테도 입 밖에 내어서는 안 돼요."
"무슨 말입니까?"
"당신은 건강이 꽤 나빠진 것 같군요."
"당연한 일이라고 생각하지 않습니까? 로더로부터 로튼이 살아 있고, 게다가 이곳에 와 있다는 말을 들었을 때부터 그 일은 내 머리에서 떠나지 않았습니다. 제대로 잠도 못 자고, 식욕도 없고, 정신 집중도 안 됐지요. 진찰하는 일조차 손에 잡히지 않을 만큼 나는……."

메이슨은 의사의 말을 가로막았다.

"나는 당신의 건강이 실제로 나빠진 것 같다고 말했소."

"물론 얼굴빛이 나쁘겠지요. 기분이 나빠서 미칠 것만 같습니다!"

"지금 당신과 같은 정신 상태로 건강을 해친 환자가 진찰을 받으러 온다면, 당신은 뭐라고 말할 거요?"

"무슨 말인지 잘 모르겠는데요?"

"아마도 오랫동안 배 여행이라도 하며 쉬라고 권하지 않을까요?"

"그야 전지 요양을 권하겠지요. 나한테도……."

밀샤프는 이야기를 하다 말고 갑자기 입을 다물었다. 그 입이 힘없이 벌어져 있었다.

메이슨은 천천히 일어나며 말했다.

"이 문제에 대해서는 허튼 소리를 하지 말아 달라고 부탁하고 싶소. 하지만 나는 의사가 아니오. 아주 자연스럽게 보이기 위해서 당신은 누군가 친한 의사와 상의해 보는 게 좋을 것 같소. 굳이 당신의 고민까지 털어놓을 필요는 없겠지요. 다만 병이 아닌지 걱정스럽다고 말하면 돼요. 배 여행이라도 할까 하는 정도로 물어 보는 것도 괜찮겠지요."

"말하자면 경찰의 손이 미치지 않는 곳에 가 있을 필요가 있다는 뜻이지요? 그러나 그렇게 되면 로더 혼자 이 사건을 치러 나가야 할 게 아닙니까?"

"로더에 관한 한 당신이 여기 있는 건 아무런 도움이 안 돼요. 내가 지금 이렇게 이야기하는 건 당신의 건강을 걱정해서요. 로더와는 전혀 관계가 없습니다. 눈 아래 기미가 끼고 침착성을 잃은 데다 얼굴빛이 말이 아니오. 꼭 일류 의사와 상의해서 진찰을 받아 보시오. 명함을 놓고 갈 테니까 그 동안에 무슨 일이 있으면 곧 연락해 주시오."

메이슨은 책상 위에 명함을 놓았다. 밀샤프는 후닥닥 일어나더니 메이슨의 손을 잡고 힘 있게 흔들었다.

"고맙습니다. 내가 미처 생각하지 못했던 제안입니다. 정말 묘안입니다."

메이슨은 뭔가 말하려 했으나 대기실 쪽에서 심상치 않은 소리가 들려오자 입을 다물었다. 간호사가 뭐라고 항의하는 소리가 들려 왔던 것이다.

페리 메이슨은 홱 문을 열어젖혔다. 공항에서 로더 몬테인을 체포한 살인과의 두 형사가 넋을 잃은 듯 변호사를 쳐다보았다. 이윽고 형사의 눈은 닥터 밀샤프에게로 옮겨갔다.

"정말 잘도 쫓아다니는 친구로군!"

페리 메이슨은 닥터 밀샤프에게로 얼굴을 돌리고 말했다.

"진찰해 주셔서 고맙습니다. 만일 변호사가 필요하실 때에는 제게 연락해 주십시오. 아마도 이 두 사람은 당신에게 용무가 있는 모양이오. 참고로 말씀드리지만, 이 두 분께서는 살인과의 형사입니다. 그럼, 이만 실례해야겠습니다. 아아, 마침 제가 변호사여서 직업상 알려 드립니다만, 대답하고 싶지 않은 일은 대답할 필요가 없습니다. 그리고……."

"이제 됐겠지?"

형사 하나가 덤벼들 듯이 앞으로 나섰다.

페리 메이슨은 꼿꼿이 선 채 눈을 치켜뜨고 턱을 앞으로 쑥 내밀고는 솟아오르는 용암처럼 이글이글 타오르는 눈으로 마치 비웃기라도 하듯이 형사를 아래위로 훑어보았다.

"그리고 변호사가 필요할 때는 제가 드린 명함에 전화번호가 적혀 있으니 불러 주십시오. 이 사람들의 용건은 알 수 없지만, 나라면 어떤 질문에도 대답하지 않을 겁니다."
　메이슨은 두 형사를 무시한 채 방을 나왔다. 형사들은 잠깐 그의 뒷모습을 쏘아보고 있다가 느닷없이 방 안으로 밀고 들어가서는 문을 쾅 닫았다.
　메이슨이 대기실로 나오자 간호사가 책상 위에 팔을 구부리고 그 위에 얼굴을 댄 채 흐느껴 울고 있었다. 메이슨은 잠시 그 모습을 바라보고 있다가 이맛살을 찌푸리며 대기실을 나와 조용히 문을 닫았다.

10

 밝은 햇살이 페리 메이슨의 변호사 사무실 창문으로 비쳐 들어오고 있었다. 전화벨이 울렸다.
 복도로 나 있는 문의 우윳빛 유리에 키가 크고 깡마른 사람의 모습이 비치더니 문 손잡이가 움직였다. 폴 드레이크가 천천히 방 안으로 들어왔다. 델라 스트리트는 무슨 급한 일이라도 있는 듯 손끝으로 전화 교환대를 만지작거리고 있었다.
 "전화예요, 소장님."
 델라 스트리트가 수화기를 내밀면서 말했다.
 메이슨은 탐정을 향해서 싱긋 웃어 보였다. 그리고 델라에게 말했다.
 "중요한 용건인지 다시 물어 봐요."
 폴 드레이크가 두 장의 신문을 꺼내며 말했다.
 "자네 알고 있나?"
 메이슨은 무슨 일이냐는 듯 말없이 눈을 치켜떴다.
 "그녀는 끝내 말해 버렸어." 드레이크는 아주 곤란하다는 듯한 제스처를 하며 말했다.

변호사는 두 다리를 벌리고 선 채 탐정을 바라보았다. 그는 천천히 미소지었다.

델라 스트리트는 내던지듯 수화기를 내려놓고 화가 치미는 듯 새파래진 얼굴로 메이슨을 바라보았다.

"어떻게 되었지, 델라?" 메이슨이 물었다.

"경찰 본부인데, 정말 울화가 치미는 사람들이에요. 아주 의기양양한 말투로 '당신들의 의뢰인인 로더 몬테인이 방금 지방 검찰청에서 진술서에 서명을 했어. 그러니 언제든지 면회를 시켜 주지'라고 말하잖겠어요? 이젠 인신 보호 영장도 필요 없어요. 1급 살인으로 기소할 테니까 구치소에서라면 어느 때든 면회를 시켜 주겠다며 비웃는 거예요."

페리 메이슨은 얼굴 근육 하나 움직이지 않고 가만히 델라를 바라보았다.

"왜 나를 바꿔 주지 않았어?"

"그들은 당신도 놀려대려 해요."

"또다시 그런 짓을 하는 녀석이 있으면 나를 바꿔 줘. 알겠어, 델라? 나는 걸어오는 싸움은 반드시 받아 주니까."

메이슨은 천천히 말하면서 폴 드레이크에게로 몸을 돌리고 눈짓을 했다.

"들어오게, 폴."

두 사람은 안쪽 사무실로 들어가더니 문을 닫았다.

폴 드레이크가 신문지를 탁 쳤다.

"자세하게 실려 있나?" 메이슨이 물었다.

"지면을 꽉 채웠어. 하지만 진술서의 전문은 발표하지 않았어. 신문사에서는 아마도 진술서에 서명이 끝날 때까지 발표를 금지당한 모양이야."

"로더는 뭐라고 말하고 있나?"

"목슬리가 그녀를 협박하고 있었다, 그리고 새벽 2시에 만나러 오라고 했다, 그래서 남편이 잠든 사이에 빠져나와 목슬리를 만나러 갔다, 현관 벨을 눌렀으나 문이 열리지 않아 단념하고 차를 타고 돌아왔다……."

"어떤 식으로 벨을 울렸는지 이야기가 있나?"

"목슬리가 잠들었다고 생각했기 때문에 손가락으로 몇 초 동안 계속 누르고 있었다는군."

"그렇다면 경찰은 차고의 열쇠가 현장에 떨어져 있다는 사실을 들어서, 왜 그것이 목슬리의 아파트에 떨어져 있었는가에 대해 추궁했을 터인데…… 그녀가 안으로 들어가지 않았다고 고집하면……."

"바로 그대로야. 그런데 그녀는 낮에도 그 아파트에 갔었는데, 아마도 그때 떨어뜨린 모양이라고 말하고 있는 모양이더군. 뒤에도 그걸 알아차리지 못했었다고 말하고 있어."

메이슨은 웃었는데, 그것은 회심의 미소가 아니라 덜 익은 감을 씹은 것 같은 씁쓰레한 미소였으며, 시큼한 레몬을 깨물었을 때 흔히 볼 수 있는 듯한 묘한 표정을 짓고 있었다.

"그건 약해. 칼 몬테인은 틀림없이 그것과 모순되는 주장을 하겠지. 자기가 저녁에 차를 넣을 때 차고에 자물쇠를 채워 놓았으므로 차고를 열기 위해서 로더는 반드시 그녀의 열쇠를 써야만 했을 것이라고, 거기에 대해 변명하려면, 차 안에다 핸드백을 두고 나왔기 때문에 잠들기 전에 다시 밖으로 나가 칼의 열쇠로 문을 열어 두었다고 이야기하는 수밖에 없어."

드레이크는 위로하듯이 말했다.

"아니, 로더의 진술을 믿어 주는 배심원도 있을 걸세."
"지방 검사가 진상을 파악하고 난 다음에는 이야기가 달라."
메이슨은 천천히 말했다.
"감쪽같이 지방 검사의 계략에 빠져 치명적인 언질을 주고 말았어. 곤란한 여자야."
"자네, 그렇게 약해졌나……."
드레이크는 불룩 튀어나온 눈으로 메이슨의 얼굴을 찬찬히 뜯어보았다.
"로더가 할 수 있는 가장 유력한 주장은 정당방위야. 아무튼 죽은 사람은 말이 없는 법이니 그녀가 뭐라고 하든 지방 검사는 반박할 여지가 없어. 그녀가 적당한 시기에 적당한 방법으로 들고 나오면 우선은 배심원의 동정과 신뢰를 얻을 것은 틀림없겠지.

그런데 신문 보도에 의하면, 이웃집 사람들이 범행 당시 현관 벨이 울리는 걸 들었어. 로더의 머리에도 그것이 걸렸던 거야. 그래서 벨을 울린 것이 자기라고 주장하는 게 좋겠다고 생각한 거겠지. 언뜻 생각해 보면 그건 썩 좋은 핑계가 될 수 있거든. 만일 자기가 범행 당시 현관에서 벨을 울리고 있던 인물임을 믿게 할 수 있다면 그보다 더 완벽한 알리바이는 없으리라는 생각이었겠지. 그런데 그게 함정이야. 그녀는 감쪽같이 빠져들어가 버렸어. 알겠나?

그렇게 되면 지방 검사는 세 가지 점에서 그녀를 반박할 수 있어. 첫째, 시간상으로 보아 그 인물은 그녀일 수가 없다. 둘째, 현장에서 발견된 열쇠로 그녀가 차고 문을 열고 나와 목슬리와 만난 것이 틀림없다. 셋째, 이것이 가장 치명적인 것인데, 실제로 현관 벨을 울렸던 인물을 찾아내어 증인석에 앉혀 놓으면 로더의 주장이 거짓임이 대번에 드러나고 말아.

이렇게 되면 정당방위를 주장할 길이 막혀 버리지. 그녀가 현장에 없었다는 사실을 입증하든지, 아니면 온갖 혐의를 혼자 뒤집어 쓰고 1급 살인죄로 선고를 받든지 둘 중의 하나가 될 거야."

드레이크는 천천히 머리를 끄덕였다.

"거기까지는 미처 생각 못했지만, 확실히 그럴 거야."

그때 델라 스트리트가 겨우 몸이 빠져나올 수 있을 만큼 살짝 문을 열고 가만히 들어왔다.

"그의 아버지께서 오셨습니다."

"뭐, 누구라고?"

"시카고의 C. 필립 몬테인 씨예요."

"어떻게 생긴 사람이야, 델라?"

"말로 표현하기 어려운 분이에요. 나이는 60살이 넘은 듯하나 눈매가 아주 날카로워요. 마치 새 눈처럼 빛나고 있어요. 짧게 다듬은 흰 콧수염을 기르고, 입술은 가늘게 다물었으며, 표정을 알 수 없는 얼굴이에요. 고급 양복에 아주 풍채가 당당한 분이에요."

메이슨은 델라에게서 드레이크에게로 천천히 눈길을 옮기며 말했다.

"이 사람은 잘 다루어야 돼. 여러 가지 점에서 열쇠를 거머쥐고 있는 인물이거든. 나는 이 사람이 로더의 변호료를 내도록 해야겠어. 당신의 표현대로라면 내가 상상하고 있던 것과는 아주 다른데, 델라. 나는 자신의 경제적인 지위로 곧잘 남을 지배하는 거만하고 자기 본위적인 인물이라 여기고 있었어. 그래서 만나면 굉장히 화나게 만들어서 로더를 도와주지 않으면 그가 그토록 소중히 여기는 몬테인 집안의 이름을 신문에 내어 웃음거리로 삼겠다고 협박하려고 생각했었지."

메이슨은 말없이 델라 스트리트의 얼굴을 찬찬히 들여다보았다.

"어때, 당신 의견은?"

델라는 고개를 저으며 웃었다.
"말해 봐, 당신은 사람의 성격을 파악하는 실력이 여간 아니니까, 어떤 인상을 받았는지 듣고 싶어……."
"당신 생각대로 다루기는 힘들 거라고 생각돼요, 소장님."
"어째서?"
"왜냐하면 그분은 냉정하고 지적인 사람 같아요. 계산적이라고나 할까? 자기가 생각한 대로 끝까지 밀고 나가는 스타일의 사람이에요. 그분이 무엇을 바라는지는 모르지만 반드시 당신의 태도에서 속셈을 알아내려고 할 거예요. 마치 당신이 상대의 태도를 알아내려고 하듯이……."
메이슨의 눈이 번쩍 빛났다.
"좋아, 내 나름대로 다루어 보지."
그리고는 드레이크에게 말했다.
"대기실로 해서 나가 주었으면 좋겠네, 폴. 거기서 그 사람의 얼굴을 한 번 보아 두는 게 좋겠어. 어쩌면 그를 미행하게 될 필요가 있을지도 모르니까, 인상을 잘 보아 두게나."
드레이크는 머리를 끄덕이며 익살스러운 얼굴로 활짝 웃었다.
그는 문을 열고 나가려다 말고 발을 멈추었다.
"여러 가지로 충고를 해주셔서 정말 고맙습니다. 무슨 문제가 생기면 곧 연락하겠습니다."
손님인 것처럼 인사를 하고 드레이크는 밖으로 나갔다.
메이슨과 델라는 얼굴을 마주보았다.
"델라, 나는 그 사람을 한번 거칠게 다루어 봐야겠어. 상대는 아마도 자기가 얼마나 중요한 인물인가를 길게 늘어놓을 거야. 그러니까 내가 선수를 쳐서……."
이때 대기실 문이 홱 열리더니 폴 드레이크가 재빠르게 지껄여댔다.
"선생님, 잊어버린 게 한 가지 있는데요, 잠깐만 실례하겠습니다."
그는 빠른 걸음으로 성큼성큼 메이슨의 책상 앞으로 다가왔다.
"언제 이곳에 왔는지 그에게 물어 보게나."
"필립 몬테인 말인가?" 메이슨이 놀란 듯이 되물었다.
"그렇네."
"아마 신문에 난 기사를 읽고 사건의 내용을 알았을 거야. 아들의 이야기로는 중요한 금융상의 거래 문제 때문에 골치를 앓고 있다고 하던데……."
폴 드레이크는 메이슨의 말을 가로막았다. "대기실에 있는 저 사나이가 C. 필립 몬테인이 틀림없다면, 그는 목슬리가 살해되기 전부터 이곳에 와 있었던 것이 분명해. 뒤에 온 게 아니야."
메이슨은 입을 오므리고 가만히 휘파람을 불었다.
드레이크는 책상 위에 몸을 기대듯이 하고 말했다.
"로더 몬테인이 처음 이 사무실에서 나갔을 때 누군가가 그녀를 미행하고 있었다는 걸 자네도 기억하고 있겠지?"
"그러면 미행한 사나이가 바로 필립 몬테인이란 말인가?"
"아니, 그렇지는 않아. 하지만 길 옆에 세워 둔 차 안에 앉아 있었어. 난 한 번 본 것은 여간해서는 잊을 수 없으니까. 그는 로더 몬테인과 그 뒤를 미행하는 사나이를 뚫어지게 쳐다보고 있었어. 나와 앞에 있는 두 사람과 무슨 관계가 있는가 하고 생각했는지 어떤지는 잘 모르지만."
"틀림없겠지, 폴?"
"물론이야."
"그러나 아들의 이야기대로라면 시카고에 있었어야 할 텐데……."
"아들이든지 아버지든지 둘 중의 하나가 거짓말을 했어."

"아마 아버지 쪽일 거야. 아버지가 이곳에 있다는 걸 칼이 알았다면 처음 여기 올 때 함께 왔을 테지. 그 시민의 의무설을 뒷받침하기 위해서 말이네. 칼은 무슨 일이든 혼자서는 처리하지 못하는 멍청이야. 지금까지 아버지에게 업혀 지낸 어린아이에 지나지 않아. 그래서 아버지는 아들에게 알리지 않고 여기로 왔을 것이 틀림없어."
"왜 그랬을까?"
"잘은 모르겠지만 곧 밝혀지겠지. 그는 자네의 얼굴을 보았나, 폴?"
"으음, 보았어. 그것보다도 내 얼굴을 기억하고 있는 것 같아. 하지만 나는 전혀 모르는 체했으니까 이쪽에서 눈치챈 줄은 모를 거야. 나를 이곳 손님 가운데 하나라고 생각하겠지. 자, 그럼, 이만 가 보겠네. 자네가 그를 만나기 전에 귀띔이라도 해주고 싶어서……."
"그런데 폴, 그는 몬테인이 아닌지도 모르겠는걸……."
탐정은 동감이라는 듯이 천천히 고개를 끄덕였다.
"하지만 무엇 때문에 가짜가 여기에 왔을까요, 소장님?"
델라 스트리트가 끼어들자 메이슨은 쓴웃음을 지어 보였다.
"내가 반드시 칼 몬테인의 아버지에게 압력을 넣을 것이라고 지방 검사는 생각했을 테지. 아마도 그래서 가짜를 보내어 내가 어떤 태도로 나오는지 살펴보려는 것일 거야."
"그렇다면 소장님, 주의하셔야겠어요!"
델라가 호소하듯이 말했다.
탐정은 생각에 잠기면서 말했다.
"그렇다면 저 사나이는 지방 검찰청에서 왔다…… 그럼, 지방 검사는 살인 사건이 나기 전부터 로더를 미행하고 있었던 셈인데…….

페리, 저 사나이의 정체가 완전히 드러날 때까지는 적당히 다루는 게 좋을 걸세."

메이슨은 문을 가리키며 말했다.

"알았네, 폴. 나갈 때 멋진 연기를 부탁하네."

탐정은 다시 문을 열고는 이야기가 아직 끝나지 않았다는 제스처를 해보이며 말했다.

"이제 겨우 마음이 놓이는군요. 그 점이 자꾸만 마음에 걸렸는데, 선생님께서도 마음을 쓰고 계시다니 안심입니다. 그럼, 안녕히 계십시오."

문이 소리를 내며 닫혔다.

델라 스트리트는 호소하는 듯한 눈초리로 메이슨을 바라보았다.

변호사는 밖으로 나가라고 손짓했다.

"더 이상 기다리게 해서는 안 돼, 델라. 의심할지도 몰라. 폴 드레이크가 나에게 무슨 밀고라도 하려고 다시 이 방으로 되돌아온 것으로 말이야. 어서 문을 열고 들어오라고 해."

델라 스트리트는 문을 열었다.

"메이슨 씨가 만나시겠답니다, 몬테인 씨."

몬테인은 방 안으로 들어오자 가볍게 머리를 숙여 보이며 미소를 지었다. 그러나 손은 내밀지 않았다.

"안녕하십니까?"

메이슨이 선 채로 의자를 권하자 몬테인은 천천히 의자에 앉았다. 이윽고 메이슨이 의자에 앉자 델라는 문을 닫고 대기실로 물러갔다.

"내가 찾아온 용건은 당신도 물론 알고 계시겠지요?"

메이슨은 상대의 경계심을 풀어 주려는 듯이 솔직한 태도로 말했다.

"마침 잘 오셨습니다, 몬테인 씨. 벌써부터 당신을 한 번 만나 뵙고 싶었습니다. 아드님의 이야기로는 당신은 매우 중대한 금융 관계의 일로 몹시 바쁘시다고 하더군요. 살인 사건 때문에 급히 달려오신 모양이지요?"
"그렇소, 전용 비행기를 세내어 어젯밤 늦게 도착했지요."
"아드님은 만나 보셨겠지요?"
몬테인의 눈이 번쩍 하고 차갑게 빛났다.
"먼저 내 용건부터 말하고 난 다음에 당신의 질문에 대답했으면 합니다."
"좋도록 하십시오."
메이슨은 시원스럽게 대답했다.
"서로 탁 털어놓고 이야기하기로 합시다. 나는 은행가이기 때문에 내가 접촉하는 변호사는 회사 전문 법률가들뿐이오. 그들은 대체로 법률상의 지식을 이용하여 유리한 투자를 하는 사람들이지요. 형사 변호사를 만나는 것은 당신이 처음입니다. 당신네들은 내가 직업상 늘 만나게 되는 민사 변호사들보다는 여러 가지 점에서 훨씬 빠르다는 것을 잘 알고 있소. 그러나 소문에 따르면, 당신은 신중한 면이 좀 모자란다고 하더군요. 요즘 날로 늘어나는 범죄 풍조 역시 지나치게 싸고도는 형사 변호사들에게도 얼마쯤 책임이 있다는 말을 부인할 수만은 없을 거요. 그건 그렇고, 내 자식놈이 당신과 상의하고 아내의 용의를 풀어 보려고 안간힘을 쓰고 있지만, 그 녀석이 몬테인 집안의 인물인 이상 거짓말은 안할 거요."
몬테인은 잠깐 말을 멈추더니 덧붙여 말했다.
"그 녀석은 어떠한 희생을 치르더라도 단지 진실만을 말할 작정으로 있소."
"아직 이야기의 요점이 무엇인지 밝히지도 않으셨는데……."
"전제를 말하고 있소."

"전제는 그만두시지요. 그럴 필요도 없으니까요. 요점만 말씀해 주십시오."
"좋소, 자식놈은 당신에게 아내의 변호를 의뢰했소. 하지만 당신도 알다시피 내 자식놈의 명의로 된 재산은 하나도 없소. 그러므로 당신은 내가 당신의 변호료를 치러 주기를 바라고 있겠지요?

나는 그것쯤 눈치 못 챌 바보가 아니오. 당신 역시 그렇겠지만, 난 자식놈이 한 일을 문제 삼으려는 건 아니오. 오히려 자식놈이 꽤 우수한 변호사를 고른 것을 칭찬할 정도요. 하지만 나라는 사람을 허술하게 보지는 마시오. 당신이 내가 제시한 조건에 따라 준다면 난 로더의 변호료를 기꺼이 치러 주겠소. 그것도 듬뿍……. 하지만 그 조건이 못마땅하다면 한 푼도 내놓을 수 없소."
"이야기해 보시지요." 메이슨은 재촉했다.
"유감스럽지만, 내 입으로는 그 조건을 말할 수가 없소."
몬테인은 흰 콧수염 끝을 조금 깨물고는 다시 입을 열었다.
"사실은 지방 경찰청에서 내게 그 조건을 가르쳐 주었소. 약속이 그렇게 되어 있지요. 그걸 밝힐 수는 없지만 말이오. 당신이 매우 예리한 사람이라는 걸 난 알고 있소, 메이슨 씨."
"그래서 어쨌다는 거지요?"
"그러므로 내 입으로 말할 수는 없지만 당신이 직접 검찰의 방침을 알아차려 주면 서로가 이 사건을 솔직하게 의논할 수 있다고 생각하오만……."
페리 메이슨은 손끝으로 똑똑 책상을 두드렸다.
"아마도 이런 것이겠지요. 즉 당신의 아드님과 로더가 부부이기 때문에 지방 검사로서는 아드님을 증인으로 소환할 수 없다, 그래서 검찰 측은 결혼 무효 판결을 얻어낼 작정이다, 그렇습니까?"
몬테인의 얼굴에 회심의 미소가 떠올랐다.

"바로 알아맞혔군. 틀림없소. 그것이 바로 내가 바라던 이야기요. 물론 그 무효 소송에 대한 나의 입장을 이해해 주시겠지요?"
"당신은 아드님이 신분이 다른 여자와 결혼한 걸 못마땅하게 생각하고 있지요? 그렇지 않습니까?"
"맞소."
"이유가 뭡니까?"
"자식놈은 단지 돈만 우려내려는 여자에게 걸린 거요. 아무리 보아도 결혼 전의 생활이 의심스럽고, 전남편과도 늘 비밀리에 만나고 있었어요. 게다가 미심쩍은 의사도 있다고 하오."
"의사와의 사이가 기분 나쁘게 여겨지십니까?"
"그렇게 말하지는 않았소."
"그러나 뜻은 그렇지 않습니까?"
"요컨대 지금 그런 건 문제가 아니지 않소? 당신이 묻기에 숨김없이 대답했을 뿐이오. 아마 나의 이런 감정이 당신에게는 거슬릴지도 모르지만…… 지금 당신이 한 질문은 사실을 묻는 게 아니라 내 감정을 물어본 것이 아니오?"
"아니, 나는 다만 당신의 태도를 보다 확실하게 알아 두고 싶었을 뿐입니다. 당신은 이 결혼의 무효 확인을 바라고 있소. 내가 한편으로는 온 힘을 다해 로더 몬테인의 변호를 하면서 그 혼인 무효 소송에 반대하지 않겠다고 당신과 약속해 달라는 것이겠지요? 게다가 아드님을 반대 신문할 때 조롱거리로 만들지 말라는 뜻도 함께……. 만일 이런 조건에 순순히 응해 주면 당신은 사례금으로 상당한 금액을 지불하겠지만, 그렇지 않으면 한 푼도 못 내놓겠다, 이런 뜻으로 저에게 이야기하신 것 같은데요?"
몬테인은 조금 거북하다는 듯이 신중한 어조로 말했다.
"당신은 너무 곧이곧대로 이야기하는군."

"어쨌든 내 말이 맞지요?"
몬테인은 메이슨과 눈길을 마주쳤다.
"그렇소. 물론 당신은 내가 사례금으로 얼마를 지불할 작정인지 잘 모를 거요. 그러나 그건 일반적인 시세를 훨씬 넘는 거금이오. 어떻소, 내 마음을 알아 줄 수 있겠소?"
페리 메이슨은 오른쪽 주먹을 쥐고 천천히 책상을 두드리면서 자기 말을 강조했다.
"네에, 잘 알았습니다. 당신만큼이나……. 당신은 로더 몬테인이 귀찮아서 어떻게든 없애 버렸으면 싶지요? 만일 로더가 지방 검사의 혼인 무효 소송에 대해 눈을 감는다면 살인 용의 사건에 협조해 주겠지만 그녀가 결혼의 합법성을 고집한다면 살인죄로 결정지어 없애 버리려 하는 모양이신데, 하지만 아드님은 성격이 약한 사람이오. 그 점은 당신도 알고 있을 터이고, 나도 잘 알고 있소.

만일 로더가 석방되어 칼의 아내라는 자리에 머물러 있으면 당신으로서는 여전히 눈에 거슬리는 존재가 되겠지요. 그러니까 그녀가 칼을 단념하도록 한다면 듬뿍 변호료를 내놓겠다는 거지요? 그리고 만일 그녀가 칼에게서 떨어져나가지 않는다면 지방 검사와 힘을 합해 그녀를 살인죄로 묻겠다는 말씀이시지요? 당신은 자기 목적을 위해서 수단과 방법을 가리지 않는 무서운 사람이로군요."
"그 표현은 좀 정확성을 잃어 버린 듯싶은데요?"
몬테인은 냉정하게 말했다.
"아니, 절대로 그렇다고 생각하지 않습니다."
"글쎄요, 나는 그렇게 생각되는군요."
"그건 아마도 당신이 자신에 대하여 솔직하지 못하기 때문일 거요. 어떤 동기로 그런 수단을 쓰기로 마음먹었나 하는 점을 반성해 보지 않았기 때문입니다."

"나의 제안에 대한 당신의 대답을 들으려면 동기가 어떠했다는 것도 이야기할 필요가 있단 말이오?"
"물론이지요."
"이유를 모르겠는데……."
"왜냐하면 그 동기가 아주 중요한 의미를 갖게 될지도 모르기 때문입니다. 그 점을 이제부터 이야기해 드리겠소."
"나의 제안에 대해 당신은 아직 대답하지 않았소."
"내 대답은 한마디로 무조건 거절입니다. 나는 로더 몬테인의 변호를 의뢰받았소. 나는 결혼의 합법성을 주장하여 아드님의 증언을 막아내는 것이, 로더에게는 아주 유리한 일이라고 생각합니다. 따라서 어떤 일이 있든 결혼 무효 소송에 대해서도 끝까지 싸우겠소."
"아마 그렇게는 안 될걸요."
"아마……."
"지방 검사는 그렇게는 안 될 것이라는 확신을 가지고 있소. 검사의 이야기로는 이 결혼은 법적으로 완전히 무효라는 거요. 내가 오늘 이곳에 발을 들여놓은 것은 단지 당신의 기민함에 경의를 나타내기 위해서요."
"나의 솜씨이겠지요?"
"기민함이라고 말했소."
메이슨은 천천히 고개를 끄덕였다.
"아마도 기민한 만큼 솜씨도 갖추고 있다는 걸 알게 될 거요. 자, 이제 당신의 그 동기를 분석하는 데로 화제를 돌려 봅시다. 당신은 가문을 자랑으로 여기고 있습니다. 만일 로더 몬테인과의 결혼이 합법적인 것이고 그녀가 살인죄로 기소되었다면 가문에 먹칠을 하는 셈이 되지요. 따라서 그런 경우에는 아까 같은 제안은 하지 않을 거요. 만일 로더가 당신의 며느리가 아니라면 그녀가 살인죄로 처형되든 말든 당신은 상관할 바가 아니라고 말하겠지만, 그 결혼이 합법적인 것이라면 당신은 어떻게 해서든지 그녀의 무죄 석방을 위해 최선을 다할 것입니다.

당신의 제안은 로더를 몬테인 집안에서 내쫓아 버리기 위해서는 어떤 수단도 가리지 않겠다는 뜻을 나타내고 있소. 그건 결국 아드님에게 미치는 영향력을 인정하는 일밖에 안 됩니다. 이 사건도 우연히 알게 되었다고는 하지 않으시겠지요. 당신은 아드님으로부터 직접 들었을 겁니다. 따라서 내 짐작으로는, 당신은 어젯밤 시카고를 출발한 게 아니라 며칠 전부터 이곳에 와 있었지만, 단지 아드님과 로더에게 알리지 않았을 뿐이오. 더욱이 당신은 사립 탐정을 고용하여 로더를 미행하고 있었소. 그녀는 어떤 여자인가, 무엇을 하고 있는가, 그리고 칼이 얼마만큼 그녀의 영향을 받고 있는가 하는 점들을 알아내기 위해서였소. 한 가지 더 말씀드리면, 당신은 아마도 아드님을 다른 여자와 결혼시키려는 생각이겠지요? 십중팔구 당신에게 있어 재정적으로 아주 중요한 의미를 갖는 혼담 말이오. 그런 결혼을 시키기 위해서 당신은 칼을 법률상 자유로운 몸으로 만들고 싶은 거지요?"

몬테인은 벌떡 일어났다. 그 얼굴에는 아무런 표정도 없었다.

"당신은 이른바 동기를 분석한답시고 단지 억측을 하고 있을 뿐이오."

"나는 다만 머릿속에 떠오른 걸 말하고 있을 뿐이오."

몬테인은 부드러운 어조로 말했다.

"아마 그럴 거요. 그렇다면 얄궂은 우연이라고나 할까? 내가 대기실에서 기다릴 때 당신 방에서 나온 탐정이 갑자기 되돌아서더니 …… 뭐라던가, 할 말을 잊어버렸다던가…… 한 일 말이오. 연극치고는 일품이었다는 건 나도 인정해. 아무렇지도 않은 듯 내 얼굴을 쳐다보고 지나가다가 갑자기 무슨 일이 생각난 듯 되돌아서더군요."
"그럼, 이 사무실 앞에서 로더를 미행한 것이 역시 사실이군요?"
"자료 수집 중이었다고 말을 고쳤으면 좋겠는데요."
"아드님은 그걸 알고 있습니까?"
"모르오."
"사립 탐정을 고용하여 로더를 미행시켰지요?"
"어지간하군. 당신의 질문에는 이제 충분히 대답했다고 생각하지만, 다짐하는 뜻에서 다시 한 번 말해 두겠소. 당신은 로더의 변호료로 상당액을 칼에게서 끌어낼 수 있으리라 생각하는 모양인데…… 내 제안을 거절해도 아무런 손해가 없다고 생각하시오? 그러나 노파심에서 말해 두지만, 칼의 재산은 아무것도 없다는 걸 알아 두시오. 당신이 로더의 변호를 맡고 받을 보수란 아마 형편없을 거요."
"당신은 약간 지나치다고 생각하지 않소?"
"나는 융통성이 없는 성격이오. 당신이 말하는 뜻이 그렇다면 말이오."
"아니, 그런 뜻이 아닙니다."
몬테인은 가볍게 머리를 숙였다.
"이제 우리들은 어지간히 서로를 이해했다고 생각되는데 다시 한 번 생각해 보지 않겠소? 뭣하면 이 자리에서 당장 최종적인 대답을 듣지 않아도 좋소. 당신은 상당히 이해가 빠른 사람이니까…… 머리도 꽤 잘 돌아가고. 그렇다고 나를 적으로 돌려서는 안 돼요. 이래 봬도 나 역시 꽤 악착같으니까."
메이슨은 복도로 통하는 문을 열고 말했다.

"자, 최후의 대답은 이미 말씀드렸습니다. 싸움을 원하신다면 받아들이겠소."

몬테인은 복도에서 발을 멈췄다.

"하룻밤쯤 잘 생각해 보시오."

메이슨은 아무 말 없이 문을 쾅 닫았다. 잠깐 생각에 잠긴 듯하더니 뚜벅뚜벅 전화 있는 곳으로 다가가 수화기를 들었다. 델라 스트리트의 목소리가 나왔다.

"폴 드레이크를 부탁해, 델라."

곧 전화가 울렸다. 메이슨은 빠른 소리로 말했다.

"폴, 빨리 일 좀 해야겠어. 곧 착수해 주게. 목슬리는 사기꾼이었어. 여자를 낚는 게 전문이지. 그런데 그가 피살당하기 직전에 걸려 온 전화 말인데, 전화를 건 사람은 돈을 요구하고 있었어. 아무래도 여자인 것 같은 생각이 드는군. 어쨌든 목슬리라는 녀석은 필요한 돈을 손에 넣기 위해서는 뻔뻔스럽게도 결혼식까지 올린 일이 적어도 한 번은 있었으니까.

 목슬리의 전력을 샅샅이 조사해 주게. 그가 사용한 가명을 알아내는 대로 결혼 때 쓴 이름을 알아봐. 그리고 가명과 일치하는 이름을 가진 여자가 최근 이곳에 와 있는지 중점적으로 조사해 봐 주게. 부하를 시켜 호텔이나 공민관을 조사하도록 하는 게 좋을 거야. 경찰이 그 정보를 입수하기 전에 목슬리를 협박하고 있던 인물이 누구인지도 알아내야겠어."

"묘안이야. 그런데 몬테인 쪽은? 미행시킬 필요가 없을까?"

"아니, 그건 그다지 도움이 안 돼. 그 노인네도 착실하게 준비를 한 다음 여기까지 온 거야. 이제부터는 무엇이든지 드러내 놓고 할 테지. 마지막 심판날까지 미행해도 수확은 없을 걸세. 잔재주를 부릴 작정이었다면 여기에 오기 전에 벌써 했을 거야."

"과연 그래. 노인은 며칠 전부터 이곳에 와 있었다고 하던가?"
"그래."
"인정하던가?"
"다그쳐 물었더니 겨우 인정하더군. 자네에게도 신경을 썼던 모양이야. 사립 탐정이라는 걸 알고 있더군."
"여기서 무엇을 하고 있다던가?"
"그것은 짐작으로 알 수밖에 없어. 입이 꽤 무거운 편이더군. 어쨌든 우리가 생각한 것보다 사태가 좀 복잡해질 것 같아, 폴."
"로더를 조사한 것도 틀림없구먼. 그래서 자네의 사무실까지도 미행해 온 것이겠지?"
"으음, 나도 그렇게 생각해."
"그렇다면 칼이 자네에게 왔을 때, 자기 아내가 자네를 찾아왔었다는 이야기를 그는 아버지로부터 들어서 알고 있었던 게 되지 않나?"
"그렇지."
"그럼, 아버지와 아들이 공모한 거로군."
"그것도 추측일 뿐이야, 폴. 그런 기색이 약간 보이긴 하지만 말일세. 아무튼 꽤 힘든 상대를 만난 것 같네그려."
"여보게, 페리. 만일 몬테인이라는 늙은이가 로더를 미행했다면, 당연히 목슬리의 일도 알고 있었을 게 아닌가?"
드레이크의 목소리에는 참을 수 없는 흥분의 빛이 어려 있었다.
"그렇고 말고."
"그렇다면 새벽 2시의 약속도 알고 있었을 것이 틀림없어."
"그 점은 시인하지 않았어."
"물어 보았나?"
페리 메이슨은 웃음을 터뜨렸다.

"아니, 하지만 언젠가 물어 볼 생각이네."
"언제?"
"적당한 시기에. 자, 자네는 몬테인에 대해서 잊어버리는 편이 좋겠어, 폴. 그는 냉혹하고 교활해서 꽤 다루기 힘든 사나이야. 집안의 긍지와 명예를 내세우면서도 자기의 이익을 위해서는 로더의 생명을 희생시키는 것쯤 아무렇지도 않게 여긴다네."
"알았어. 하지만 녀석의 꼬리를 놓쳐서는 안 되네."
드레이크가 주의를 주었다.
"알았네! 크리스마스 이브에 어린아이가 산타클로스를 쫓아다니는 것 이상으로 사랑해 주도록 하지."
메이슨은 소리 내어 웃으면서 전화를 끊었다.
그때 델라 스트리트가 문을 열고 대기실에서 들어왔다.
"칼 몬테인이 로더 몬테인에게 낸 소장이 로더 앞으로 방금 속달로 왔어요. 혼인 무효 소송이에요. 그리고 닥터 밀샤프에게서 전화가 걸려 왔는데, 어제 하룻밤 내내 경찰 본부에서 시달렸지만 아무것도 말하지 않았다고 선생님께 전해 달라더군요. 몹시 만족스러운 듯한 목소리였어요."
메이슨은 무뚝뚝하게 "그것으로 끝났다고 생각하면 큰 잘못이야"라고 말하며 델라 스트리트가 내미는 서류를 받아들었다.

11

　페리 메이슨은 조심스럽게 밤의 어둠 속을 걸어갔다. 콜먼트 아파트의 현관 앞에 이르자 발을 멈추고 귀를 기울였다.
　노욐 거리를 따라 고급 주택들이 조용히 잠들어 있었다. 이따금 경적 소리와 밤길을 달리는 자동차 소리가 들려 왔다. 밤늦도록 흥청거리던, 술 취한 사람들이 내일을 걱정하여 재빨리 차를 몰아 집으로 돌아가는 모습이었다.
　콜먼트 아파트의 입구는 어두컴컴하고 조용했다. 그러나 큰길 조금 앞에 있는 벨레이어 아파트는 간접 조명의 불빛이 휘황하게 빛나고 현관이며 우편함이며 초인종이며 통화관이 부드러운 빛을 반사하고 있었다. 그 불빛은 복도까지 뻗어 있고 목슬리가 피살된 이 낡은 아파트의 입구까지 어슴푸레 비추고 있었다.
　페리 메이슨은 5분쯤 구석진 곳에 서 있다가 길을 가는 야경꾼의 발소리며 부근을 도는 순찰차 소리가 들리지 않음을 확인했다.
　그날 오후 메이슨은 부동산 소개소를 통하여 이 건물 전체를 세내는 계약을 끝마쳤다. 건물 가운데 세 채의 아파트는 몇 달 동안 세를 들 사람이 없었고, 네 번째 아파트는 가구가 딸린 집으로 주 단위 계약으로 내놓았는데, 그레고리 목슬리가 쓰고 있었던 것이다. 시대의 흐름에 밀려 이 구식 건물은 머잖아 헐릴 운명에 놓여 있었다. 그 때문에 집주인은 변호사의 대리인으로부터 임대 계약 신청을 받자, 그 목적이며 세들 사람의 신원 등에 대해서 말 한마디 없이 쾌히 신청을 받아들였다.

메이슨은 부동산 소개소에서 받은 네 개의 열쇠를 주머니에서 꺼냈다. 그리고 윗옷으로 손전등 빛이 옆으로 새어나가지 않도록 하고 열쇠를 하나 골라내어 가만히 열쇠 구멍에 꽂았다. 문을 열기 전에 다시 한 번 귀를 기울였다.

자동차 한 대가 큰길을 지나 소리를 내며 십자로를 통과했다. 메이슨은 그 차가 다음 모퉁이로 돌아가기를 기다렸다가 열쇠를 돌렸다.

찰칵 소리를 내며 문이 열렸다. 메이슨은 어둠 속으로 들어서자 문을 닫고 다시 열쇠를 채웠다.

조심스럽게 발밑을 손으로 더듬으면서 소리가 나지 않도록 한쪽 계단만을 살며시 밟으며 2층으로 올라갔다.

피살된 사나이가 살고 있던 아파트는 건물 2층의 남쪽 모두를 차지하고 있었다.

가로등 불빛이 창문으로 흘러들어와 가구류의 윤곽이 희미하게 드러나 있다.

그 방은 이전에는 침실인 듯했으나 지금은 거실로 개조되어 있었다. 그 안쪽은 식당이고 또 그 안쪽에 부엌과 복도가 있었다.

복도를 따라 들어가면 부엌 안쪽이 침실이고, 욕실은 침실에서 들어갈 수 있도록 되어 있었다.

페리 메이슨은 경찰이 찍은 현장 사진을 한 손에 들고 손전등으로 비추어 가구의 품목과 대조하면서 가만히 방 안을 더듬어 다녔다. 이

욱고 그는 벨레이어 아파트 쪽으로 나 있는 창가로 걸어갔다.
 창은 닫힌 채로 열쇠가 걸려 있었다. 메이슨은 굳이 열어 보려고도 하지 않고 창가에 서서 시커멓게 바라다 보이는 아파트를 똑바로 응시하고 있었다. 신문에 실렸던 벤저민 클랜돌 부부가 살고 있는 아파트였다.
 메이슨은 방으로 되돌아와서는 복도로 나가 부엌으로 들어갔다.
 찾고 있던 물건이 가스 스토브 위의 벽에 있는 것이 눈에 띄었다.
 변호사는 뒤꿈치를 들고 발끝으로 창가로 다가가서는 불빛이 밖으로 새어나가지 않도록 커튼을 가만히 마루 위까지 내렸다. 그리고는 손전등을 켜고 주머니에서 드라이버와 펜치와 절연 테이프, 전깃줄 등을 꺼냈다. 의자를 들어다 놓고 그 위에 올라서서 손전등으로 벽 안에 장치된 벨을 비춰 보았다.
 신중한 솜씨로 나사를 풀고 코드를 절연시키고 벨을 벽에서 들어냈다. 벨을 손에 들고 찬찬히 들여다보면서 의자에서 내려와 전등을 비추며 아래로 내려가는 계단까지 가자 이곳에 올 때 옆구리에 끼어 가지고 왔던 작은 보퉁이를 집어 들었다. 굵은 끈으로 묶은 보퉁이를 풀고 네 개의 버저를 꺼내들었다. 언뜻 보아서는 가스 스토브 위의 벽에서 뜯어낸 벨과 똑같았다. 메이슨은 하나를 손에 들고 부엌으로 돌아와 의자를 밟고 올라서서 벽에 붙이고 코드를 이었다. 그리고 의자를 제자리에 놓고 커튼을 말아 올렸다. 그는 한참 동안 가만히 귀를 기울이고 있더니 보퉁이를 집어 들고 발끝으로 계단을 내려갔다. 몇 초 동안쯤 기다렸다가 문을 열고 차가운 밤공기 속으로 나왔다. 그리고는 아무 소리도 들리지 않는 것을 확인하자 돌아서서 문을 잠그고 주머니에서 다른 열쇠를 꺼내어 이번에는 아래층 아파트의 문을 열었다.
 이 아파트는 곰팡이 냄새가 코를 찔렀다. 그 냄새는 오랫동안 사람이 살지 않았음을 말해 주고 있었다.

메이슨은 또 부엌에서 벨을 찾아내어 버저와 바꾸었다. 그리고 커튼을 본래대로 해 놓고는 소리를 죽여 밖으로 나왔다.

이어서 피살된 목슬리가 살았던 곳의 맞은편 아파트로 올라갔다. 소리가 나지 않도록 한 뒤 또다시 벨의 접속을 풀고는 버저를 설치했다. 먼젓번보다 훨씬 재빠른 동작이었다.

메이슨이 거리로 나오기 위해 복도를 빠져나오자 복도에 떨어져 있는 타다 남은 성냥개비가 전등불 빛에 반사되어 하얗게 드러나 보였다. 납작한 다발로 된 포켓용 성냥에서 뜯어낸 것인데 종이에 양초를 먹인 성냥개비였다.

다시 손전등으로 복도를 비추니 몇 발자국 걷지 않아서 두 개째의 성냥개비가 발견되었고 세 개째의 성냥개비도 발견되었다.

타다 남은 성냥개비를 따라가다 보니 뒤쪽 현관까지 나오게 되었다. 그곳은 아파트의 배전반이 설치되어 있고, 또 식료품이며 야채류가 배달되는 곳이기도 했다.

무심코 고개를 들자 목슬리의 방 남쪽에서도 같은 모양의 현관이 튀어나와 있었다. 동작이 재빠른 사람이라면 누구든지 어렵지 않게 그 사이를 뛰어넘어 난간을 따라 목슬리의 아파트 뒤쪽으로 숨어들 수 있을 것 같았다. 거기서 복도와 부엌을 빠져나가면 목슬리가 피살된 침실로 들어갈 수 있다.

메이슨은 건너편 현관으로 뛰어올라갔다. 거기에는 타다 남은 성냥개비가 또 한 개 떨어져 있고 한구석에 성냥을 뜯어낸 빈 껍질이 버려져 있었다. 밀랍으로 만든 성냥인데, 뚜껑이 달려 있었다.

성냥갑 뒤쪽에는 5층 빌딩의 그림이 인쇄되어 있고 그 밑에는 '센터빌의 으뜸가는 팔레스 호텔'이라고 적혀 있었다.

페리 메이슨은 빈 성냥갑을 손수건으로 싸서 주머니에 집어넣었다.

그리고 오던 길을 되돌아 2층에서 내려와 아래층 아파트로 들어갔다.
 그가 그 건물에서 나왔을 때는 네 아파트의 전기 벨이 모두 버저로 바꾸어져 있었다. 메이슨은 네 개의 벨을 두툼한 갈색 종이로 조심스럽게 싸서 끈으로 묶었다. 그는 귀를 기울여 가까이에 인기척이 없나 확인하고 현관을 나와 어둠이 깔린 길을 걸어갔다.

12

 페리 메이슨은 크게 가슴을 펴고 선선한 아침 공기를 깊숙이 들이마셨다. 그는 조그만 메모지와 번지를 비교해 보더니 이윽고 작은 상점의 진열장에 나와 있는 작은 간판을 보고 걸음을 멈추었다. 간판에는 '오티스 전기 상회'라고 씌어 있었다.
 메이슨이 문을 열자 안쪽에서 벨이 울렸다. 양쪽 진열장 위에 전구며 전등이며 스위치며 코드류가 쌓여 있고, 천장에는 갖가지 샹들리에와 간접 조명 기구가 매달려 있었다.
 안쪽 문이 열리더니 젊은 여자가 애교스러운 웃음을 띠고 모습을 나타냈다.
 "시드니 오티스 씨를 만나고 싶은데요."
 "뭘 팔러 오신 건가요?"
 여자의 얼굴에서 애교스러운 웃음이 사라졌다.
 "변호사 페리 메이슨이 왔다고 전해 주시오."
 안쪽 방에서 쿵 소리가 나며 무언지 바닥 위로 떨어지는 소리가 났다. 마루 위를 재빨리 걷는 발소리와 함께 작업복을 입은 건장한 남자가 여자를 밀어내며 나왔다. 그는 메이슨에게로 다가오더니 담뱃진으로 더럽혀진 이를 드러내고 반가운 얼굴로 웃었다.

시드니 오티스는 200파운드가 넘는 몸집이었지만 균형이 잡혀 있고, 정직해 보이는 느낌이 몸 전체에 넘쳐흘렀다. 소매를 팔꿈치까지 걷어 올리고 손은 기름투성이였으며, 작업복은 아무리 보아도 지금까지 세탁이라고는 한 번도 해본 적이 없는 듯 더러웠다.

오티스는 진심으로 기뻐하며 말했다.

"페리 메이슨 선생님! 이거 정말 영광입니다. 저 같은 건 벌써 잊어 버리셨을 거라고 생각했지요."

"자신이 변론한 사건의 배심원은 결코 잊어 버릴 수 없지, 오티스! 잘 있었나?"

메이슨은 손을 내밀었다.

오티스는 조금 망설이더니 손바닥을 작업복 옷자락에 문지르고는 그의 손을 잡았다.

"덕분에요."

"실은 자네에게 부탁이 있어서 왔네."

"사양 마시고 말씀하십시오."

페리 메이슨은 젊은 여자 쪽으로 눈길을 보냈다.

"저리 가 있어, 베티. 나는 메이슨 선생과 사업상 이야기를 좀 해야겠어."

"어머나, 나는 절대로……."

"잔소리 말고 가 있어!"

오티스의 큰 소리가 가게 안에 울렸으나 그 얼굴은 여전히 싱글벙글 웃는 모습이었다.

딸은 화난 얼굴로 마지못해 가게 구석으로 물러났다. 쾅 소리와 함께 문이 닫히고 말소리가 딸에게까지 들리지 않게 되자 오티스는 이상하다는 표정으로 변호사를 쳐다보았다.
"자네는 지금 어디서 살고 있나, 오티스?"
"여느 때는 아파트 2층을 빌려 썼습니다만, 요즘은 경기가 나빠서요, 방 한 칸만 빌려서 여편네와 작은딸이 살고 있지요. 나는 큰딸과 이 가게에서 자면서 딸에게 가게 일을 돕도록 하고 있습니다. 안쪽 방에 침대를 놓고 거기서 내가 자고……."
"실은 어느 아파트를 6개월 동안 빌리기로 계약했는데, 사정이 있어 거기서 살 수 없게 되었네. 그래서 자네가 거기서 살아 주었으면 해서……."
"아파트라고요!" 오티스의 얼굴에서 웃음이 사라졌다. "농담 마십시오, 선생님. 저로서는 도저히 그런 돈을……."
"6개월분의 방값은 이미 치렀어. 제법 깨끗한 아파트일세."
오티스는 눈살을 찌푸렸다.
"대체 어떻게 된 일이지요?"
"그 아파트에서 최근 한 남자가 피살되었어. 아마 자네도 신문에서 읽었을 거야. 노웍 거리 316번지 콜먼트 아파트 B호일세. 케리라는 남자가 그곳에서 죽었지. 그건 그 남자의 본명이야. 피살될 무렵엔 목슬리라는 이름을 쓰고 있었네."
"네에, 저도 읽어 보았습니다. 어떤 여자가 체포되었다는 이야기가 아닙니까? 시카고의 부잣집 마누라라던가……."
메이슨은 고개를 끄덕이며 잠시 입을 다물고 있다가 이윽고 낮은 목소리로 말했다.
"오티스, 물론 자네 가족에게는 거기서 살인이 일어났다고 일부러 알려 줄 필요는 없네. 어쩌면 알고 있을지도 모르겠군. 그리고 이웃 사람들이 이야기해 줄지도 모르지. 하지만 그것은 이사를 하고 난 다음이니까. 꽤 살기 좋은 아파트라네. 가족들도 마음에 들어할 거야. 남향이어서 햇빛도 잘 들고……."
"헤에, 그거 참 좋은데요. 하지만 어째서 제게 그런 집을 마련해 주시는 거지요?"
"자네에게 부탁이 있기 때문일세."
"무슨 부탁입니까?"
"그 아파트로 이사를 하면……" 하고 메이슨은 상대에게 인상을 심어 주는 듯한 목소리로 말했다. "그것도 될 수 있다면 오늘 안으로 이사를 해주게. 그리고 아파트에 달려 있는 초인종을 뜯어내고 자네 가게의 벨을 붙여 주었으면 좋겠군."
오티스는 눈살을 찌푸렸다.
"지금 붙어 있는 게 벨인지 버저인지는 모르지만, 어쨌든 그것을 뜯어내고 다른 것과 바꾸어 주게. 자네가 붙일 벨은 자네 가게의 것이어야만 하네. 그리고 바꿀 때는 적어도 두 사람이 보고 있는 데서 해 주게. 자네 가족이라도 좋으니 반드시 자네의 작업을 지켜 보는 사람이 있어야 돼. 소리가 마음에 안 든다고 하면서 바꾸는 거지."
"벨과 버저 가운데 어떤 것을 붙입니까?" 오티스가 이상하다는 얼굴로 물었다. "지금 붙어 있는 게 버저이면 역시 같은 버저로?"
"아니, 벨이 좋겠어. 자네 가게의 재고품에서……. 알았나? 벨을 붙이는 거야, 버저가 아니란 말일세!"
오티스는 알았다는 듯 머리를 끄덕였다.
"또 하나 부탁이 있네. 지금까지 붙어 있던 벨이나 버저는 보관해 두도록 하게. 떼어내는 즉시 나중에라도 곧 알아볼 수 있도록 표시를 해 두는 것이 좋겠어. 이를테면 드라이버를 일부러 미끄러지게 해서 에나멜 표면에 긁힌 자국을 낸다든지……. 어쨌든 우연히 생긴 것처럼 해서 뒷날 증거가 될 수 있도록 해 두게. 알겠나?"

오티스는 고개를 끄덕였다.

"알았습니다. 아무튼 아파트에서 살 수 있는 건 틀림없지요?"

"틀림없네. 집주인에게 6개월분 방값을 미리 치렀으니까. 만일 왜 그 아파트를 빌렸느냐고 물으면 그전부터 가족과 함께 살 수 있는 햇빛이 잘 드는 아파트를 찾았는데, 집세가 너무 비싸서……. 그래서 여기라면 싸게 얻을 수 있으리라 생각해서 바로 빌린 거라고 대답하게. 이것이 아파트의 열쇠이고, 이건 이사 비용으로 50달러……."

몸집이 커다란 오티스는 한 손을 저으면서 50달러 지폐를 받지 않았다. 그러나 메이슨은 물러서지 않았다.

"이것은 순전히 거래야, 오티스. 나도 자네의 도움을 받게 되는 셈이니까. 이것은 사례로 주는 자그마한 선물이라고나 할까."

오티스는 잠시 마음을 정하지 못하고 있다가 갑자기 눈살을 찌푸렸다.

"사건 당시 벨 소리를 들었다는 이야기가 신문에……."

페리 메이슨은 오티스의 얼굴을 바라보았다.

오티스는 빙그레 웃으며 50달러를 받아 넣었다.

"네, 받겠습니다. 그리고 오늘 안으로 이사하지요."

13

 대기실에서 드레이크와 델라가 이야기를 나누고 있는데, 메이슨이 들어와 모자를 벗으며 웃는 얼굴을 지어 보였다. 탐정은 뼈가 굵은 집게손가락으로 변호사가 옆구리에 끼고 있는 신문을 가리켰다.
 "읽었나?"
 메이슨은 고개를 저었다.
 "왜 그러나? 무슨 중요한 일이라도 있나?"
 탐정은 못 참겠다는 표정을 지었다. 델라도 사뭇 진지한 얼굴이었다. 메이슨은 드레이크에게서 델라에게로 번갈아 눈길을 옮기며 말했다.
 "뭔지 말해 보게."
 "아무래도 지방 검사는 이 사건 담당 공보관을 두고 있나 보네."
 "왜?"
 "매일 아침마다 자네의 의뢰인에게 불리하고 흥미진진한 기사가 실리고 있지 않나?"
 메이슨은 태연한 어조로 말했다.

"언젠가는 자료가 바닥나겠지. 그런데 이번엔 무슨 기사가 실렸나?"

"그레고리 로튼이라는 이름으로 매장된 남자의 시체를 발굴한다나. 독살일지도 모른다는 거야. 아무튼 로더 몬테인이 간호사 출신이라는 것을 몹시 강조하더군. 남편을 잠들게 하려고 코코아에 이프랄을 넣을 정도의 여자라면 마음먹기에 따라서는 치사량의 독약을 쓰는 것쯤 아무것도 아니라는 거지."

메이슨의 얼굴이 일그러졌다.

드레이크는 말을 계속했다.

"검사는 법정에서 남편의 증언을 쓸 수 없을까봐 걱정스러운 모양일세. 그래서 이프랄 건을 신문에 선전하고 있는 걸 거야."

"고의로 신문을 이용해서 로더에게 불리하게 하려는 거야. 매일 아침 1면 기사로 내 기를 꺾어 놓으려는 속셈일 테지."

"어떻게 손을 써야 하지 않겠나?"

"방법은 얼마든지 있지. 검사 쪽에서 공정한 재판을 할 마음이라면 이쪽도 거기에 따르겠지만, 만일 신문을 이용해서 시민들에게 선입관을 심을 생각이라면 이야기는 달라질 걸세."

"조심해야겠어요, 소장님." 델라 스트리트가 주의를 환기했다. "지방 검사는 당신이 자포자기하도록 만들 작정인지도 몰라요."

메이슨의 웃음에는 무서운 각오가 서려 있는 듯했다.

"지금까지 여러 번 불장난을 해봤지만 손을 덴 적은 없어."

"두 번쯤 머리털을 태운 적은 있지." 드레이크가 지적했다. "자네는 연극을 하면 언제나 과감한 짓을 해 버리니까."

변호사의 눈이 번쩍 빛났다.

"자네들 두 사람에게 약속할 일이 있네."

"뭔가?"

"아직 아무것도 모르고 있군."

"한바탕 연극을 해보겠다는 뜻이지요?"

델라의 눈에 걱정스러운 빛이 떠올랐다.

"어쨌든 홈플레이트 위를 지나가는 공이 너무 빨라서 스트라이크인지 볼인지 아무도 모를 거야."

"심판이 판정 못하면 할 수 없잖나?"

드레이크의 표정은 여느 때보다 더욱 익살스러웠다.

"아마도 심판의 판정은 필요 없을걸." 메이슨은 부드럽게 말했다. "내가 노리는 건 타자석에 서 있는 놈이라고나 할까……. 자, 안으로 들어오게, 폴."

두 사람은 메이슨의 방으로 들어와서 앉았다. 드레이크는 주머니에서 수첩을 꺼냈다.

"뭐 좀 알아냈나, 폴?"

"그런 것 같아."

"뭔가?"

"목슬리의 전력을 뒤져서 놈의 행적을 알 수 있는 데까지 알아내라고 했지?"

"그래."

"아주 혼났어. 목슬리라는 녀석은 감옥에서 탈옥했는데, 몹시 돈이 궁했던 모양이야. 그는 혼자 다니는 이리 같은 녀석이야. 그래서 패거리가 하나도 없어. 놈의 행적을 찾아내기가 여간 힘들지 않았지……. 겨우 녀석의 꼬리는 잡았다고 생각하네만……."

"과연 자네답군."

"목슬리가 센터빌에 장거리 전화를 건 사실을 알아냈지. 그리고 녀석의 트렁크에 센터빌의 팔레스 호텔 라벨이 붙어 있는 것도 알아냈어. 하지만 그 팔레스 호텔의 기록을 조사해 보았더니 목슬리라는 사람은 묵은 적이 없다는 거야. 그러나 그의 전력에는 이상한 점이 하나 있어. 그는 성은 바꾸지만 이름은 언제나 그레고리로 통하고 있었거든. 아마 이름까지 바꾸다가는 누가 이름을 불렀을 때 깜박 잊어 버릴 수도 있다고 두려워했던 모양이야. 그래서 팔레스 호텔의 숙박부를 다시 한 번 조사해 보았지. 그레고리 플리먼이라는 남자가 두 달 전에 머무른 적이 있더군. 그래서 그의 결혼 허가증을 조사해 보니 도리스 펜더라는 처녀와 결혼한 거야. 펜더라는 여자를 찾아보니 그녀는 센터빌의 유제품 회사에서 속기와 회계를 맡아 보고 있었어. 꽤 똑똑하고 착실한 여사무원으로 알려져 있더군. 적은 돈을 모아 주식이며 공채에 투자도 했었대. 그런데 결혼 뒤에는 직장을 그만두고 센터빌에서 이사해 버렸다는 거야. 센터빌에는 친척이 없지만, 회사 사람들 이야기로는 주 북쪽에 오빠가 살고 있다더군."
메이슨의 눈이 번쩍 빛나면서 갑자기 긴장했다.
"수고했네, 폴."
"아직 이야기가 끝나지 않았어. 거기서 나는 생각했네. 어쩌면 그레고리 목슬리가 그레고리 플리먼이라는 이름으로 펜더라는 여자와 동거하고 있었는지도 모른다고 생각했기 때문이지. 그래서 전기 회사의 배선 관계를 조사해 보았어. 그리하여 2주일 전에 도리스 플리먼이라는 여자가 웨스트 오드웨이 721번지 발보아 아파트를 계약한 것을 알아냈어. 609호에 혼자 살고 있어서인지 그 여자를 알고 있는 사람은 아무도 없었어."
"아마 그곳 전화 교환대에 가면 전화 연락처를 알 수 있지 않을까? 게다가……."
탐정은 빙그레 웃었다.
"우리들 사립 탐정은 멋으로 돈을 받아먹는 게 아니야."

"네, 미처 알아 뵙지 못했습니다."
메이슨은 자못 정중하게 대답했다.
"아직 내 이야기가 끝나지 않았으니 다 듣고 나서 말하게나!"
"그래, 어서 계속해 보게."
"교환대는 아파트 로비에 있는데 일이 그다지 바쁘지는 않지만 24시간 내내 교환원이 대기하고 있지. 외부에서 걸려 온 전화든 아파트에서 밖으로 거는 전화든 모두 기록하게 되어 있어. 기록원을 잘 구슬렸지. 잘못 건드렸다가는 숲을 건드려 뱀이 나오는 꼴이 돼 버리기 쉬우니까. 내가 그 기록원을 밖으로 불러내어 구슬리고 있는 틈에 내 부하 하나가 전화 기록이 적혀 있는 장부를 훔쳐 본 걸세.

기록은 시간마다 하는 것이 아니고 하루 단위로 하고 있었는데, 609호는 6월 16일 남 9436번에 전화를 걸었어. 그것은 6월 16일자 기록부 맨 처음에 나와 있는 것으로 봐서 틀림없이 자정이 넘어서 건 것일 게야."

"그 기록은 어디 있나?"

"물론 그 아파트지. 하지만 그 통화를 기록해 놓은 페이지를 사진으로 찍어 두었어. 그렇게 하면 혹시 기록을 고쳐서 법정에 들고 나와도 안심할 수 있거든."

메이슨은 한참 생각하고 나서 고개를 끄덕였다.

"잘했어, 그걸 법정에 들고 나갈 필요가 있을지도 몰라. 하지만 또 그럴 필요가 없을지도 모르지. 어쨌든 어디에다 어떤 식으로 전화했나 알아봐야겠군. 그 일을 맡길 만한 수완 있는 친구가 없을까, 폴? 믿을 만한 친구 말일세."

"있고말고, 대니 스피어라면 안성맞춤이지. 장부 사진을 찍어 온 바로 그 친구일세."

"솜씨가 좋은가?"

"아무튼 일류일세. 그런데 자네는 어째서 그렇게 잘 잊어 버리나, 페리? 그 도끼 살인 사건 때 잔뜩 부려먹지 않았었나?"
메이슨은 고개를 끄덕였다.
"불러오게, 같이 데리고 가지."
"발보아 아파트로?"
"응."
드레이크는 모자를 집어 들었다.
"좋았어."

14

폴 드레이크는 속력을 떨어뜨려 길옆으로 차를 갖다댔다. 그다지 특징이 없는 모습의 대니 스피어는 위가 푹 내려앉은 갈색 모자를 눌러쓰고, 페리 메이슨에게 뭔가 묻고 싶은 듯한 눈길을 보냈다. 모자의 땀받이 아래에 빛바랜 갈색 머리털이 내다보였다.

스피어는 아무래도 사립 탐정 같아 보이지 않았다. 어딘지 멍청해 보이고, 사람이 좋은 듯한 인상이었다. 그래서인지 시골 축제 때 사기 도박꾼 앞에 발을 멈추고 있는 전형적인 시골뜨기를 연상케 했다. 생전 처음 도회지 구경에 나선 사람처럼 줄곧 싱글벙글 웃고 있는 모습이었다.

"나는 무슨 일을 하지요?"

"드레이크와 내 뒤를 따라서 저 아파트로 와 주게나. 그리고 우리가 그 여자의 방에 가서 버저를 누르고, 여자가 나와 우리를 방 안으로 안내하거든 자네는 복도의 막다른 곳에 있는 다른 방으로 가는 척하면서 그 앞을 지나가게. 그 여자의 얼굴을 잘 봐 둬야 해. 잘 보이지는 않겠지만 한 번쯤 봐 두면 다음에 만나도 알아볼 수 있을 테지.
 자네가 할 일은 그 여자의 얼굴을 기억해 두는 걸세, 확실하게 말이야. 만일 잘못 보았을 경우에는 다시 돌아와서 노크를 하게. 전에 이 아파트를 빌려 쓰고 있던 사람에 대해서 알고 싶다든지 적당한 구실을 만들어서 말이야. 여자의 얼굴을 확실하게 기억할 수 있으면 우리와 헤어지는 거야. 만일 여자가 외출하면 미행을 하게. 차는 여기에 놔두고 가겠어. 드레이크와 나는 택시를 탈 테니까, 자네는 차 안에 그대로 앉아 있으면 돼. 알겠나?"
"네, 알겠습니다."
"아마도 우리가 돌아갈 때쯤이면 여자도 우리를 감시하겠지. 어쨌든 호되게 혼을 내주는 일이 우리가 노리는 바이니까. 여자를 좀 괴롭혀 주어야겠어. 이번 일을 그 여자 혼자 했는지 어떤지는 아직 잘 모르지만, 그 점도 우리가 꼭 알아내야 할 일이야."
"만일 여자가 전화를 걸면 어떻게 하지요?"
스피어가 묻자 메이슨은 천천히 대답했다.
"전화는 걸지 않을 거야. 도청당하고 있다는 생각이 들도록 할 테니까."
"그럼, 그 여자로 하여금 의심을 품게 하려는 것입니까?"
"바로 그렇네."
"그럼, 미행당할 것이라는 추측도 가능하지 않습니까?"
스피어는 항의했다.
"당연하지. 그러니까 신중히 해 달라고 부탁하는 것 아닌가. 또 그러므로 우리가 돌아간 다음 자네는 멀찌감치 떨어져서 지켜봐야 하는 거야. 처음에 우리를 앞질러 복도를 지나가면 여자는 자네가 우리와 한패인 줄 짐작하지 못할 테지."
"좋습니다. 그러면 저쪽 모퉁이에서 내려 주십시오. 아파트에 들어갈 때 함께 갈 수 있도록 할 테니까요. 그 여자가 창 너머로 내다보고 있을지도 모르니까 세 사람이 함께 이 차에서 내리는 걸 보여서는 안 되겠지요."

드레이크는 고개를 끄덕이고는 차를 돌려 모퉁이에서 스피어를 내려놓았다. 그는 다시 차를 돌려 아파트 정면 주차장으로 들어갔다. 두 사람은 차에서 내리자 한가한 모습으로 조끼를 아래로 잡아당기고 윗옷 깃과 넥타이를 바로잡았다. 그리고는 아무렇지도 않은 듯한 태도로 아파트 건물 안으로 들어갔다. 두 사람 뒤에는 대니 스피어가 바쁜 걸음으로 따라오고 있었다.

로비에는 뚱뚱한 남자가 하나 흔들의자에 앉아 있을 뿐 아무도 없었다. 엘리베이터로 천천히 걸음을 옮기면서 폴 드레이크와 변호사는 약간 옆으로 비켜서서 바쁜 걸음으로 걸어오는 대니 스피어에게 길을 내주었다. 흔들의자에 앉아 있던 뚱뚱한 남자의 눈에도 세 사나이가 함께 엘리베이터에 올라탄 것은 완전히 우연한 일로 보였을 것이다.

2층 복도로 나오자 대니 스피어는 뒤로 처졌다. 두 사람은 그 여자의 방 앞에서 문을 두드렸다.

누군가 움직이는 기척이 들리더니 찰칵 열쇠 소리가 들렸다. 문이 열리고 25, 6살쯤 된 평범한 얼굴의 여자가 아무 말 없이 수상하다는 눈초리로 두 사람을 쳐다보았다. 커다란 갈색 눈에 입술은 얇고 긴장되어 있었다.

"도리스 플리먼 씨지요?" 페리 메이슨은 약간 큰 소리로 물었다.
"네, 그렇습니다만, 무슨 일이시지요?"

페리 메이슨은 조금 옆으로 비켜서서 빠른 걸음으로 복도를 걸어오는 대니 스피어가 이 젊은 여자의 얼굴을 볼 수 있도록 해주었다.

"복도에서는 이야기하기가 좀 거북한 일인데요."
"책장수인가요?"

"아닙니다."

"생명보험?"

"아니요."

"뭘 파시려고요?"

"아닙니다."

"대체 무슨 일이지요?"

"두서너 가지 물어볼 일이 있어서……."

여자의 얇은 입술이 더욱 굳게 다물어졌다. 크게 뜬 눈에는 공포의 빛이 스쳤다.

"누구시지요?"

"자료 수집 차 인구 통계국에서 나왔습니다."

"무슨 이야기인지 도무지 알아들을 수 없군요."

그때 대니 스피어는 복도 한쪽으로 가서 위세 좋게 주먹으로 문을 쾅쾅 두드렸다. 문이 열리고 무뚝뚝한 남자의 목소리와 거기에 대답하는 탐정의 목소리가 들려 왔다.

"C. 핀리 도지 씨 앞으로 아래층에 소포가 배달되어 왔습니다. 어디로 갔다 드리면 좋을까요?"

그 소리를 뒤로 하면서 페리 메이슨은 서슴지 않고 방 안으로 밀고 들어갔다. 드레이크도 뒤따라 들어가면서 문을 발길로 걷어차 닫았다.

평상복 차림을 한 여자는 우뚝 서 있었다. 창문 너머로 햇빛이 여자의 얼굴에 와 닿자 코 밑에서 얇은 입술 끝까지 나 있는 주름살이 보였다. 화장기는 없었고 등이 좀 굽은 듯했다.

메이슨에게서 드레이크로, 드레이크에게서 메이슨으로 두 사람을 번갈아 쳐다보는 여자의 눈은 말할 수 없는 공포의 빛으로 가득 차 있었다.

"대체 당신들은 뭐하는 사람이에요?"
여자를 찬찬히 뜯어보고 있던 변호사는 폴 드레이크에게 슬쩍 턱짓을 해보이며 위압적으로 말했다.
"질문에 솔직하게 대답하시오. 거짓말을 하면 그냥 두지 않겠소! 알겠습니까?"
"그건 무슨 뜻이지요?"
"당신은 유부녀요, 독신이오?"
"쓸데없는 참견 마세요."
메이슨은 소리를 질렀다.
"쓸데없는 참견 말라고? 당신은 내 질문에 대답만 하면 돼! 당신은 유부녀요, 독신이오?"
"결혼했어요."
"여기로 오기 전에 어디서 살았지요?"
"말할 수 없어요."
메이슨은 드레이크 쪽을 보고 어떤 뜻이 담긴 듯한 말을 건넸다.
"이건 유죄의 확실한 증거가 아닌가?"
도리스 플리먼이 폴 드레이크를 걱정스러운 듯이 쳐다보자, 페리 메이슨은 오른쪽 눈을 찡긋하며 의미심장한 윙크를 해보였다.
드레이크는 무슨 생각에 잠겨서 입을 다물었다.
"그것만으로는 유죄의 증거로서 부족해."
메이슨은 젊은 여자 쪽을 향했다.
"당신은 센터빌에 살았었지, 그렇지? 쓸데없이 부인하지 않는 게 좋을 거요. 솔직히 사실을 인정하는 것이 훨씬 이로울걸."
이것은 증인을 신문하는 변호사의 목소리였다.
"센터빌에서 살았다는 게 뭐 법률 위반이라도 된단 말인가요?"
메이슨은 또 드레이크 쪽으로 몸을 돌리고 비웃듯이 입을 비쭉했다.
"아무것도 모르면 잠자코 있어. 말버릇이 고약하군."
도리스 플리먼의 두 손이 목으로 올라갔다. 비틀비틀 앞으로 걸어가더니 무릎의 힘이 빠져 버린 듯 털썩 의자에 주저앉았다.
"대체…… 대체……."
"남편의 이름은?" 메이슨이 물었다.
"플리먼이에요."
"첫 이름은?"
"샘!"
페리 메이슨은 피식 웃어 보이며 팔을 쭉 뻗어서 총알을 잰 피스톨같이 집게손가락을 여자의 얼굴에 들이댔다.
"그레고리인 줄 알고 있는데, 어째서 거짓말을 하지?"
여자는 갑자기 맥이 탁 풀리는 듯 했다.
"누구, 당신들은 누구세요?"
"알고 싶다면 가르쳐 주지. 당신이 전화를 공갈에 이용한 혐의로 전화회사에서 조사 중이야."
그녀의 몸이 굳어졌다.
"공갈이 아니에요, 그렇게 함부로 말하지 마세요."
"당신은 돈을 뜯어내려고 했지?"
"물론 졸랐어요, 하지만 꺼림칙한 돈은 아니에요."
"공범은 누구지?"
"쓸데없는 참견 마세요."
"전화를 그런 식으로 사용해서는 안 된다는 것쯤 알고 있을 텐데?"
"안 된다는 이유를 모르겠군요."
"엽서로 돈을 강요하면 법률 위반이 된다는 이야기는 들은 적이 있지?"

"네, 있어요."

"그러면 전화로 돈을 강요하는 것이 법률 위반인 줄을 몰랐다는 건가, 응?"

"우리는 그런 짓은 안 했어요."

"그런 짓이란 뭐지?"

"전화로 돈을 내라는 요구 같은 건 안 했어요. 적어도 그런 의미는 아니었어요."

"우리들이란 누구를 말하는 거지?" 폴 드레이크가 끼어들었다.

메이슨이 눈살을 찌푸리며 눈짓을 했지만, 탐정은 그 뜻을 깨닫기 전에 그만 질문이 입에서 튀어나와 버렸다.

"나뿐이에요."

메이슨은 일부러 여자의 신경을 건드리려는 듯 말했다.

"전화로 돈을 강요하는 것이 법률 위반인 줄 몰랐다고?"

"정말 우리들, 나는 돈을 요구하지 않았어요."

"남자의 목소리였어." 메이슨은 젊은 여자를 노려보고는 허풍을 떨었다. "교환원이 전화로 말한 것은 남자였다고 했어."

도리스 플리먼은 입을 다물었다.

"자, 어떤가?"

"몰라요, 어쩌면 교환원의 착각인지도 몰라요. 나는 감기에 걸려서 목소리가 걸걸했으니까……."

메이슨은 갑자기 큰 걸음으로 방을 가로질러 가더니 수화기를 들어 귀에 갖다댔다. 그리고 오른손으로는 아무렇지도 않은 듯 걸쇠를 누르고 선이 접속되지 않도록 했다.

그는 잠깐 기다렸다가 지껄이기 시작했다.

"여기는 13호요. 6월 16일 새벽에 공갈 전화를 건 현장에 와 있소.

아파트의 명의는 도리스 플리먼인데, 여자는 남자 공범을 감추고 있소. 전화로 그런 요구를 하는 게 법률 위반이 되는 줄 몰랐다고 말하고 있습니다."

메이슨은 잠시 사이를 두었다가 비웃는 듯 소리 내어 웃었다.

"네, 여자가 그렇게 주장하고 있습니다. 믿고 안 믿고는 다른 문제입니다만, 센터빌에서 왔다는군요. 센터빌에서는 그런 조례가 없는지도 모릅니다. 그건 잘 모르겠습니다……. 네, 여자를 어떻게 할까요? 데리고 갈까요? 뭐라고요?"

페리 메이슨은 괴상하게 얼빠진 소리를 질렀다.

"그 전화는 피살된 목슬리라는 사람에게 걸린 거라는 말입니까, 부장님, 이렇게 되면 이야기가 틀려지는데요. 그건 이쪽 관할 밖이 아닙니까? 지방 검사에게 알리는 게 좋겠습니다. 그리고 이곳 전화선은 감시하도록 하고……. 네, 내 말의 뜻을 아시겠지요? 좋습니다, 그럼 또."

메이슨은 전화를 끊고 폴 드레이크에게 눈을 크게 뜨고 놀란 듯한 표정을 지어 보였다. 방금 들은 일이 너무도 중대한 일이어서 겁이 난다는 듯 소리를 죽여 말했다.

"어이, 전화 상대를 알고 있대."

폴 드레이크도 소리를 죽였다.

"부장과의 대화를 들었네. 틀림없을까?"

"그렇다네, 그 전화는 피살된 그레고리 목슬리에게 건 거야. 그건 놈이 피살되기 30분 전의 일일세."

"부장은 어떻게 할 작정이라나?"

"부장이 할 수 있는 일은 하나뿐이야……. 지방 검사에게 그 내용을 연락하고 뒷일은 그쪽에 맡겨둘 수밖에 없지. 나는 보통 조사인가 생각했는데, 뜻밖에도 살인 사건이 튀어나왔어."

도리스 플리먼이 빠른 말로 히스테릭하게 지껄여댔다.

"이봐요, 나는 전화로 돈을 요구하면 안 된다는 법률이 있는 줄은 몰랐어요. 그리고 그 돈만 해도 꺼림칙한 것은 아니에요. 그 남자가 내게서 훔쳐 간 돈이에요. 나를 속이고 빼앗은 돈이란 말이에요. 정말 악당이었어요. 그런 꼴로 죽는 게 당연하지요. 하지만 그 전화는 살인과는 관계가 없어요. 그를 죽인 것은 로더 몬테인이에요. 당신들은 신문도 못 봤어요?"

메이슨은 비웃듯이 여자를 쳐다보았다.

"남자가 피살될 때 방에 함께 있던 여자는 로더 몬테인인지도 몰라. 하지만 놈을 때린 건 여자가 아니라고 하오. 그건 검찰에서도 벌써 알고 있소. 힘센 남자가 때린 거요. 게다가 당신들은 확실히 살인의 동기를 가지고 있소. 기소하기에 충분해. 피살되기 30분전에 전화를 걸어 돈을 내놓지 않으면 죽이겠다고……."

메이슨은 갑자기 어깨를 움츠리며 입을 다물었다.

폴 드레이크가 메이슨 대신 이야기를 시작했다.

"자, 빨리 자백하는 게 어때?"

"그만두세, 폴." 메이슨이 달랬다. "부장이 지방 검사에게 맡기겠지. 지방 검사는 우리가 끼어드는 걸 싫어할 거야. 이건 우리의 관할 밖이니까. 이제 그 이야기는 그만두세."

드레이크는 머리를 끄덕였다. 두 사람이 문 쪽으로 걸어 나가자 도리스 플리먼은 용수철이 튀듯 벌떡 일어났다.

"잠깐 이야기 좀 들어 보세요. 당신들이 생각하고 있는 건 전혀 틀려요. 우린……."

"그 이야기는 지방 검찰청에 가서 하시지."

메이슨은 내뱉듯 말하고 문을 열어 폴 드레이크에게 먼저 복도로 나가라고 눈짓했다.

"아마 당신은 잘 모를 거예요. 정말 이건……."

메이슨은 탐정을 밀어내듯 하며 복도로 나오자 문을 쾅 닫았다. 그러나 다섯 발자국도 걷기 전에 도리스 플리먼이 문을 밀치고 나왔다.

"그렇게 말하지만 말고 제 설명을 좀 들어 보세요. 나는……."

"난 이런 시끄러운 일에 말려들고 싶지 않소." 조사원으로 가장한 변호사는 잘라 말했다. "이건 우리의 권한 밖이오. 부장이 지방 검찰청에 넘기기로 했으니 검찰 소관이지."

두 사람은 달리듯 하며 엘리베이터로 향했다. 마치 문 앞에 선 여자가 전염병 환자이기라도 하여 빨리 도망치려는 것 같은 모습이었다.

엘리베이터 문이 닫히고 아래로 내려가기 시작하자 폴 드레이크는 이상하다는 듯이 메이슨을 물끄러미 쳐다보았다.

"그 여자, 입을 열 뻔했잖나."

"아니, 그렇지도 않아. 이쪽의 동정을 사려고 잔뜩 거짓말을 늘어놓을 작정이었어. 목슬리가 어떻게 속였는가 하는 이야기는 한 권의 소설이야. 한패인 사나이에 대해서는 절대 입을 열지 않을 거야. 동정을 사려는 연극의 대사를 들어 주는 것처럼 신경 쓰이는 일도 없지."

"한패라는 자는 그 방에서 함께 살고 있을까?"

"그것은 뭐라고 말할 수가 없군. 내 짐작으로는 사립 탐정이나 변호사일 것 같아."

탐정은 깜짝 놀랐다.

"변호사라면, 탐정 두 사람이 와서 전화로 돈을 요구했다는 혐의로 체포하겠다고 협박했다는 이야기를 들으면 뭔가 생각나는 게 있을 거야. 그 여자는 전화로 연락을 취할까?"

"도청당하고 있다고 떠벌려 놓았으니까 겁이 나서 전화는 못 쓸 테고, 아마 직접 만나러 갈 거야. 상대가 누구이든지……."
"우리의 정체를 눈치챘을까?"
"아니, 그렇지는 않을 거야. 내가 법률 위반이라는 말을 듣고 나오자 두려워하는 것 같았으니까. 비록 눈치챘다 하더라도 형사들이 한패인 남자를 붙잡기 위해 그물을 치러 왔다고 생각할 뿐이겠지."
두 사람은 엘리베이터에서 내려 로비를 가로지른 다음 대니 스피어가 탄 차 쪽에는 눈도 돌리지 않고 오른쪽으로 돌아 큰길을 건넜다. 일부러 아파트에서 잘 보이는 곳까지 나와 택시를 잡아탔다.

15

 메이슨은 사무실로 돌아오자 두 손을 주머니에 넣은 채 방 안을 왔다 갔다 했다. 델라 스트리트는 큰 책상 한구석에 앉아 노트에 종이를 끼우고 메이슨이 어깨 너머로 이야기하는 말을 받아쓰고 있었다.
 "……이상 말한 이유로 원고는, 원고 즉 로더 몬테인과, 피고 즉 칼 몬테인과의 혼인관계는 당 법원의 명령에 의하여 무효로 하고, 피고는 별거 수당으로 이 혼인 관계의 적당한 또는 타당한 분할 액으로 원고에게 5만 달러를 지불할 것. 단 그중 2만 달러는 현금으로 즉시 지불하고 나머지 3만 달러는 매달 현금으로 5백 달러씩 지불할 것. 또한 전액 지불이 끝날 때까지 잔액에 대하여 7퍼센트의 이자를 가산할 것, 아울러 당 법원이 공정 타당하다고 인정하는 위자료를 요구하는 바입니다…….
 이것으로 끝이야, 델라. 그리고 원고 측 변호사로서의 나의 서명과 진술서의 진실성을 보증하는 로더 몬테인의 서명 자리를 비워 놓아 줘."
 델라 스트리트는 노트 위에 꿈틀꿈틀 움직이는 듯한 속기 문자를 다 쓰자 눈을 들었다.

"로더 씨는 과연 이혼 소송을 제기할까요, 소장님?"

"내가 설득하면 그렇게 하겠지."

"그렇게 되면 한쪽에서는 이혼 소송을 제기하고 또 한쪽에서는 혼인 무효 소송에 맞서는 게 아니에요?"

"그렇지. 만일 혼인 무효 확인 소송에서 이기면, 별거 수당 같은 것은 문제가 안 돼. 필립 몬테인이 노리는 것도 바로 그 점이야. 필립 몬테인은 돈을 내놓을 마음은 조금도 없고, 게다가 지방 검사는 칼을 살인 사건의 증인으로 세우고 싶어하고……."

"하지만 혼인 무효 소송에 지면 칼은 증인이 되지 못하는 거지요?"

"그렇지."

"이혼이 성립되는 경우에는 증언할 수 있나요, 소장님?"

"안 되지, 혼인 무효가 성립될 경우에만 칼은 증인이 될 수 있어. 법률적으로 보면 혼인 무효란 처음부터 혼인이 존재하지 않은 것과 같은 거니까. 그러나 합법적인 혼인이 성립되는 경우에는 만일 나중에 이혼이 되었다 해도 칼은 아내의 동의 없이는 아내에 대해서 불리한 증언을 할 수 없게 돼."

"하지만 무효 판결을 막을 수는 없을 거예요." 델라는 주장했다. "법률 규정에는 전 배우자가 살아 있을 때 이루어진 혼인은 어떤 것이라도 처음부터 무효라고 확실히 못 박고 있어요."

"바로 그래." 메이슨은 싱긋 웃었다.

"로더가 칼 몬테인과 결혼했을 때 전남편은 아직 살아 있었어요."

메이슨은 또다시 흥분한 듯한 걸음걸이로 방 안을 걷기 시작했다.

"그런 건 눈감고도 해치울 수 있는 문제야. 그것보다도 마음에 걸리는 문제는……. 가만히 있어 봐, 델라. 생각을 좀 정리해야겠어.

생각나는 대로 이야기할 테니 받아써 두는 게 좋을 거야. 전화 교환대에 누가 있나?"
"네, 있어요."
"대니 스피어에게서 중요한 전화가 오기로 되어 있어. 목소리를 공갈하던 인물이 누구인지 밝혀질 거야."
"그 사람을 알아내고 싶으세요, 소장님?"
"지방 검사가 그들에게 소환장을 내면 곤란하거든. 이 주 밖으로 멀리 나가 주었으면 좋겠는데."
"그건 위험하잖아요? 중죄를 구성하는 일이 될지도 몰라요."
메이슨은 빙긋 웃었다. 그 웃음은 메이슨의 대답을 웅변 이상으로 설명해 주는 것이었다. 이윽고 그는 온화한 목소리로 말했다.
"당신도 꽤 말을 잘하는군, 응?"
델라는 근심스러운 얼굴로 아무 뜻 없는 그림을 노트에 그리고 있다가 얼굴을 들고는 걷고 있는 메이슨의 모습을 걱정스러운 눈길로 바라보며 말했다.
"처음부터 정당방위를 주장하는 게 옳지 않았을까요?"
메이슨은 뒤돌아보았다.
"바로 그래. 그럴 마음이 있었으면 명확한 정당방위의 이론을 성립시킬 수가 있었어. 무죄 석방은 무리지만 검찰 측의 고발이 통하지 않을 것은 틀림없지. 그런데 로더는 지방 검사가 쳐 놓은 함정에 걸려들고 말았어. 지금 와서는 정당방위를 주장할 수가 없게 됐지. 살인이 있었던 시각에 현관의 벨을 울리고 있었다고 진술하고 말았으니까."
델라는 입술을 꼭 다물고 생각에 잠겼다.
"말하자면 로더 씨는 경찰에서 진실을 털어놓지 않았다고 말씀하시는 건가요?"

"그렇고 말고. 진실을 말하지 않았어. 검찰 측은 낚시 바늘에 맛있는 낚싯밥을 매달아서 줄을 늘어뜨렸는데, 그녀는 바늘과 줄은 물론 추까지도 삼켜 버리고 만 셈이야. 더구나 자기가 그 낚시 바늘에 걸려 있다는 걸 알아차리지도 못하고 있어. 그건 검찰 측에서도 바로 줄을 잡아당기기보다는 바늘을 걸어 둔 채로 내버려 두는 편이 훨씬 낫다고 판단한 때문이지."
"하지만 로더 씨는 어째서 진실을 말하지 않았는지 모르겠어요, 소장님."
"그렇게 하면 불리하다고 생각했기 때문이지. 때로는 거짓말보다 진실 쪽이 도리어 납득이 안 가는 경우도 있는 법이니까. 이것도 그중의 하나야. 형사 사건의 경우에 가끔 일어나는 일이지.

피고인이 진범일 경우, 머리가 좋은 변호사라면 배심원에 대한 피고인의 진술을 조작할 수도 있어. 따라서 피고인의 진술은 흔히 상당한 설득력을 갖게 되지. 그러나 피고인이 억울한 처지에 있을 경우 진실한 이야기란 꾸며낸 이야기보다 설득력이 없어지는 반대 결과를 가져오게 돼. 반대로 들릴지도 모르지만, 꾸며낸 이야기를 할 때는 이야기하는 사람이 먼저 그 이야기가 그럴듯하게 들리도록 거짓말을 만들지. 그러나 사실을 사실대로 말하면 그 이야기는 그다지 그럴듯하게 들리지 않는단 말이야."
"무슨 말씀을 하시는지 잘 알아들을 수가 없어요."
"'소설보다 신기하다'라는 속담을 알고 있나?"
델라는 고개를 끄덕였다.
"이번 경우는 그런 원리의 구체적인 한 예야. 세상에는 우연한 일이 잇달아 일어나는 경우가 많아. 그런 일은 100의 99까지는 그럴듯하게 보이고 또 설득력도 있지만, 나머지 하나는 현실적으로 일어났다 해도 도저히 믿을 수 없는 일이 있어. 피고인이 이런 종류의 함정에 빠진 경우 변호사로서는 가장 다루기 어려운 사건이 되는 거야."

"이제 어떻게 하시겠어요?"

"현재 상황으로는 검찰 측 중인의 증언을 믿지 않도록 하는 수밖에 없어. 거기에다 피고인의 알리바이도 입증해 봐야겠어."

"알리바이를 증명하다니, 그건 있을 수 없는 일이에요. 검찰 측 증인은 로더 몬테인이 그레고리 목슬리를 만나기 위해 외출했음을 증언할 것이라고 당신 스스로도 지금까지 인정하지 않았어요?"

메이슨은 고개를 끄덕이며 웃음을 머금었다.

"왜 웃으세요?"

"물 위에 빵가루를 뿌려 놓았어. 효과를 기다리고 있는 중이야."

그때 노크 소리가 났다. 델라 스트리트가 자리를 비운 사이 대신 그녀의 자리에 앉아 있던 타이피스트 한 사람이 문을 열고 좀 겁에 질린 듯 낮은 목소리로 말했다.

"대니 스피어라는 분에게서 방금 전화가 왔어요. 폴 드레이크의 탐정소에 있는 사람이라면서 선생님을 부를 시간 여유가 없으니 이렇게 전해 달랍니다. 급히 메이플 거리 4620번지로 와 주십사고요. 현관 앞에서 기다리겠다고 하더군요. 폴 드레이크 씨에게 연락해 봤으나 사무실에 안 계셔서, 선생님이 곧 와 주셨으면 한다고 말했어요."

페리 메이슨은 옷장 문을 열고 모자를 꺼내어 머리 위에 푹 눌러썼다.

"그러면 이혼 소장의 타이핑을 부탁해, 델라."

그는 복도로 뛰어나가 엘리베이터를 타고 내려가 사무실 빌딩 앞에서 택시를 잡았다.

"메이플 거리 4620번지로 빨리 달려 주시오."

메이슨이 탄 차가 길 옆에 닿자 거기에 대니 스피어가 서 있었다.
"다 왔습니다, 손님." 운전기사가 말했다. "오른쪽의 낡은 건물이 4620번지입니다. 그린우드 호텔인데……."
메이슨은 주머니를 뒤져 잔돈을 찾았다.
"정말 낡아빠진 건물이로군."
운전기사는 빙그레 웃었다.
"돌아가실 때까지 기다릴까요?"
메이슨은 고개를 저었다. 택시는 그대로 모퉁이를 돌아 가 버렸다.
대니 스피어는 보기에도 처량한 모습으로 축 늘어져 있었다. 와이셔츠 칼라는 찢어지고 핀으로 꽂은 넥타이도 찢어져 있었다. 왼쪽 눈은 퍼렇게 멍들었고 아랫입술이 빨갛게 부어 있었다.
"어떻게 된 건가, 대니?" 메이슨이 물었다.
"완전히 당해 버렸습니다."
메이슨은 스피어의 처참한 몰골을 흘끔흘끔 쳐다보면서 설명을 기다렸다.
스피어는 이마 위로 모자를 눌러쓰고 챙을 내려 왼쪽 눈을 가리고 머리를 앞으로 젖히면서 그린우드 호텔 쪽을 바라보았다.
"갑시다. 로비에서 빈둥대는 무리들은 상관 말고 앞으로 곧장 가면 돼요. 제가 안내하지요."
두 사람은 회전문을 빠져나갔다. 삼류 호텔의 로비에서 시간을 보내고 있던 대여섯 명의 건달들이 두 사람을 흘끗흘끗 쳐다보았다.
대니 스피어가 앞장서서 의자와 놋쇠 타구가 죽 늘어서 있는 앞을 지나 좁고 어두컴컴한 계단으로 걸어갔다.
왼쪽에 굵은 쇠그물 너머로 엘리베이터가 보였다. 칸은 보통의 전화 부스만한 크기였다.
대니 스피어가 어깨 너머로 말했다.

"계단으로 올라가는 편이 빨라요."

2층 복도가 나오자 스피어는 앞장서서 어느 방에 이르더니 문을 홱 열어젖혔다.

방 안은 어둡고 퀴퀴했다. 엷고 울퉁불퉁한 매트리스가 깔려 있는 흰 에나멜을 칠한 침대가 있고, 침대 커버에는 몇 군데 구멍이 뚫려 있었다. 양말 한 켤레가 침대의 쇠 레일에 걸려 있었는데, 한쪽 뒤축에 커다랗게 구멍이 나 있다.

마른 비누 거품이 묻은 면도용 브러시가 경대 위에 놓여 있었다. 그 옆에는 구겨진 넥타이가 걸려 있고 세탁물 같은 갈색 보퉁이가 마루 위에 아무렇게나 나뒹굴고 있었다. 세탁표가 한 장 그 옆에 떨어져 있고, 또 반 다스쯤 되는 녹슨 안전 면도날이 상처투성이의 경대 위에 놓여 있었다. 경대 왼쪽에는 옷장 문이 반쯤 열린 채이고 마루 위에 나뭇조각이 흩어져 있었다. 문 아래쪽은 깎아내려져 있어 뒤죽박죽이었다.

대니 스피어는 방으로 들어가 문을 닫고 한 손으로 방 안을 가리켰다.

"제기랄, 혼났습니다!"
"어떻게 됐나?"
"선생님과 폴 드레이크 씨가 발보아 아파트에서 나와 건너편 모퉁이에서 택시를 집어타고 모퉁이를 돌자마자 그 여자가 밖으로 뛰어나오더니 몹시 급하게 손을 흔들면서 택시를 잡으려 하더군요. 아마 창가에서 선생님의 동정을 지켜보고 있었던 모양입니다. 이윽고 얼마 뒤에 노란 택시가 다가왔습니다. 여자는 미행당하고 있는 줄은 전혀 몰랐는지 택시 안에서 한 번도 뒤돌아보지 않더군요. 나는 택시를 놓치지 않도록 가만히 차를 몰아 뒤따라갔지요. 아주 쉬운 일이었습니다.

여자는 여기서 내려 차비를 지불했는데, 남의 눈을 피하려는 의식적인 행동은 조금도 없었지요. 그러나 호텔 쪽으로 걷기 시작하면서 여자는 바짝 긴장하는 것 같았습니다. 미행을 눈치챈 것은 아니지만 조금 뒤가 켕기는 모양이더군요. 이리저리 둘러보며 좀 망설이더니 총총걸음으로 호텔 안으로 들어갔지요. 나는 너무 가까이에서 따라가면 좋지 않으리라 생각해서 잠깐 틈을 두었다가 로비로 들어가 보니 여자가 보이지 않았습니다.

  엘리베이터가 마침 2층에 머물러 있어서 여자가 2층 어디에 있을 거라고 짐작했습니다. 로비에는 여느 때처럼 바의 단골손님들이 도사리고 있었으므로 계단을 따라 2층으로 올라가 비상계단 쪽에 숨어 복도를 지켰습니다. 이윽고 여자가 이 방에서 나왔습니다. 한 10분쯤 되었을까요. 잠깐 복도에 서서 아까처럼 복도를 이리저리 훑어본 다음 계단으로 향했습니다. 엘리베이터는 타지 않았지요. 나는 그 방을 눈여겨 본 다음 여자가 계단을 내려가고 나서 뒤를 밟았지요.

  여자는 이번에는 택시를 타지 않았습니다. 나는 조금 당황했어요. 내가 여자를 찾아내기 전에 벌써 모퉁이를 돌아 버렸으니까요. 지하철 정거장 쪽으로 걷고 있었어요. 여자는 전차를 탔습니다. 그걸 타면 웨스트 오드웨이 721번지의 발보아 아파트 바로 근처에서 내릴 수 있지요. 나는 여자가 누구를 찾아갔는지 확인하려고 호텔로 되돌아왔지요. 그런데 뜻밖의 일을 당하고 말았습니다."
"자네의 정체가 탄로난 건가?"
"그런 건 아니지만 너무나 신이 나서 그만……. 다 된 일인데……, 마지막에 조그만 실수로 일을 망쳐 버렸습니다."
"어서 이야기를 계속해 보게!" 메이슨은 초조한 듯 재촉했다.
"호텔로 돌아와서 계단을 올라와 이 방을 노크했지요. 그러자 체격이 좋고 건장한 남자가 윗옷을 벗은 채 문을 열었습니다. 침대 위에 여행 가방을 올려놓고 짐을 꾸리는 참이었습니다. 시골 잡화점에서 바겐세일을 할 때나 파는, 양옆이 불룩 튀어나온 가방이었지요. 진열창에 오래 내버려 두었든지 아니면 햇빛이 들어오는 곳에 던져두었든지, 어쨌든 색이 다 바래서 누런 가방이었습니다. 남자는 30살쯤 되어 보였는데, 이제껏 농장에서 일해 온 친구처럼 근육이 울퉁불퉁 튀어나온 체격을 하고 있었습니다. 그러나 어딘지 농부라기보다는 차고의 직공 같은 느낌이 들었지요. 기분 탓인지는 몰라도 손에는 기름때가 배어 있다고 하는 편이 나을 정도였고, 와이셔츠 소매를 걷어 올린 모습이 차고를 연상시켰습니다.

그는 몹시 무뚝뚝했으나 사실은 조금 떨리는 모양이었습니다. 그래서 나는 히죽히죽 웃어 보이며 이렇게 말했지요. '당신의 친구가 돌아오면 이렇게 전해 주는 게 좋겠소. 길거리의 약국에서 취급하고 있는 캐러멜 액보다 훨씬 질이 좋고 값싼 물건이 손에 들어왔다고 말이오.' 그러자 놈은 내가 무슨 이야기를 하는지 알고 싶어했습니다. 나는 이 근처를 무대로 하는 마약 장수처럼 행동했지요. 두어 주일 전부터 이 방에 있던 남자에게 팔았는데, 그때 이야기로는 당분간 머물게 될 것이라고 해서 당신과 함께 살고 있는 사람인 줄 알았다고 말했지요."

"그래서 잘 걸려들었나?"

"잘 걸려들었다고 생각했습니다. 그런데 그의 얼굴을 한참 쳐다보고 있으려니까, 아까의 그 여자처럼 독특한 눈매에, 크고 메기 같은 입을 하고 있다는 것을 알 수 있었습니다. 택시 운전기사에게 돈을 치를 때 여자를 똑똑히 보아 두었으니까요. 그 긴 입과 눈으로 보건대 틀림없이 그 남자는 오빠나 동생일 겁니다. 난 신이 나서 이놈을 감쪽같이 속여 보려고 생각했지요. 나는 그 여자의 성이 펜더이고 센터빌 출신이라는 걸 생각해 냈지요. 그래서 활짝 웃는 얼굴로 '아, 이거 당신 센터빌 사람 아니오!' 하고 말했습니다. 그는 이상하다는 듯 내 얼굴을 보며 두 번쯤 마른 침을 삼키더니 '당신은 누구지?' 하고 묻더군요. 나는 얼굴 가득히 미소를 띠며 '이제야 알았다. 당신은 펜더지?' 하고 엉뚱하게 큰 소리를 지르며 손을 내밀었지요."
"그래, 어떻게 됐나?"
"그만 놈에게 당했어요. 오히려 이쪽이 한 방 먹은 셈이지요."
"어떻게 됐어?"
"촌놈이라고 깔보고 달려들었는데……." 스피어는 분하다는 듯이 말했다. "넋 빠진 건 이쪽이었어요! 나는 그가 내 말을 어떻게 받아들일까 하고 침을 삼키면서 기다렸지요. 그는 잠시 어리둥절해 하더니 마침내 반갑다는 얼굴로 웃음을 지으며 내 손을 잡고 아래위로 흔들면서 '그렇고 말고, 이제야 생각나는군. 자, 안으로 들어오시오' 하고 내 오른손을 쥔 채 방으로 끌고 들어갔어요. 크리스마스 이브의 산타클로스처럼 애교를 떨어 가면서 말입니다. 그리고 왼발로 문을 걷어차 닫더니 두서너 차례 내 손을 아래위로 흔들고 '고향 친구들은 어때!' 하고 말하더니 갑자기 내 눈을 후려갈기는 것이었어요. 그 다음엔 내 손을 놓고 또 입에 한 대…… 난 벽장까지 날아가 버렸지요. 내가 벽장에서 퉁겨져 나오자 이번엔 명치를 향해 주먹이 날아왔어요. 뭐, 눈에서 불이 이는 정도가 아니었습니다. 눈앞에 무엇이 날아왔구나 하는 순간 그놈이 또 부딪쳐 왔지요. 정신을 차리고 보니 나는 더러운 자리가 깔린 바닥에 누워 있더군요."
"놈은 어떻게 됐나?"
"베개 커버를 찢어서 내 입에 틀어넣고는 두 손과 발을 묶어 벽장

속에 밀어 넣었습니다."

"기절했었나?"

"아니요, 기절하지는 않았지만 녹초가 됐지요. 하지만 오해하지는 마십시오. 내가 기절을 하든 안하든 그놈과 대등하게 싸울 수는 없었으니까요. 어쨌든 그 녀석은 선생님의 비서가 교환대의 키를 다루듯 전광석화 같은 솜씨로 주먹을 퍼부어 댔거든요. 동양인 마술사가 당구공을 다루듯이 나를 제 마음대로 가지고 놀았다니까요."

"그래서?" 메이슨이 재촉했다.

"나를 벽장 속에 밀어 넣고 놈은 한바탕 연극을 해댔지요." 대니스피어는 분하다는 듯이 말을 계속했다. "그러나 울화가 치미는 건 그가 한 짓이 연극인지 아닌지 확실하지 않다는 점입니다. 물론 나는 상대가 강한 것을 알고 완전히 정신 나간 사람처럼 하고 있었지요. 두 손목이 조금 움직여지는 걸 알고 넥타이를 늦추고는 뻗어 버린 시늉을 했습니다. 그는 곡물 창고에 밀가루 자루를 내던지듯이 나를 밀어 넣고 빗장을 걸더니 못을 박아 버렸어요. 그 못이라는 게 얼마나 튼튼한지 꼭 어두운 굴 속에 갇힌 꼴이 되어 버렸지요."

"연극이라니 뭔가?" 메이슨은 부쩍 호기심이 나는 듯 물었다.

"네, 놈은 다시 짐을 꾸리기 시작했지요. 몹시 당황하고 있는 것 같았습니다. 닥치는 대로 서랍을 열어 물건을 가방에 쑤셔 넣고 있었는데, 마치 난로 위에 올라앉은 수탉처럼 침대와 화장대 사이를 바쁘게 왔다 갔다 했지요. 그리고 2분 간격으로 갈밴더 39401번에 전화를 걸었습니다. 한참 동안 전화를 붙들고 있었지만, 아무래도 상대가 나오지 않는 것 같더군요."

"그건 발보아 아파트의 번호 아닌가?"

"알고 있습니다. 그는 그 번호로 플리먼 양을 부르고 있었지요."

"그래, 상대는 나왔나?"

"네, 나오긴 했는데 교환대였나 봅니다. 그는 플리먼 양을 불러 달라고 해 놓고 잠깐 기다렸다가 그녀가 없는지 그대로 수화기를 놓아 버렸습니다. 벽장의 문짝이 아주 얇아서 그의 말소리는 물론이고 무슨 짓을 하는지 빠짐없이 다 알아들을 수가 있었습니다. 그런데 문제는 내가 듣고 있다는 걸 알면서도 그가 연극을 한 것인지, 아니면 기절해 있는 것으로 생각하고 진심을 말하고 있었는지, 그렇지 않으면 아무래도 좋다고 생각했는지 그 점이 도무지 분명치가 않습니다."
"자네가 말하는 뜻을 잘 모르겠는데."
메이슨의 어조에는 초조한 빛이 나타났다.
대니 스피어가 설명하기 시작했다.
"말하자면요, 선생님이 그 당시의 상황을 머릿속에 잘 새겨 가면서 상상해 보시면 좋을 겁니다. 그는 짐 꾸리기를 멈추지 않은 채 계속 전화를 걸었습니다. 이윽고 짐을 다 꾸리고 그가 침대 모서리에 앉아 있었는지 스프링이 삐걱거리는 소리가 들려 왔지요. 놈은 같은 번호를 부탁해서 플리먼 양을 불러냈습니다. 마침내 여자가 나왔지요. 그러더니 '여어, 도리스야? 나 오스카인데' 하고 그의 목소리가 들려 왔습니다. 여자는 아마도 전화 같은 것으로 이야기하면 안 된다고 말했나 봅니다. 그러자 그는 발등에 불이 떨어졌으니 그런 것은 아무래도 좋다고 대답하더군요. 형사가 왔어, 내 정체도 알고 있더군, 형사에게 미행당하는 줄도 모르고 호텔까지 오다니 이만저만 얼빠진 짓이 아니라고 여자에게 욕을 퍼부었습니다. 그리고 여자한테도 아까 그녀를 찾아왔다는 두 형사에게 틀림없이 쓸데없는 소리를 했을 거라고 나무라더군요.

그런데 여자 쪽에서도 몹시 화를 내는지 이번엔 애써 여자를 달래는 것 같았습니다. 좀 이상한 것은 이야기가 꽤 길었고 아주 정리가 되어 있었다는 점입니다. 두 사람은 꼭 논에서 돌아오는 농부가 이웃 사람들과 길게 이야기를 늘어놓는 것 같았지요. 여자쪽에서 당신의 이야기가 사실이냐고 물었는지 그는 정색을 하고 틀림없이 사실이라고 잘라 말하더군요. '나는 목슬리의 아파트 입구까지는 갔어. 벨을 울려서 목슬리를 깨우려고 했으나 깊이 잠들었는지 아무 소리도 없더군. 지금 생각해 보니 내가 가기 전에 벌써 피살된 게 틀림없어.' 여자는 남자가 좋은 말로 둘러대려고 하는지도 모른다면서, 실은 그가 목슬리의 방으로 들어가서 머리를 내리쳤다고 생각하는 모양이었는데, 그는 계속 그것을 부인하고 있었습니다.

두 사람은 그런 식으로 10분쯤이나 지껄이고 있었습니다. 줄거리는 대강 이렇습니다. 틀리면 안 되니까 그대로 말씀드린 겁니다. 그는 내가 들을 수 있도록 일부러 연극을 했는지도 모르겠습니다. 그것이 사실이라면 그는 명배우지요. 하지만 재빨리 도망쳐야 할 주제에 누이동생과 지껄이고 있었다면 여간 촌놈이 아닙니다. 그 점은 선생님 스스로 판단하셔야겠습니다. 성질 사납고 덩치만 큰 바보인지, 아니면 주먹만큼이나 머리가 잘 도는 녀석인지, 어쨌든 눈에 보이지도 않는 주먹이었으니까요."
"그래서 어떻게 되었나?" 메이슨이 물었다.
"네, 두 사람은 전화로 내용을 알 수 없는 이야기를 주고받았습니다. 그리고 그는 이제 함께 도망쳐야겠다고 말했습니다."
"그렇게 말하던가?"
"아니요, 여행을 떠나지 않으면 안 된다고 했습니다. 여자는 그다지 마음이 내키지 않는 모양이었지만, 그는 '이제는 둘 다 헤어 나올 수 없을 만큼 깊이 빠져 버렸으니까 가라앉든 헤엄을 치든 행동이나 운명을 함께 하지 않으면 안 돼. 두 사람이 따로 있게 되면 경찰에 두 가지 단서를 남기게 되지만, 같이 있으면 하나로 끝날 거야. 이제부터 택시를 잡아타고 마중을 갈 테니 짐을 꾸려 놓고 있어'라고 말했습니다."
"그 다음엔?"
"그리고는 짐을 한 뭉치 꺼내고 가방을 들고 복도로 나가 버렸지요. 나는 몸을 비틀고 허우적거려 겨우 두 손을 자유롭게 해서는 묶은 끈을 풀고 문을 열 궁리를 하고 있었습니다. 큰 소리로 외치든지 문의 판자를 발로 차서 부숴 버릴 수도 있었지만 그렇게 되면 큰 소동이 일어날 테고, 선생께서도 비밀리에 잠복 감시를 하고 싶었으리라는 생각이 들어서 주머니에서 나이프를 꺼내어 얇은 쪽 판자를 깎아 내고 발로 차니까 그다지 큰 소리는 나지 않더군요.

 방 안의 전화를 쓸까 하다가 사무실을 거쳐야 하므로 그만두고 밖으로 나와 길모퉁이에 있는 공중전화로 가서 탐정소를 불렀지요. 드레이크 씨는 안 계셔서, 거기에 있는 탐정 한 사람에게 곧 발보아 아파트와 철도역과 공항에 잠복 감시를 하도록 부탁했습니다. 두 사람의 인상을 가르쳐 주었으므로 놓치지는 않을 겁니다. 아무튼 펜더 집안은 그 메기 같은 입만 보면 대번에 알아차릴 수 있지요. 사내놈도 워낙 산같이 큰 놈이니까 어딜 가든 금방 알아낼 수 있으니까요."
"아마 자네가 전화 연락을 취했을 때쯤에는 아직 발보아 아파트를 떠나지 못했을 거야."
"나도 그렇기를 바랍니다만, 생각지도 못한 실패를 해서……. 어쨌든 놈들의 꼬리를 잡아서 행방을 찾아내면 틀림없이 도움이 될 만한 걸 알아낼 수 있을 겁니다."
메이슨은 약간 화가 난다는 듯이 말했다.
"왜 미리 전화로 말해 주지 않았나?"

"나로서도 결단을 내리지 않으면 안 될 단판 승부였으니까요. 사태가 너무 긴박한 것 같았습니다. 시간도 없고. 그래서 탐정소에 전화를 걸어 재빨리 손을 쓰면 그들을 붙잡을 수가 있지만, 선생에게 전화를 하여 일일이 설명하다 보면 시간이 길어질 테니까 먼저 부하에게 잠복 감시를 시켰지요. 전화로 아무리 자세히 이야기해 봐야 이젠 선생이 할 수 있는 일은 아무것도 없으므로 쓸데없는 짓이라고 생각한 겁니다. 그리고 어쨌든 선생이 이리로 달려오기만 하면 무슨 판단이든 내릴 수 있으리라고 여겼습니다. 그 친구들과 미리 부딪쳐 본 건 서투른 짓일까요?"

페리 메이슨은 눈살을 찌푸리고 뭔가 골똘히 생각하며 색이 바랜 얇은 카펫 위를 걷기 시작했다. 이윽고 그는 천천히 고개를 흔들면서 묵직한 목소리로 말했다.

"그래! 그 두 사람과 부딪쳐 본 건 서투른 짓이었네. 소재만 알아 두고 그대로 내버려 두는 편이 좋았을 거야. 필요하면 언제든지 끌어올 수 있도록 말일세. 헤엄치듯 이리저리 돌아다니게 하는 편이 좋았을 텐데……."

대니 스피어는 손목시계를 들여다보았다.

"이거 참 곤란하게 됐군요. 아무튼 30분쯤 뒤 탐정소에 전화해 보면 두 사람을 잡았는지 어떤지 알게 될 겁니다. 십중팔구 잡았을 테지요. 발보아 아파트를 나온 두 사람은 기차편을 이용할 것이 틀림없습니다. 기차만 타면 누구한테도 붙잡히지 않으리라고 여기는 녀석들이니까요."

메이슨은 빙그레 웃었다.

"좋아, 사무실로 돌아가세. 우리가 도착할 때쯤이면 아마 폴 드레이크도 돌아와 있을 거야."

16

 고등법원 가사 심판부의 프랭크 먼로 판사는 판사실에서 나와 재판장석에 앉자 안경을 고쳐 쓰고 방청객들을 내려다보았다. 정리(廷吏)가 낭랑한 목소리로 개정을 알리자 판사의 나무망치가 울림과 동시에 법정의 양쪽 문이 열리고 관리가 한쪽에서는 로더 몬테인을, 한쪽에서는 칼 몬테인을 이끌고 들어왔다.
 칼 몬테인은 살인 사건의 주요 증인으로, 로더 몬테인은 피고로서 두 사람 다 구속된 몸이었다. 따라서 두 사람이 체포되고 난 다음 서로 얼굴을 맞댄 것은 이번이 처음이었다.
 "몬테인 대 몬테인의 소송 심리를 개시한다. 원고 측 대리인은 지방 검사보 존 루커스, 피고 측 대리인은 페리 메이슨."
 로더 몬테인은 저도 모르게 커다랗게 소리치며 재빨리 앞으로 발길을 내디뎠다. 관리가 팔을 붙잡아 가로막았다.
 "칼!" 로더는 외쳤다.
 끊임없는 괴로움으로 밤잠을 설친 흔적이 얼굴에 가득한 칼 몬테인은 입술을 굳게 다물고 눈은 똑바로 앞쪽을 향한 채 원고 측 관리의 옆자리에 앉아 아내에게는 눈도 돌리지 않았다. 그녀는 실망한 나머지 그 자리에 굳어버린 듯 창백한 얼굴로 섰다.

방청석에서 낮게 웅성거리는 소리가 들렸으나 정리가 나무망치를 올리자 이윽고 조용해졌다.

로더 몬테인은 비슬비슬 피고석으로 걸어갔다. 그녀는 눈물이 앞을 가려 정리가 그녀의 팔을 잡아 의자로 데려가지 않으면 안 되었다.

페리 메이슨은 꼼짝도 하지 않고 말없이 이 무언극을 지켜보고 있었다. 지금 일어나고 있는 일이 그대로 방청인들에게 강력한 인상을 주도록 쓸데없는 말은 삼간 것이다.

먼로 판사의 목소리가 법정 안의 긴장을 깨뜨렸다.

"본건 소송에 있어 원고와 피고는 다같이 신병을 구속당하고 있소. 피고는 살인 사건의 용의자이고, 또 듣는 바에 의하면 원고도 그 사건에 있어 검찰 측 증인으로 출정할 예정이라고 하오. 그리고 본 소송은 원고의 이익을 위해서 지방 검찰에서 제소한 것이오. 따라서 본 법정은 원고와 피고 쌍방의 변론이 본 소송의 쟁점에서 벗어나지 않도록 바라는 바요. 본 법정의 심리는 전남편이 살아 있는데 대한 혼인 무효 확인 소송이오. 피고 측과 원고 측 모두 상대방 증언의 반대 신문에 있어서, 뒷날 로더 몬테인의 살인 사건 공판에 이용할 수 있는 정보를 끌어내는 것을 목적으로 한 신문은 절대 허용하지 않겠소. 알아들었습니까?"

페리 메이슨은 동의의 표시로서 가볍게 머리를 숙였다.

존 루커스 검사보는 메이슨에게 승리를 뽐내는 듯한 눈길을 보냈다. 먼로 판사의 훈시는 단적으로 지방 검사의 승리를 알리는 것이나 다름없었다. 페리 메이슨으로서는 피고가 검찰 측의 반대 신문을 당했을 때 그것이 피고를 유죄로 유도한다는 이유로 답변을 거부시킬 수 있지만, 검찰 측에도 같은 권리가 부여된다. 따라서 판사의 경고는 칼 몬테인에 대한 메이슨의 반대 신문 권리를 제한한 것과 마찬가지이다.

"원고 측의 첫 증인으로서 칼 몬테인을 소환하여 신문합니다."

루커스가 말했다.

칼 몬테인은 검사석 옆에 앉아 있는 아버지의 어깨에 손을 얹어 보고는 망설이는 빛도 없이 당당한 걸음으로 증인석에 나가 오른손을 들고 선서한 뒤 루커스 검사보에게 어서 시작하라는 듯한 눈길을 보냈다.

"당신의 이름은 칼 W. 몬테인입니까?"

"그렇습니다."

"이 시에 살고 있습니까, 몬테인 씨?"

"네."

"피고 로더 몬테인을 잘 알고 있습니까?"

"네."

"처음 알게 된 것은 언제였지요?"

"서니사이드 병원에 있을 때입니다. 전속 간호사로 내가 고용했었지요."

"그 뒤 그녀와 정식으로 결혼했습니까?"

"그렇습니다."

"결혼식을 올린 날을 기억하십니까?"

"6월 8일이었습니다."

"금년이지요?"

"그렇습니다."

루커스는 메이슨을 향하여 손짓을 했다.

"반대 신문을 하시오."

페리 메이슨은 겸손하고 정중한 미소를 띠고 말했다.

"질문 없습니다."

증인 칼 몬테인은 분명히 준열한 반대 신문이 있으리라고 예상하여 검찰 측의 코치를 받았다. 또 루커스도 메이슨이 중대한 질문을 하면 틈을 주지 않고 이의를 내세우려고 모든 준비를 다하고 있었다.

그런 만큼 두 사람은 멍해질 수밖에 없었다.

"질문은 끝났소. 자리로 돌아가도 좋소, 몬테인 씨."

먼로 판사가 잘라 말했다. 루커스가 일어났다.

"재판장님, 민사 소송법 규정에 의거하여 원고 측은 변호인의 신문에 앞서 피고를 반대 신문의 증인으로 소환해 신문할 권리가 있습니다. 따라서 피고 로더 몬테인을 증인으로 신청합니다."

"그 증인에게서 무엇을 증언하게 할 작정이지요?"

페리 메이슨이 물었다.

루커스는 얼굴을 찌푸렸다.

"원고 측의 소송상의 계획이며 반대 신문의 목적을 밝힐 필요가 있다고는 생각하지 않는데요."

페리 메이슨은 부드러운 미소를 띠며 말했다.

"방금 있었던 재판장의 훈시에 비추어, 검사보께서 본 증인으로부터 입증하려고 의도하고 있는 점은 변호인 측으로서 모두 승인할 작정임을 말씀드리고자 합니다."

루커스는 적의에 차 덤벼들 듯한 어조로 말했다.

"그러면 피고는 6월 8일 칼 몬테인과 결혼식을 올릴 무렵 벌써 다른 남자와 결혼한 상태였던 것을, 또 그 남자의 이름이 그레고리 로튼, 별명은 그레고리 목슬리이며 금년 7월 16일에 살해된 인물임을 인정합니까?"

"인정합니다." 메이슨은 태연하게 대답했다.

루커스의 얼굴에 놀라는 빛이 떠올랐다. 먼로 판사도 눈살을 찌푸렸다. 방청석에 가득 찬 사람들도 나지막하게 웅성거렸다.

존 루커스 검사보는 재판장을 흘끗 쳐다보았다.

"원고 측은 1929년 2월에 그레고리 로튼이라는 이름으로 매장된 인물의 신원 확인에 대해 본 증인을 신문하고자 합니다."

페리 메이슨의 엷은 웃음이 회심의 미소로 바뀌었다.

"피고와 결혼했던 그레고리 로튼이 원고와 피고의 결혼 당시 살아 있었던 것을 본 변호인이 인정한 이상, 본 소송에 있어서는 그레고리 로튼의 이름으로 매장된 인물의 신원을 확인하는 일은 전혀 불필요하다고 생각합니다. 원고 측이 뒷날 형사 사건에 있어 그 문제를 추궁하는 건 검사 측의 자유일 것입니다. 또 유감스럽게도 본 피고가 그 인물을 독살이라도 한 듯한 언사를 신문사에 퍼뜨림으로써 이 문제를 추궁하는 것도 검사 측의 자유일 것입니다."

루커스는 얼굴이 빨갛게 되어 홱 돌아섰다.

"이러한 비방은 매우 부당한 처사입니다! 변호인은……."

먼로 판사는 나무망치로 책상을 두드렸다.

"원고 측의 이의를 인정합니다." 판사는 페리 메이슨을 향하여 말했다. "변호인이 방금 한 발언은 너무 지나친 것입니다."

"재판장님께 사과드립니다." 메이슨은 얌전하게 말했다.

"원고 측에도 사과해야 합니다." 루커스가 말했다.

그러나 페리 메이슨은 다만 침묵을 지킬 뿐이었다.

먼로 판사는 두 사람의 얼굴을 번갈아 보았다. 그의 눈에는 익살스러운 기색이 떠올랐다.

"심리를 계속하시오." 재판장이 명령했다.

"바라는 바입니다." 루커스는 자리에 앉았다.

"베시 홀먼 부인을 증인으로 소환합니다." 페리 메이슨이 말했다.

서른두세 살쯤 된 아주 피곤해 보이는 눈길을 한 부인이 증인석에 나가 오른손을 들고 선서를 끝냈다.
 "증인은 금년 6월 16일에 살해된 그레고리 로튼, 별명 그레고리 목슬리라는 남자의 검시 재판에 출석했습니까?"
 페리 메이슨이 신문을 시작했다.
 "네, 그렇습니다."
 "시체를 보았습니까?"
 "네."
 "신원을 알 수 있었습니까?"
 "네."
 "누구였습니까?"
 "내가 1925년 1월 5일에 결혼한 남자입니다."
 방청석의 사람들은 모두 앗 하고 외치는 소리를 내고는 갑자기 조용해졌다. 루커스 검사보도 일어나려다가 다시 자리에 앉았다. 그러나 다시 후다닥 일어났다.
 그는 잠깐 주저하는 듯하더니 천천히 입을 열었다.
 "재판장님, 방금의 증언은 원고 측으로서는 청천벽력 같은 증언입니다. 그러나 이번 사건의 증언으로서는 부적당할 뿐 아니라 또 중요하지도 않은 것으로서, 이의를 신청합니다. 이 목슬리라는 남자가 로더 몬테인과 결혼하기 이전에 몇 번 결혼을 거듭했다 하더라도 본 소송에 아무런 영향도 줄 수 없습니다. 이를테면 전처가 24명쯤 살아 있다 하더라도 물어볼 것이 못 됩니다. 로더 몬테인으로서는 목슬리가 살아 있었을 때 혼인 무효 소송을 제기할 수 있었을 것입니다. 그러나 그녀는 그러한 조치를 취하지 않았습니다. 목슬리의 사망에 의하여 그녀는 미망인이 되었습니다. 다시 말하면, 그녀의 결혼 사실은 다른 사실에 의하여 좌우될 수 없다는 뜻입니다."

페리 메이슨은 회심의 미소를 지으며 말했다.

"캘리포니아 주의 법률에 의하면 전배우자가 살아 있을 동안에 이루어진 결혼은 본래 비합법적이며 무효로 규정되어 있습니다. 캘리포니아 주 판례집 제160편 61페이지에 명확히 적혀 있습니다. 분명히 그레고리 로튼은 전처가 살아 있는 한 로더 몬테인과 합법적으로 결혼할 수 없습니다. 따라서 본 피고는 로더 몬테인의 첫 번째 결혼은 무효이며, 그렇기 때문에 칼 몬테인과의 합법적인 결혼에 대해서는 아무런 장애도 없음을 주장합니다."

"원고 측의 이의 신청을 기각합니다."

먼로 판사가 결정을 내렸다.

"증인은 그레고리 목슬리 또는 그레고리 로튼 등 여러 가지 이름으로 불리는 남자와 1925년 1월 5일에 결혼한 이후 이혼했습니까?"

"네."

페리 메이슨은 한 통의 법률 서류를 펴들고 보라는 듯이 루커스 앞으로 내밀었다.

"이것은 이혼 판결의 등본입니다. 판결 일자가 피고와 그레고리 로튼과의 결혼 일자보다 뒤에 이루어져 있는 점에 재판장과 원고 측은 주목해 주시기 바랍니다. 본 등본을 증거로 제출합니다."

"인정합니다." 먼로 판사가 말했다.

"어서 반대 신문을……." 메이슨이 말했다.

루커스는 증인 곁으로 다가가서 찬찬히 얼굴을 들여다보며 말했다.

"시체 안치소에서 본 남자의 신원에 틀림은 없습니까?"

"네."

루커스는 어깨를 움츠리고 재판장을 향하여 말했다.

"신문을 마칩니다."

판사는 책상에서 몸을 앞으로 내밀 듯하면서 법정 서기를 향하여 명령했다.

"캘리포니아 주 법령 판례집 제160편을 가져오시오."

방청객들이 침을 삼켜가며 지켜보는 가운데 서기가 판사실로 들어가 두 권의 책을 가지고 돌아왔다. 판사는 자세하게 그것을 검토하더니, 이윽고 책에서 얼굴을 들고 간단한 말로 판결을 내렸다.

"피고 측의 승소를 인정합니다. 결혼 무효 확인 기소는 기각되었습니다. 그러면 이것으로 폐정!"

페리 메이슨이 뒤돌아보자 필립 몬테인과 시선이 마주쳤다. 냉혹하고 이글이글 타는 듯한 눈이었다. 그러나 얼굴은 완전히 무표정했다. 루커스 검사보는 풀이 죽었고 칼 몬테인은 제정신이 아닌 듯한 모습이었다. 그러나 필립 몬테인은 태도를 흩뜨리지 않아 그가 지금의 판결에 충격을 받았는지 어떤지 알 수 없었다. 법정은 갑자기 웅성거리기 시작했다. 신문기자들은 전화 부스로 뛰어나갔다. 방청객들은 삼삼오오 모여앉아서 일제히 시끄럽게 지껄여대기 시작했다.

페리 메이슨은, 로더 몬테인 옆의 담당관에게 "의뢰인과 배심원실에서 이야기를 좀 하고 싶은데, 웬만하면 문 밖에서 기다려 줄 수 없겠나?"라고 말하고는 로더 몬테인의 팔을 잡고 배심원실로 데리고 들어가 의자를 권했다.

그는 테이블을 가운데 두고 마주앉아 로더에게 이제는 괜찮다고 격려하는 듯한 웃음을 보냈다.

"이젠 대체 어떻게 되는 거지요?"

로더가 물었다.

"먼로 판사는 당신과 칼 몬테인의 결혼은 완전히 유효하고 합법적인 것이라고 판결했소."

"그렇게 되면?"

"그렇게 되면" 메이슨은 주머니에서 한 통의 소장을 꺼내며 말했다. "이번에는 이쪽에서 극도의 학대를 이유로 이혼을 신청할 차례요. 즉 칼이 당신을 살인범의 오명을 씌워 남편으로서 당신의 신뢰를 배신했을 뿐 아니라, 가혹하고 비인도적으로 대했다는 이유로 이혼 소송을 제기하는 것이지요. 그 구체적인 예를 몇 가지를 이 소장에 적어두었소. 남은 건 당신의 서명뿐이오."

로더의 눈에 눈물이 괴었다.

"하지만 나는 칼과 헤어지고 싶지 않아요. 그 사람의 약한 성격을 생각하면 그를 나무랄 생각은 조금도 없어요. 정말로 나는 그 사람을 사랑하고 있어요."

페리 메이슨은 테이블 위로 몸을 내밀고 그녀의 눈을 뚫어지게 들여다보았다.

"로더, 당신은 벌써 입을 열어 버렸소. 지방 검사는 목슬리가 죽을 때 실제로 아파트의 초인종을 울린 사람을 찾아내지 못하고 있소. 그러나 나는 그 사람을 찾아냈소. 그것도 두 사람이나 되오. 물론 거짓말을 하는지도 모르지만, 내 생각으로는 둘 다 사실대로 이야기하는 것 같소. 두 사람 중의 누군가가 증언을 하면 당신은 사형이 되는 거요."

로더는 깜짝 놀라 메이슨을 바라보았다.

"한 사람은 오스카 펜더라는 센터빌에서 온 남자요. 목슬리로부터 돈을 받아내려 하고 있었지요. 누이동생이 빼앗긴 걸 되찾으려고 한 거요. 목슬리는 펜더의 누이가 저금한 돈을 속여서 빼앗았기 때문이오."

"그런 사람은 몰라요. 그리고 또 한 사람은 누구지요?"

메이슨은 뚫어지게 그녀의 얼굴을 바라보면서 천천히 입을 열었다.

"클로드 밀샤프 의사요. 그는 그날 밤 잠을 이루지 못했소. 당신과 목슬리의 약속을 알고 있었기 때문이오. 그래서 잠자리에서 나와 목슬리의 아파트까지 차를 몰았소. 당신은 거기 있었고, 전등은 꺼져 있었소. 밀샤프는 벨을 울렸지. 당신의 차는 옆 골목 모퉁이 건너편에 멈춰서 있었다더군."
로더 몬테인의 입술이 종이처럼 하얘졌다.
"클로드 밀샤프!"
"그런 혼란도 당신 자신이 불러온 거요. 내 지시를 따르지 않았기 때문에……. 자, 이제부터는 반드시 내 지시대로 따르시오. 우선 혼인 무효 소송에 이겼으니까 당신 남편이 당신에게 불리한 증언을 할 수는 없소. 그러나 지방 검사는 남편의 증언을 뒷받침하는 당신이 서명한 진술서를 신문에 발표해 버렸소. 지방 검사는 그를 중요 증인으로 앉히려고 내가 만나 볼 수 없는 곳에 구속해 두었지만, 신문기자라면 누구든지 자유로이 만나게 해주고 있소. 그러니 우리쪽에서도 그런 선전에 맞서지 않으면 안 돼요. 이혼 소송을 제기하는 이유도 그 점을 노린 거요. 그 소장에는 당신의 남편이 지방 검사에게 거짓말을 늘어놓아 억울하게도 당신에게 살인 누명을 씌웠고 그런 가혹한 짓은 이혼의 이유가 된다고 적혀 있소."
"그리고요?"
"이 소장은 다시없는 신문기사감이 돼요. 그러나 내가 노리는 건 어디까지나 칼 몬테인에게 소환장을 들이대고 법정으로 끌고 나와 그로부터 선서 진술서를 받는 데 있소. 검사가 내용을 눈치채기 전에 이쪽이 먼저 칼 몬테인을 꽁꽁 묶어 버리려는 거지요. 만일 그가 이제까지의 진술을 바꾸지 않으면 당신은 막대한 위자료를 받게 되오. 만일 바꾸게 되면 지방 검사가 처참한 꼴을 당하게 되지요……."
"검찰이 칼의 진술을 살인 사건 공판에 이용할 수 있을까요?"
로더의 눈에는 두려움이 어려 있었다.

"그래도 나는 그와 이혼하고 싶지 않아요. 그의 성격상 결함을 나는 잘 알고 있어요. 하지만 나는 그를 사랑하고 있어요. 그를 어엿한 한 사람의 남자로 만들어 주고 싶어요. 그는 너무나 응석받이로 자랐기 때문에 아버지와 가문에 의지하도록 길들여졌어요. 물론 사람을 하룻밤 사이에 바꿔 놓는 것은 어려운 일이겠지요. 갑자기 버팀목을 떼어내고 그 자리에 서 보라고 하는 것은 무리예요."
"알겠소, 당신이 칼을 어떻게 생각하는지 그건 내가 알 바 아니오. 지금 당신은 살인죄로 기소당하고 있소. 지방 검사는 사형 판결을 얻어 내려고 혈안이 되어 있으며, 그 배후엔 머리 좋고 배짱도 두둑하며 철저하게 냉혹한 남자가 도사리고 있단 말이오. 그 남자는 당신에게 사형 선고를 내리게 하기 위해서는 얼마든지 돈을 내놓을 거요."
"누구를 말씀하시는 거지요?"
"C. 필립 몬테인."
"그거야, 그분은 내가 마음에 들지 않나 봐요. 하지만 설마 그렇게까지는……."
문 앞에 서 있던 관계관이 기침을 하며 "시간이 다 되었습니다" 하고 말했다.
페리 메이슨은 그녀 앞에 소장을 내밀고 만년필을 건네주었다.
"자, 서명하시오."
로더는 호소하는 듯한 눈으로 말했다.
"그분은 칼의 아버지예요. 설마……."
"어서 서명하시오!"
메이슨이 재촉했다.
관리가 다가왔다.
로더 몬테인은 만년필을 쥐었다. 그녀의 손끝이 메이슨의 손등에 닿았다. 몹시 차가웠다. 단숨에 서명을 끝내고 로더는 눈물로 흐려진 눈으로 관리에게 다가섰다.
"기다리게 해서 죄송합니다."

17

 페리 메이슨은 손끝으로 책상 가장자리를 똑똑 두드리고 있었다. 그 눈은 폴 드레이크를 똑바로 쳐다보고 있었다.
 "자네의 부하가 역에서 두 사람을 찾아냈단 말이지, 폴?"
 "응, 발차 시각 10분 전이었다는군. 같은 기차를 타고 가다가 교외역에서 전보를 보내왔어. 그래서 나는 줄곧 전화 옆에 붙어 앉아 다음 역에서 응원 부대를 차례차례 태웠지. 그리고 계속 감시하고 있는 중이야."
 "그 두 사람이 계속 좀 도망다녀 주었으면 좋겠군."
 메이슨이 말했다.
 "그건 델라한테서 이미 들었지만, 혹시나 하고, 자네의 의향을 확실히 알고 싶어서 말일세……."
 "두 사람을 뒤따라 다니면서 겁에 질려 끊임없이 도망치도록 만들어야 해. 어느 지방에 가서 가명으로 숙박할 때마다 그 가명을 찾아내고, 또 호텔의 숙박부를 사진으로 찍어 두었으면 해."
 "뒤쫓고 있다는 걸 알리고 싶은가?"

"응, 그러나 적당한 선에서 그쳐야 해. 더 이상 도망다녀 봐야 소용없다고 생각하게 되면 곤란해. 탐정이 자기들의 수배서를 가지고 여러 호텔에 알아보고 있구나 하는 정도로."

드레이크는 잠깐 동안 아무 말 없이 담배를 피우고 있다가 갑자기 "자네는 어떻게 된 사람인가, 페리!" 하고 외쳤다.

"왜?"

"쓸데없는 간섭인지는 모르지만" 드레이크는 천천히 설명했다. "펜더라는 사나이는 살인 현장에 있었던 게 틀림없어. 그는 누이동생에게 건 전화에서도 자기가 새벽 2시 15분쯤 목슬리의 아파트 벨을 울린 것을 인정하고 있어. 목슬리를 죽일 만한 동기도 있고, 목슬리를 협박하고 있었던 것도 틀림없지. 그러니 그를 내버려 두기보다는 체포하여 신문기사거리로 만든다면 로더 몬테인에게는 더없이 좋은 선전감이 되지 않을까?"

"그럼, 어떻게 되지?"

"그렇게 되면 지방 검사는 궁지에 몰리겠지. 자네는 펜더의 체포를 요구할 수 있잖나? 지방 검사는 펜더를 증인으로 소환해야 한다고 요구하고 나설 수도 있단 말일세."

"그래서?"

"그래서라니? 그를 배심원 앞에 끌어내어 낱낱이 파헤치면 되지 않는가. 자네는 그가 목슬리로부터 돈을 뜯어내기 위해서 이곳에 온 것을 증명할 수 있네. 그것도 위협적인 방법으로 말일세. 범행 무렵 살인 현장에 있었다는 것을 시인하게 하든가, 아니면 놈이 누이동생과 주고받은 전화의 내용을 폭로하고…… 그가 내 부하를 어떻게 사랑해 주었는가를 증명해 줄 수 있잖은가?"

메이슨은 미소를 지었다.

"자네의 이야기도 일리가 있어. 하지만 이제 곧 공판이 시작돼. 지방 검사는 펜더를 증인석에 불러 그가 목슬리에게 전화를 걸어 돈을 뜯어내려고 한 일과, 또 협박한 사실도 시인하게 할 거야. 그리고 목슬리가 펜더와의 전화 통화에서 로더 몬테인이 2시쯤 돈을 갖고 오기로 되어 있다고 말했기 때문에 그 돈을 받으려고 2시 넘어 목슬리의 아파트에 갔다고 증언하게 할 걸세. 그렇게 되는 게 당연하지 않겠는가? 펜더는 2층 목슬리의 방으로 통하는 계단을 지나 현관 앞에 서서 벨을 울렸지만 응답이 없었다고 증언할 거야. 그렇게 되면 그의 증언이 이웃 아파트에 살고 있는 부부의 증언과 일치하게 되어 로더 몬테인이 증인석에 나와 사건이 일어났을 무렵 벨을 울린 건 자기라고 증언해 봐야 배심원들은 아무도 그녀의 말을 믿어 주지 않을 걸세."
드레이크는 무겁게 고개를 끄덕였다.
"그러나 펜더 남매를 떠돌아다니도록 내버려 두는 의도는 대체 뭔가?"
"머지않아 지방 검사는 이 사건의 초점이 어디 있는지 알아차릴 거야. 누군가가 사건이 일어났을 무렵 목슬리의 아파트 현관에서 벨을 울리고 있었기 때문에, 검찰 측의 중요 증인들은 그 점을 입증하려고 하겠지. 그런데 그 인물이 누구이든 그 사람이 범인은 아닐 거란 말일세. 왜냐하면 아무리 생각해 보아도 같은 인물이 현관의 벨을 울리면서 동시에 2층의, 더구나 가장 구석진 방에 있는 사람을 타살하기란 불가능하니까. 더구나 벨을 울린 사람이 스스로 나서서 범행 무렵 현장 부근에 있었던 것은 나라고 인정할 사람이 어디 있겠나?

그러나 일단 지방 검사의 주목을 받고 추궁당하면 오히려 자기가 범인이 아님을 입증하기 위해서라도 진실을 역설할 거야. 그러면 벨을 울렸다고 주장하는 사람이 둘이 되네. 하나는 실제로 현관에서 벨을 울린 사람이고 또 하나는 그 벨이 울리고 있는 사이에 목슬리를 살해한 범인이지. 이 두 사람은 서로 자기가 벨을 울렸다고 주장할 거야.

로더 몬테인이 그렇게 주장한 첫 번째 인물이지. 그러나 그녀의 주장은 차고의 열쇠가 목슬리의 방에 떨어져 있었으므로 신빙성이 적어질 게 틀림없어. 배심원이 그녀의 진술을 믿어 줄지도 모르지만 지방 검사가 '벨을 울린 것은 나'라는 확신을 가지고 증언하는 증인을 발견하면 로더 몬테인의 주장은 빛을 잃고 마는 거야."

드레이크는 수긍이 가는 모양이었다.

"만일 지방 검사가 펜더를 체포하고 펜더가 사실을 자백하면 검사는 맨 먼저 그를 검찰 측 증인으로 내세울 테지. 그렇게 되면 나는 그의 반대 신문에서 그가 벨을 울린 당사자가 아니라 살인범이라는 것을 입증하지 않으면 안 돼. 어쨌든 검사는 펜더를 정성들여 코치할 테니까. 그러나 만일 그가 여러 가지 가명을 쓰면서 이곳저곳 도망쳐 다닌 것으로 보아 뭔가 켕기는 게 있다는 사실이 반대 신문에서 입증되면 그의 증언이 거짓이라는 걸 배심원에게 믿게 할 수 있지.

내가 오스카 펜더와 그의 누이를 떠돌아다니게 놓아두는 까닭은 바로 그것일세. 배심원 앞에서 꼼짝도 못하게 만들자는 것이지. 이 두 사람이 이리저리 도망치면 도망칠수록 가명을 써서 정체를 감추려고 하면 할수록 배심원들은 이 두 사람이야말로 진짜 범인이로구나 하고 생각하겠지. 펜더 역시 자기가 들른 곳이며 사용한 가명을 모두 외고 있을 리도 없을 테니까……. 그렇게 되면 이야기는 아주 잘되어 나가는 거야. 내가 펜더의 증언에 대해 숙박부의 사진을 제출하면 그는 아무 소리도 못할 테지."

"그러면 나중에는 오스카 펜더를 지방 검사가 찾아내도록 할 작정인가?" 드레이크가 물었다.
"적당한 시기가 오면 펜더를 체포하게 할지도 모르지. 그러나 그를 무대에 출연시키느냐 아니냐는 내 마음대로 할 수 있도록 해 두고 싶다는 말일세."
드레이크는 고개를 끄덕이며 천천히 입을 열었다.
"자네는 살인 현장에서 벨을 울렸다는 사람이 두 사람 나오리라고 했네. 하나는 진범이고 또 하나는 실제로 벨을 울린 사람이라고. 이 두 사람은 하나는 오스카 펜더, 또 하나는 로더 몬테인일세. 따라서 이 가운데 누군가가 진범인임에 틀림없다, 그런 말이로군!"
메이슨의 얼굴에는 비웃는 듯한 미소가 천천히 퍼져 나갔다.
"훌륭한 추리야, 폴. 하지만 벨을 울렸다고 나선 사람이 뜻밖에도 세 사람이나 되네."
"세 사람이라고?" 탐정은 어리둥절해졌다. "누구인가, 또 한 사람은?"
"그건 말할 수 없어, 폴. 다만 그 사람에 대해서는 지방 검사도 잘 알고 있다는 것밖에는……. 그는 로더를 감싸고 있어서 지금으로서는 지방 검사도 아무것도 끝어내지 못하고 있어. 그러나 머지않아 입을 열 테지. 그렇게 되면 로더의 입장은 아주 위험하게 돼. 지방 검사는 문제의 벨에 대한 진상을 어떻게 해서든지 알아낼 거야. 그때야말로 내가 오스카 펜더를 끌어들일 차례지. 그가 이상한 짓을 했다고 폭로하고 그가 그렇게 한 까닭을 설명해 주겠어. 그래서 지방 검사가 뭐가 뭔지 짐작도 못할 때 사건 전체를 뒤섞어 버리면 배심원도 혼란한 나머지 서로 벨을 울렸다고 주장하는 두 사나이의 논쟁에 말려들어 여자 문제는 한쪽으로 미뤄 놓을 수밖에 없을 거야."
드레이크는 기막힌 생각이라는 듯이 타오르는 담배 연기를 물끄러미 보고 있다가, 반쯤 몸을 틀더니 변호사의 얼굴을 쳐다보았다.

"사실은 또 하나 이상한 것을 발견했네."

"뭔데?"

"펜더를 노리는 놈이 있어."

"어떻게 알았지?"

"으음, 어쩌면 공범이 나타날는지도 모른다고 생각해서 펜더가 묵고 있는 호텔과 누이의 아파트에 부하를 잠복시켜 놓았었지. 그러자 어젯밤 탐정들이 마치 밥그릇에 파리가 날아들 듯 몰려들었어. 아파트 근처를 뛰어다니며 펜더 남매가 있는 곳을 알아내려고 혈안이 되어 있더군."

"형사인가?"

"아니, 사립 탐정들이었어. 무슨 까닭인지 그들은 자기들의 행동을 경찰의 눈에 띄지 않게 하려는 것 같더군."

"여러 사람이었나, 폴?"

"그래, 어쩐지 이 사건에 돈을 뿌리는 사람이 있는 것 같이 보이더군……."

페리 메이슨의 눈이 가느다랗게 되었다. 드레이크는 말을 계속했다.

"필립 몬테인은 적으로 돌리면 위험한 사나이야. 그 노인은 아마도 내 생각을 알아차린 모양이지. 어떻게 펜더의 거처를 찾아냈을까?"

"그건 잘 모르겠네만, 아마 자네와 같은 수법을 썼을 테지."

"필립 몬테인이 지방 검사와는 별도로 독자적인 사건 수사를 진행하고 있다고 생각하나?"

드레이크가 천천히 물었다.

"틀림없어."

"이유는?"

"로더 몬테인을 무죄 석방시키고 싶지 않기 때문이지."

"왜?"

메이슨은 느릿느릿 말했다.

"우선 만일 그녀가 석방되면 아들의 정식 아내가 되어 버린단 말일세. 필립 몬테인으로서는 아들의 결혼에 대해 분명 다른 계획을 가지고 있을 거야."

탐정은 못 믿겠다는 듯한 눈으로 페리 메이슨을 바라보았다.

"그것만으로는 한 여자를 살인죄로 희생시킬 만큼 충분한 동기가 될 수 없지 않나?"

메이슨은 입술을 비쭉해 보이며 빙그레 웃었다.

"폴, 나도 처음엔 그렇게 생각했다네. 하지만 그 노인은 내가 로더의 변론에 너무 깊이 들어가지 않고 그녀의 변호사가 된다면 돈을 얼마든지 내겠다고 제안했어."

탐정은 나지막하게 휘파람을 불었다. 그리고는 잠시 잠자코 있다가 이윽고 입을 열었다.

"어이, 페리! 그레고리 목슬리가 피살당할 때 오스카 펜더는 실제로 어디 있었다고 생각하나?"

"으음, 실제로 현관에서 벨을 울렸으리라는 생각도 드네. 내가 그를 반대 신문하여 입을 열게 할 때는, 손에 실탄을 잔뜩 준비해 둬야겠다고 생각하는 이유 가운데 하나가 바로 그 점일세."

드레이크는 조용하게 그러나 정색을 하며 말했다.

"자네도 의뢰인의 억울함을 끝까지 믿는 건 아니구먼."

메이슨은 아무 말 없이 웃기만 했다. 그때 델라 스트리트가 문을 열고 조용히 들어왔다. 그녀는 살짝 드레이크를 보고는 메이슨을 향하여 말했다.

"밀샤프 의사의 간호사인 메이벨 스트릭랜드라는 여자가 대기실에 와 있습니다. 곧 만나 뵙고 싶다고 합니다. 울고 있어요."
"울고 있다고?" 메이슨이 물었다.
델라 스트리트는 고개를 끄덕였다.
"두 눈이 빨갛고 눈물이 줄줄 흘러내리고 있어요. 어떻게도 달랠 수가 없어요. 어찌나 심하게 울어대는지 거의 눈이 보이지 않을 정도예요."
메이슨은 눈꼬리를 찡그리며 복도로 나가는 문 쪽을 턱으로 가리켰다. 드레이크는 의자에서 일어서며 말했다.
"그러면 나중에, 페리……"
문이 닫히자 메이슨은 델라 스트리트에게 고개를 끄덕여 보였다.
"들어오시게 해."
델라는 문을 열고 "들어오세요, 스트릭랜드 씨" 하고 소리쳤다. 그리고는 울어서 눈이 퉁퉁 부은 여자가 손으로 더듬어가며 들어오는 모습을 변호사가 볼 수 있도록 벽 쪽으로 몸을 붙이면서 그녀를 방 안으로 안내하여 의자 있는 곳까지 데리고 왔다.
"어떻게 된 거요?"
페리 메이슨이 물었다. 간호사는 말하려고 했으나 소리가 나지 않아 손수건을 코에다 갖다댔다.
메이슨은 델라에게 눈짓했다. 델라는 발소리가 나지 않도록 가만히 방을 나갔다.
"어떻게 된 거요? 털어놓고 이야기해 보시오. 다른 사람은 아무도 없으니까."
"당신 때문에 밀샤프 선생님이 큰 봉변을 당했어요."
간호사는 흐느끼며 말했다.
"그가 어떻게 되었다는 거요?"

"납치당했어요."
"납치?"
"네."
"자세히 말해 보시오."
메이슨은 신중하고 빈틈없는 눈초리를 하고 있었다.
"어젯밤 늦게까지, 거의 밤 12시까지 일을 했어요. 선생님은 나를 차로 바래다 주신다고 했어요. 그래서 차에 오르는데, 다른 차가 달려와서 길옆에 멈춰 섰어요. 그 차에는 남자가 둘 타고 있었지요. 한 번도 본 적이 없는 사람들이었어요. 두 사람은 권총을 빼들고 밀샤프 선생님에게 그쪽 차로 갈아타도록 명령하고는 그를 태운 채 달아나 버렸어요."
"무슨 차였지요?"
"뷰익 세단이에요."
"차번호는 보았소?"
"아니요."
"색은?"
"검은빛이에요."
"두 남자가 당신에게 뭐라고 말했소?"
"아무 말도 안했어요."
"경찰에 알렸소?"
"네."
"그래서 어떻게 됐지요?"
"저와 함께 차를 세워 두었던 곳까지 가서 조사는 했지만 단서가 없대요. 그래서 경찰 본부에 보고하니까 지방 검사는 당신이 그랬을 거라고 생각하는 모양이에요."
"내가 그랬다고요?"

"당신의 의뢰인에게 불리한 증언을 하지 못하도록 밀샤프 선생님을 납치했다고 생각하고 있어요."

"밀샤프 씨는 로더 몬테인에게 불리한 증언을 할 작정이었던가?"

"잘 모르겠어요. 내가 알고 있는 것은 검사님이 그렇게 생각하고 있다는 것뿐이에요."

"어째서 검사의 의향을 당신이 알고 있지요?"

"여러 가지로 질문을 받았거든요."

"밀샤프 씨가 납치당할 때는 무서웠겠지요?"

"네, 당연하지요."

"두 남자가 가진 권총은 어떤 거였소?"

"자동 권총이었어요. 검고 커다란 자동 권총……."

페리 메이슨은 벌떡 책상에서 일어나자 문 쪽으로 가더니 꼭 닫혀 있는지 확인하고 나서 마루 위를 걷기 시작했다.

"밀샤프 씨는 증언할 생각이 없었는데."

"어머나, 그랬어요?"

"그거야 당신도 알고 있잖소."

"제가요?"

"그럼!"

"하지만 그것은 밀샤프 선생님이 납치당한 것과 상관없는 일 아니에요?"

"모르겠는데" 하고 메이슨은 잠시 생각에 잠겼다. "배 여행이라도 하며 몸조리를 하라고 권했는데……."

"여행을 갈 수가 없었어요. 지방 검찰청에서 소환장 같은 서류를 보내왔거든요."

메이슨은 알았다는 듯이 고개를 끄덕이고 방 안을 왔다 갔다 하며 어깨를 들먹거리면서 떨고 있는 여자의 모습을 눈여겨보더니, 갑자기 여자 곁으로 다가갔다. 그리고는 여자의 손에서 손수건을 낚아채더니 코에다 대고 깊숙이 숨을 들이마셨다.

여자는 벌떡 일어나더니 메이슨의 손을 잡으려고 허우적거렸으나 메이슨은 그녀의 팔을 잡아 팽개쳐 버렸다. 그래도 그녀는 단념하지 않고 계속 허우적거리다 겨우 한쪽 끝을 잡았으나 메이슨은 눈물로 흠뻑 젖은 손수건을 놓지 않았다. 여자가 있는 힘을 다해 손수건을 잡아당기자 찌익 하고 한쪽 모서리가 떨어져나갔다.

변호사는 손등으로 눈을 닦으며 쓴웃음을 지었다. 메이슨의 눈에도 눈물이 괴어 양쪽 볼을 타고 흐르고 있었다.

"겨우 이거야, 응. 여기 오기 전에 손수건에 최루 가스를 떨어뜨렸구먼."

여자는 아무 말도 없었다.

"이봐, 경찰에서도 손수건에 가스를 떨어뜨리고 이야기했나?"

메이슨은 눈물을 흘리면서 물었다.

"그럴 필요는 없었어요." 여자는 흐느끼며 말했다.

"경찰이 그 이야기에 속아 넘어가던가?"

"그런 것 같아요. 하지만 경찰은 그 두 사람은 당신이 고용한 탐정일 거라고 생각하고 있어요. 시내에 있는 뷔크를 모두 조사하고 폴 드레이크 밑에서 일하는 탐정으로 뷔크를 가진 자가 있는지 없는지 수사하고 있어요."

메이슨은 여자를 내려다보며 말했다.

"그 가스 지독하군. 내 눈까지 흐려졌어."

"많이 떨어뜨렸어요." 여자는 하는 수 없다는 듯 털어놓았다.

"처음부터 자동차 납치 같은 것은 없었지?"

"그게 무슨 뜻이지요?" 여자는 되물었다.

"두 사람이 권총을 들이댔다는 등……."

"네, 정말은 거짓말이에요. 밀샤프 선생님은 떠나 버리셨어요. 증인이 되고 싶지 않으니 그렇게 당신에게 전해 달라고 하더군요."
"만일 중대한 사태가 일어났을 경우, 선생과 연락은 할 수 있소?"
"제게 전화하시면 돼요. 하지만 확실한 사실을 이야기해 주셔야 해요. 그렇지 않으면 저는 참말로 여기지 않을 테니까요."

페리 메이슨은 껄껄 웃으며 책상 위의 버튼을 손으로 더듬더듬 눌렀다.

델라가 대기실에서 들어왔다.

"델라, 메이벨 스트릭랜드 양을 밖까지 안내해서 택시에 태워 드려."

델라 스트리트는 멍한 표정을 지었다.

"어머나, 소장님도 울고 계시잖아요!"

메이슨은 소리 내어 웃으며 말했다.

"아마 전염되었나 봐!"

18

 지금까지 많은 형사 사건에 손대어 온 베테랑인 매컴 판사는 정교하게 조각된 재판장석에 엄숙한 표정으로 위엄을 보이며 앉아 있다. 꽉 들어찬 법정을 내려다보고 페리 메이슨의 참을성 있는 가면 같은 얼굴을 주시하더니, 검찰 측 대표로 나온 지방 검사보 존 C. 루커스의 빈틈없고 활기찬 얼굴을 건너다보았다.
 "지금으로부터 로더 몬테인의 형사 사건 심리를 개시합니다."
 재판장이 선언했다.
 로더 몬테인 옆에는 보안관보가 앉아 있었다. 짙은 갈색 양복 차림으로 깃과 소매 끝이 흰색 테두리로 장식되어 있을 뿐이었다. 법정의 냉엄한 분위기 때문인지 로더는 침착성을 잃고 법정 안을 이리저리 둘러보고 있었다. 그러나 그녀의 틀어올린 머리며 꼭 다문 입술을 보면 아무리 둔한 방청객이라도, 만일 배심원석에서 '1급 살인'이라는 말이 터져 나와도 그녀는 그 의연한 태도와 자제심을 허물어뜨리지 않으리라는 것을 짐작할 수 있으리라.
 존 루커스 검사보는 피고인을 바라보며 눈살을 찌푸렸다. 살인죄로 기소된 여자에게 이러한 태도를 취하게 하다니, 변호사로서는 위험천만한 일이라고 생각되었다. 차라리 여자라는 이점을 이용하여, 여자답고 연약하게 금방 울음이라도 터뜨릴 것 같은 태도를 보이라고 하는 편이 훨씬 나을 텐데…… 남자를 능가하는 대담한 성격의 여자라면 살인도 서슴지 않겠다고 생각할 테지만, 법정의 분위기에 압도되어 금방이라도 허물어질 것 같이 약하디 약하고 여자다운 태도를 보이면 그처럼 독한 살인범이라고는 느끼지 않을 수도 있을 터인데, 하는 생각이 들었다.

정리가 아무런 감정도 없는 목소리로 배심원을 불러 앉혔다.

루커스 검사보가 일어나서 사건의 내용을 간단하게 설명하고 매컴 판사 쪽으로 얼굴을 돌렸다.

매컴 판사가 입을 열었다.

"법의 규정에 의하여 본 법정은 배심원들의 자격 인정에 관한 두 가지 예비 질문을 하겠습니다. 그리고 이 뒤에 다시 검사와 변호인으로부터의 보충 질문이 있겠습니다."

매컴 판사는 배심원석을 향해 절차에 따른 질문을 했지만, 사실상 아무런 의미도 없는 것이었다.

판사는 아무렇지도 않은 어조로 '배심원 여러분은 벌써 본건의 시비곡절에 대해 일정한 견해를 갖거나 또는 그것을 공표한 일이 있는가 없는가, 또 만일 그렇다면 그러한 선입관을 없애기 위해서 증거를 필요로 하는가 어떤가, 또 여러분이 배심원에 선정되면 그러한 견해를 버리고 허심탄회한 기분으로 재판에 임할 수 있는가 어떤가……' 하고 물어 보았다. 예상대로 그런 질문에 대한 실격자는 나오지 않았다. 배심원은 하나같이 판사의 단조로운 법률적 독백에 귀를 기울이고 때때로 고개를 끄덕였다.

매컴 판사는 검사와 변호인 쪽으로 고개를 돌렸다.

"주 의회는 재판장이 배심원의 자격 심사를 하는 취지의 규정을 두고 있소. 그러나 이 심사는 다시 검사와 변호인의 질문에 의하여 보충되는 것입니다. 일정한 범위 안에서는 검사와 변호인에 의한 자격 인정 심사가 재판장에 의한 질문보다도 훨씬 효과적일 것입니다. 먼저 변호인부터 질문하십시오."

매컴 판사는 의자에 등을 기댄 채 페리 메이슨에게 눈짓해 보였다.

페리 메이슨은 일어서서 맨 처음 배심원석으로 불려나온 남자 쪽으로 몸을 돌려 "심프슨 씨" 하고 배심원의 이름을 부르더니 "당신은 아까 공정무사하게 본 사건의 배심원으로서 행동할 수 있다고 대답하셨지요?" 하고 물었다.

"네, 그렇습니다."

"어떠한 선입관도 편견도 없습니까?"

"네, 없습니다."

"피고인을 공정하게 다룰 수 있다고 생각하십니까?"

"네."

페리 메이슨은 소리를 높이며 큰 몸짓으로 두 손을 활짝 벌리고 질문을 계속했다.

"미리 말씀을 드리지만, 심프슨 씨, 당신에게 개인적인 감정 같은 건 조금도 없습니다. 다만 피고인의 이익을 위하는 것이 변호인의 의무라고 생각하여, 또 이제까지의 재판의 역사에 비추어 보아 그렇게 하는 것이 필요하다고 생각되어 물어 보는 것입니다. 재판의 역사를 훑어보면 실로 아무런 연관도 없는 상황이 우연히 연쇄적으로 일어남으로써 단순한 한 가지의 상황 증거가 유죄 판결을 가져온 예가 아주 많습니다. 이런 우연한 상황에서 일어나는 연쇄적인 사건이 억울한 사람을 죄인으로 판결하는 일이 있었습니다. 그러므로 심프슨 씨, 만일 같은 우연한 연쇄적인 사건에 의하여 불행하게도 당신이 지금 피고인이 앉아 있는 의자에 앉는 몸이 되어 제1급 살인죄로 기소당했다면 어떻게 하시겠습니까? 지금 당신이 피고인이 가지고 있는 것과 같은 감정을 갖게 된다면, 이 12명의 배심원에게 당신은 안심하고 자신의 운명을 맡길 마음이 들겠습니까?"

메이슨의 이 도전적인 언어의 나열에 현혹된 심프슨 씨는 말 하나하나의 특수한 의미는 파악 못한다 해도 대강은 짐작되었는지 천천히 고개를 끄덕였다.

"네, 그렇습니다."

페리 메이슨은 다른 배심원을 향하여 말했다.

"배심원 중에 심프슨 씨와 다른 대답을 하실 분은 안 계십니까? 계시면 손을 들어 주십시오."

엄정한 자격 심사의 대상이 될 차례를 기다리던 다른 배심원들은 갑작스러운 사태 변화에 어리둥절하여 도움을 청하듯 서로 얼굴을 쳐다보았다. 메이슨의 질문을 확실히 이해하는 사람은 아무도 없었다. 그렇다고 손을 들어서 사람들의 눈길을 끌어 보겠다고 나서는 이도 없었다.

페리 메이슨은 의기양양한 미소를 띠며 재판장을 향하여 말했다.

"재판장님, 지금 질문한 결과 이보다 나은 배심원은 구하기 힘들다고 생각합니다. 합격을 인정합니다."

존 루커스는 벌떡 일어나더니 못 견디겠다는 표정으로 말했다.

"살인 사건 공판인데, 변호인은 그 정도의 질문으로 합격이라고 말할 수 있습니까?"

매컴 판사는 나무망치를 두드렸다.

"변호인의 말을 들었겠지요, 루커스 검사보?"

사실은 재판장조차도 어리둥절한 눈으로 메이슨의 얼굴을 찬찬히 처다보았다. 매컴 판사는 지금까지 메이슨의 기민한 법정 진술을 여러 번 겪어 보았기 때문에 변호사가 무슨 술책을 쓰고 있는 것이라고 짐작이 갔지만, 그것이 과연 어떤 성질의 것인지는 전혀 예측할 수가 없었다.

존 루커스는 숨을 크게 쉬면서 의자를 홱 돌리더니 "알았습니다" 하고 대답했다. 그리고는 지나치리만큼 상세하게 배심원의 자격 심사를 개시했다.

분명히 그는 페리 메이슨이 아주 친한 사람을 배심원 속에 '심어 놓았다'고 생각한 것이다. 자기가 싸우고 있는 상대의 명성을 잘 알고 있었으므로 루커스는 그 괘씸한 배심원을 어떻게든 끌어내리려고 초조하게 서둘렀다. 그리하여 오후 내내 지루하게 배심원의 공정성 여부에 대한 질문을 계속했다. 그리하여 변호인 페리 메이슨은 배심원의 말을 그대로 받아들여 그들이 공정무사하다는 것에 만족했는데, 지방 검사는 쓸데없이 배심원을 괴롭히고 위협하여 그들이 거짓말쟁이라는 것을 증명하려는 듯한 인상을 심어주게 되었다. 오후 폐정 시간이 될 무렵 존 루커스 검사보의 태도에는 누구의 눈으로도 금방 알아차릴 수 있을 만큼 가시가 돋쳐 있었다.

한두 차례 검사보와 배심원 사이에 서로 못 믿겠다는 듯한 촌극이 벌어지자 준엄한 판사의 얼굴에서도 금방 웃음이 터져 나올 것 같았다. 그리고 폐정 시각이 되자 페리 메이슨 쪽으로 얼굴을 돌리고 눈을 깜박깜박해 보였다.

그 다음날 다시 법정이 열렸을 때, 존 루커스는 또 배심원을 들볶았다. 11시가 되어서야 겨우 심사를 끝내고 합격을 선언했다. 더욱이 4명의 배심원에 대해 기피권을 행사했으므로 루커스로서도 형세의 불리함을 인정하지 않을 수 없었다. 어쨌든 메이슨은 기피권을 행사하지 않았을 뿐 아니라 '본 배심에 대해 만족의 뜻'을 표명했던 것이다.

존 루커스는 두뇌가 명석하고 법률에 정통해 있는 것으로 알려져 있었다. 그 때문에 지방 검찰청은 지금까지 연전연승의 기록을 가진 페리 메이슨에 맞서 루커스를 공판정에 내보낸 것이다. 루커스는 이번만은 메이슨에게 당하지 않겠다는 굳은 결의로 공판에 임했는데, 그 결의를 고집한 나머지 배심원에게 어떠한 인상을 주는가 하는 점에 대한 배려를 소홀히 한 것이다.

 페리 메이슨은 얼른 보아 묘책을 쓰는 기색은 조금도 없었다. 평온하고 은근한 태도는, 법률 사기꾼이라느니 손가락 끝으로 증거를 마음대로 조종할 수 있는 마술사라느니 하는 소문과는 전혀 다른 태도였다. 그러나 이 변호사의 변화무쌍한 법정 기술이 무엇인가를 알고 있는 법정 관계자들은 그가 아주 태평스러운 것 같을 때야말로 사실은 가슴속에 비책을 감춰 두고 있다는 것을 잘 알고 있었다. 그리고 배심원들의 눈에는 메이슨이 피고인의 억울함을 확신하고 있는 것으로 보였고, 한편 검사 측은 사건의 결과에 자신이 없어 안절부절못하고 있는 것으로 보였다.

 오후의 심리가 시작되자 루커스 검사보의 얼굴에 긴장된 빛이 떠올랐다. 그러나 페리 메이슨은 온화하고 은근한 태도로 피고인의 무죄가 밝혀질 것이 틀림없다는 자신만만한 태도였다.

 해리 엑스터 순경이 증인석에 소환되었다. 그는 언제나 경찰관의 말꼬리를 잡으려는 변호인에 대하여 일부러 도전적인 태도로 다음과 같이 증언했다.

 즉, 자신은 시 경찰의 일원으로 순찰차 62호 담당이다. 6월 16일 새벽 2시 27분 호출을 받고 노웍 거리 316번지 콜먼트 아파트로 급히 차를 몰았다. 아파트에 들어가 보니 한 남자가 의식불명이 되어 쓰러져 있었다. 그래서 구급차를 불러 그 남자를 운반했다. 그리고 사진계가 현장에 와서 사진을 찍고 지문계가 지문 검출을 끝낼 때까지 그 자리에서 지켜보고 있었다. 증인이 아파트에 도착한 뒤에는 경찰관을 빼고는 아무도 아파트 안에 들어오지 않았다. 몇 개의 열쇠가 든 가죽 열쇠 지갑이 사람의 눈에 잘 띄지 않는 침대 밑 카펫 위에 떨어져 있는 것을 발견했다. 그 열쇠는 다시 보면 알아볼 수 있을 것이다, 하는 것 등이었다.

루커스는 열쇠 지갑을 꺼내들고는 딸랑딸랑 소리를 내며 메이슨 쪽으로 들어 보였다.

"변호인은 이것을 확인하시겠습니까?"

페리 메이슨은 고개를 저으면서 전혀 관심이 없다는 태도였다.

증인은 열쇠 지갑을 받아들더니 그가 아파트 안에서 발견한 것이라고 인정했다. 그 열쇠 지갑은 검찰 측 증거물 A로 제출되었다. 또 시체가 발견된 방의 사진을 확인하고 시체가 쓰러져 있던 위치와 그밖의 여러 가지 세부적인 증언을 끝내고, 반대 신문을 받기 위해서 페리 메이슨 쪽으로 얼굴을 돌렸다.

메이슨은 아무 말 없이 눈도 깜박하지 않고 잠자코 있더니 의자 깊숙이 앉은 채 가볍게 인사를 하고는 "방 안에 괘종시계가 있었지요?" 하고 마치 일상 대화 같은 말투로 물었다.

"네, 있었습니다."

"어떻게 했지요?"

"증거로 압수했습니다."

"누가 압수했지요?"

"살인과 경관입니다."

"증인은 그 시계를 다시 보면 판별할 수 있겠습니까?"

"네."

페리 메이슨은 존 루커스 쪽으로 고개를 돌렸다.

"괘종시계를 가지고 있습니까?"

"그렇소." 루커스는 좀 어리둥절해 했다.
"제출해 주었으면 고맙겠습니다."
"준비가 되는 대로……." 루커스가 대답했다.
메이슨은 어깨를 움츠리고 다시 증인 쪽으로 주의를 돌렸다.
"그 괘종시계를 보고 증인은 무엇인가 알아낸 점이 있습니까?"
"네."
"어떤 점입니까?"
"그 시계는 새벽 2시, 아니 좀더 정확하게 말하면 그 1, 2분 전에 소리가 나도록 조작되어 있었습니다."
"시계는 움직이고 있었습니까?"
"그렇습니다."
"검찰 측 증거물인 사진에 괘종시계가 찍혀 있는지 좀 보여 주시오."
"찍혀 있습니다." 증인이 대답했다.
"배심원들이 보실 수 있도록 손가락으로 가리켜 줄 수 없겠습니까?"
증인이 한 손으로 사진을 들고 괘종시계를 가리키자 배심원들은 모두 몸을 내밀고 목을 길게 뺐다.
메이슨은 검찰 측에 요청했다.
"그러면 괘종시계를 제출해 주시겠습니까?"
"준비되는 대로 제출하겠습니다." 존 루커스가 대답했다.
페리 메이슨은 매컴 판사의 얼굴을 쳐다보며 말했다.
"변호인은 그 괘종시계에 대해 증인을 반대 신문하고자 합니다만……."
"괘종시계는 아직 검찰 측 증거로 제출되지 않았소." 매컴 판사가 말했다. "재판장으로서는 검찰 측의 순서를 변경해서까지 제출시킬 필요가 있다고는 생각하지 않소. 나중에 제출되었을 때 변호인 측이 다시 본 증인을 신문하겠다면 그때 재소환하도록 하시오."

"알았습니다. 더 이상 질문 없습니다."

존 루커스는 민첩하게 심리를 진행시켰다. 살인과의 형사들과 구급차의 승무원들을 소환하여 아파트에서 운반된 남자가 사망한 사실을 입증하고 방 안에서 발견된 기분 나쁜 핏자국이며 머리털이 달라붙어 있는 부젓가락을 증거물로 제출했다.

페리 메이슨은 꼼짝도 않고 앉아 있었다. 사냥꾼들이 둥글게 포위하며 덮쳐오는 줄도 모르고 양지쪽에서 한가로이 잠자고 있는 커다란 곰 같은 느낌이었다. 반대 신문도 하지 않았다.

존 루커스는 조금씩 로더 몬테인의 기소 이유를 굳혀 갔다. 이윽고 프랭크 레인을 증인석으로 소환했다.

프랭크 레인은 25살쯤 되어 보이는, 밝고 활발한 젊은이였다. 주소와 이름 및 자동차 서비스 센터에 근무하고 있다고 증언하고, 또 근무처의 위치를 로더 몬테인의 주소를 가지고 설명했다. 그리고 금년 6월 16일 새벽 로더 몬테인을 만난 일이 있느냐는 질문에 대해 확실하게 그렇다고 대답했다.

"몇 시였지요?" 존 루커스가 물었다.

"새벽 1시 45분입니다."

"피고인은 무얼 했습니까?"

"시보레 쿠페에 타고 있었습니다."

"그 쿠페에는 특별히 이상한 점이 있었습니까?"

"네."

"무엇입니까?"

"오른쪽 뒤 타이어가 펑크 나 있었습니다."

"그래서 피고인은 어떻게 했습니까?"

"서비스 센터까지 차를 몰고 와 타이어를 바꿔 달라고 말했습니다."
"증인은 어떻게 했습니까?"
"잭으로 차체를 들어올리고 뒤에 붙은 예비 타이어를 빼서 바꿔 끼워 주었습니다. 그런데 잭을 내리고 보니 예비 타이어도 거의 납작해져 있었습니다. 귀를 바싹 대보니 작은 구멍에서 공기가 새어나오는 소리가 들렸습니다."
"그래서 증인은 어떻게 했지요?"
"다시 예비 타이어를 빼내고 새로운 타이어와 바꾸었습니다."
"그 사이에 피고인과는 이야기를 해보았습니까?"
"네."
"무슨 말을 했습니까?"
"'펑크 난 타이어를 고쳐 드릴까요' 하고 물었습니다. 그녀는 약속 시간이 늦어서 더 기다릴 수 없으니 새로운 타이어를 끼워 달라면서 헌 타이어는 나중에 가지러 오겠다고 말했습니다."
"그래서 증인은 보관증을 준 거로군요?"
"네, 그렇습니다."
"피고인이 서비스 센터를 나간 것은 몇 시였지요?"
"정확하게 말해서 오전 2시 10분이 지나서였습니다."
"증인은 시간을 확인했습니까?"
"네, 일을 주간 근무자에게 넘겨주기로 되어 있어서 일지에 기록합니다."
"피고는 증인에게 이제부터 누구와 만날 약속이 있다고 말했지요?"
"네."
"약속 시간이 몇 시라고 말했습니까?"

"2시라고 했습니다."

"장소는?"

"말하지 않았습니다."

존 루커스는 비꼬는 듯한 몸짓으로 페리 메이슨 쪽을 건너다보며 물었다.

"본 증인에게 질문이 있습니까?"

페리 메이슨은 증인 쪽으로 얼굴을 돌렸다. 몸은 움직이지 않은 채 법정이 터져나갈 듯한 소리로 말했다.

"피고인은 오전 1시 45분에 증인의 서비스 센터로 차를 타고 왔지요?"

"네."

"정각 1시 45분이었습니까?"

"아마 틀림없을 겁니다. 몇 초의 차이가 있을는지는 모르지만, 그녀가 들어올 때 시계를 보았습니다."

"그리고 2시 10분에 떠났지요?"

"네, 그렇습니다."

"1시 45분에서 2시 10분까지 피고인은 서비스 센터에 있었지요?"

"그렇습니다."

"증인의 작업을 보고 있었습니까?"

"그렇습니다."

"그동안 증인 앞에서 모습을 감춘 일이 있었습니까?"

"아니오, 죽 바로 앞에 있었습니다."

"피고인이 그 여자라는 데 대해 만의 하나라도 증인의 착각이랄까 그런 것은 없습니까?"

"절대로 없습니다."

"틀림없습니까?"

"틀림없습니다."

페리 메이슨이 말했다.

"신문을 마칩니다."

존 루커스는 벤저민 클랜돌을 증인석에 불러 세웠다.

"이름은?"

"벤저민 클랜돌입니다."

"어디 사십니까, 클랜돌 씨?"

"노웍 거리 308번지 벨레이어 아파트입니다."

"6월 16일에도 그곳에 살고 있었습니까?"

"네."

"그날 밤 12시부터 2시 반까지 집에 계셨습니까?"

"네."

"노웍 거리 316번지 콜먼트 아파트 B호를 아십니까?"

"네."

"그러면 증인에게 콜먼트 아파트와 벨레이어 아파트의 약도를 보여 드릴 테니, 당신 아파트의 위치와 콜먼트 아파트 B호의 위치를 손으로 짚어 주시오."

그렇게 말하면서 루커스는 매컴 판사를 올려다보았다.

"재판장님, 도면의 정확도에 대해서는 나중에 설명하겠습니다."

"도면이나 또 지금의 질문에 대해서 이의 없습니다."

페리 메이슨이 중간에 끼어들었다.

"질문을 계속해도 좋소." 매컴 판사가 말했다.

증인은 두 개의 아파트의 위치를 지적했다.

존 루커스는 주머니에서 자를 꺼내어 도면 위에 대보면서 정밀도를 자랑하듯이 "그럼, 증인의 아파트에서 콜먼트 아파트 B호까지는 직선거리로 20피트도 안 되지요?" 하고 물었다.

페리 메이슨은 의자에 앉은 채 조금 몸을 움직이더니 법정 안을 울리는 굵은 목소리로 말했다.
"재판장님, 지금 질문은 첫째로 도면이 정확하다는 가정 아래, 둘째는 두 집 사이의 높이가 틀리지 않는다는 가정에 의한 것입니다. 다시 말하면 이 도면은 단순한 투영 거리를 나타낸 것일 뿐입니다. 어디까지나 직선거리이지, 경사나 양쪽 아파트의 창문 높이의 차이가 고려되지 않았습니다."
매컴 판사는 존 루커스 쪽으로 눈을 돌렸다.
"검사보는 측면의 등고선도나 스케치가 준비되어 있습니까?"
루커스는 입술을 깨물었다.
"유감스럽지만, 준비가 안 됐습니다."
"변호인 측의 이의를 인정합니다."
매컴 판사가 말했다.
존 루커스는 다시 증인에게 물었다.
"증인은 대충 얼마나 되는 거리인지 설명할 수 있습니까?"
"몇 피트 몇 센티미터라는 식으로는 대답할 수 없습니다만……."
증인은 머뭇거렸다.
잠깐 동안 아무 소리도 없었다.
"20피트쯤이오?" 루커스가 참다못해 물었다.
페리 메이슨이 재빨리 말했다.
"유도 신문입니다. 이의를 신청합니다."
"이의를 인정합니다." 매컴 판사가 잘라 말했다.
루커스 검사보는 입을 다물고 잠시 잠자코 있더니 말했다.
"재판장님, 지금 질문을 철회합니다. 그 대신 배심원단이 직접 현장 검증을 하고 눈으로 확인해 주시기 바랍니다."
"이의 없습니다." 메이슨이 말했다.

"좋소, 검사보는 본 증인에 대해 다른 사항을 질문하기로 하고 배심원단의 현장 검증은 오후 3시 반으로 하겠습니다."
존 루커스는 승리를 자신하는 듯 미소를 지었다.
"클랜돌 씨, 증인은 금년 6월 16일 새벽 콜먼트 아파트 B호에서 나는 소리를 들었습니까?"
"네."
"무엇을 들었지요?"
"전화벨 소리였습니다."
"그리고요?"
"전화를 하는 사람의 목소리를 들었습니다."
"누구인지 압니까?"
"아니요. 다만 남자의 목소리가 들렸을 뿐이었는데, 콜먼트 아파트 B호 쪽에서 들려왔습니다."
"전화는 어떤 내용이었지요?"
"그 남자는 여자의 이름을 말했습니다. 로더라고 말한 것은 확실합니다. 끝이름도 말했지만 잘 알아듣지 못했습니다. 어미가 인인가 뭔가 하는 무슨 외국 이름 같은 발음이었는데, 확실하지는 않습니다. 남자는 그 여자가 새벽 2시에 돈을 가지고 오기로 되어 있다고 말하고 있었습니다."
"그 뒤에는 무얼 들었습니까?"
"꾸벅꾸벅 졸고 있었는데, 얼마 안 되어 이상한 소리가 들려 왔습니다."
"어떤 소리였지요?"
"우당탕 하고 맞붙어 싸우며 두들겨 패는 소리였습니다. 그리고 조용해졌지요. 그 뒤에 속삭이는 듯한 소리를 들은 것 같습니다."
"그때 달리 무슨 소리가 들렸습니까?"

"네."
"뭐지요?"
"초인종이 계속 울렸습니다."
"되풀이해서 말입니까?"
"네, 울리고 또 울리며 되풀이되었습니다."
"몇 번 울렸다고 말할 수 있습니까?"
"그건 잘 모르겠습니다. 그러나 대여섯 번쯤 반복해서 울리고 있었습니다."
"격투 소리와 관련해서 벨은 언제 울렸습니까?"
"격투 중에도, 때리는 소리가 날 때에도 줄곧 울리고 있었습니다."
존 루커스는 페리 메이슨을 향하여 말했다.
"반대 신문을 하십시오."
페리 메이슨은 의자에 앉은 채 조금 몸을 일으켰다.
"그러면 이 점을 확실히 해 둡시다. 증인은 처음에는 전화벨 소리를 들었지요?"
"그렇습니다."
"어떻게 전화벨이라는 걸 알았습니까?"
"울리는 소리로······."
"이를테면······."
"기계적인 울림이었어요. 아시다시피 전화는 잠깐 울리고 잠깐 사이를 두었다가 또다시 울립니다."
"그 소리에 눈을 떴습니까?"
"그렇다고 생각됩니다. 어쨌든 무더운 밤이었으므로 창문이 모두 열려 있었습니다. 나는 잠귀가 아주 밝습니다. 처음에는 우리 아파트의 전화가 울리는 거라고 생각했었지요."
"증인이 어떻게 생각했는가 하는 건 아무래도 좋습니다. 증인이 무엇을 하고 무엇을 보고 무엇을 들었는가 하는 점이 우리의 관심사일 따름이오."

"전화벨 소리를 들었습니다." 클랜돌은 분명히 대답했다. "침대에서 일어나 귀를 기울였습니다. 그러자 벨은 북쪽 이웃에 있는 콜먼트 아파트에서 울리고 있다는 것을 알았습니다. 그때 전화로 이야기하는 사람의 목소리가 들려왔습니다."

"그 뒤에 격투 소리를 들었습니까?"

"그렇습니다."

"격투 중에도 초인종이 울렸습니까?"

"네, 그렇습니다."

"증인이 들은 것은 전화벨이 아닐까요?"

"천만의 말씀입니다."

"어떻게 그토록 자신이 있지요?"

"그건 어쨌든 전화벨 소리는 결코 아니었으니까요. 벨의 종류가 전혀 틀려요. 처음 것은 더 낮고 신음하는 듯한 소리였고, 두 번째의 것은 전화벨 소리보다 사이가 길었습니다."

페리 메이슨은 그 대답을 듣고 몹시 실망한 듯한 표정을 지었다.

"증인은 그것이 전화벨 소리가 아니라는 것을 절대로 자신을 가지고 단언할 수 있습니까?"

"네."

"전화벨은 아니라고 단언하는 거지요?"

"그렇습니다."

"증인이 행한 다른 증언과 마찬가지로 전화가 아니라고 확신하는 거지요?"

"틀림없습니다."

"그게 울린 것은 몇 시였습니까?"

"새벽 2시 전후라고 생각합니다. 정확히는 모르겠습니다. 그러고 나니 잠이 홱 달아나서 경찰에 알렸지요. 그게 새벽 2시 27분이었습니다. 그 사이가 아마도 15분이나 20분일 것입니다. 아무래도 잠이 덜 깨어서 정확히는 모르겠습니다."

페리 메이슨은 천천히 일어났다.

"벨레이어 아파트 269호실에 있는 사람이 콜먼트 아파트 B호의 초인종 소리를 듣는다는 것은 일반적으로 보아 불가능하지 않습니까?"

"불가능하지는 않습니다. 아무튼 이 귀로 똑똑히 들었으니까요."

증인은 물어뜯을 듯이 대답했다.

"그건 말하자면, 다만 벨이 울리는 소리를 들었다는 것입니다. 증인으로서는 그것이 초인종인지 무엇인지를 몰랐을 겁니다."

"아니오, 초인종이라는 걸 알고 있소."

"어떻게 알았습니까?"

"전에도 들은 적이 있는 소리였으니까요. 초인종이라는 것을 잘 알고 있습니다."

"그러나 지금까지 콜먼트 아파트의 초인종이 울리는 것을 들은 적이 없을 텐데요?"

"그러나 그 날은 무덥고 조용한 밤이었습니다. 아무 소리도 들리지 않았지요. 창문은 모두 열려 있었고요."

"질문에 대답부터 하시오. 증인은 사건 전에는 초인종 소리를 들은 적이 한 번도 없었지요?"

"기억 못하겠습니다."

"더구나 증인은 증인이 들은 것이 초인종 소리인가 아닌가 확인하기 위해서 사건 이후 콜먼트 아파트의 초인종 소리를 들어본 적이 한 번이라도 있습니까?"

"없습니다. 그런 건 필요 없는 일 아니겠습니까? 그래도 초인종이 울리면 그게 초인종이라는 것쯤은 알지요."

페리 메이슨은 의자에 털썩 주저앉아 배심원 쪽으로 웃는 얼굴을 돌렸다. '어떻습니까, 이 증인의 증언은 믿을 것이 못되지 않습니까' 하고 조소하는 듯한 웃음이었으나, 배심원들의 눈에는 아직 거기에 대한 반응이 떠오르지 않았다.

"반대 신문을 끝냅니다."

존 루커스가 다시 직접 신문에 들어갔다.

"몇 피트 몇 센티미터라는 측정은 그만두고라도 증인은 두 아파트 사이의 거리가 초인종 소리를 들을 수 있을 만큼 먼지 어떤지, 그 점을 대답해 주시면 좋겠습니다."

페리 메이슨이 일어섰다.

"재판장, 부적당한 신문입니다. 논쟁을 가져오고 증거에 의하지 않는 사실을 가정하는 질문이며, 또한 유도 신문으로 이의를 신청합니다. 본 증인은 콜먼트 아파트의 초인종을 그때까지 한 번도 듣지 못했다고 증언하고 있습니다. 따라서 증인이 초인종을 들을 수 있었는지 아닌지 대답하는 것은 적당하지 않습니다. 이것은 배심원이 내려야 할 결론입니다. 초인종을 한 번도 들은 일이 없다면 그때 들은 소리가 초인종인지 아닌지를 판정하는 것은 결코 불가능합니다. 그것은 어디까지나 증인의 추측에 지나지 않습니다."

매컴 판사는 무겁게 고개를 끄덕였다.

"이의를 인정합니다."

루커스는 눈살을 찌푸렸으나 이윽고 정신을 가다듬고 말했다.

"증인은 전화벨 소리를 들을 수는 있었지요?"

"네."

"그건 분명하게 들렸습니까, 아니면 희미하게 들렸습니까?"

"아주 분명하게 들렸습니다. 너무 분명해서 우리 전화인가 착각할 정도였습니다."

루커스는 덮어씌우듯이 말했다.

"증인의 생각으로는 전화벨과 초인종은 같은 정도의 소리로 들렸습니까?"

페리 메이슨이 말했다.

"결론을 구하는 유도 신문에 이의를 제기합니다."

매컴 판사는 수긍하고 단호하게 말했다.

"변호인 측의 이의를 인정합니다. 검사보의 질문은 부적당합니다."

존 루커스는 잠시 생각하더니 몸을 앞으로 내밀며 옆에 있는 보안관보에게 뭔가 귓속말을 속삭였다. 이윽고 그의 얼굴에 교활한 표정이 떠올랐다. 그는 한두 차례 귓속말을 하고는 엷은 웃음을 떠올렸다. 보안관보는 고개를 끄덕였다.

"질문을 마칩니다." 루커스는 의자에서 몸을 일으키고 말했다.

"앞서 결정한 배심원의 현장 검증 시간이 다 됐습니다." 매컴 판사가 입을 열었다. "심리는 일단 여기서 휴정하기로 하고 현장 검증에 착수하겠습니다. 그 동안은 어떠한 증언의 제출도 채택도 허락하지 않겠습니다. 검찰 측과 변호인 측은 배심원에게 지적해야 할 소정의 사항에 대해 타협할 것, 배심원은 그 사항을 현장에서 검증합니다. 그것이 끝나면 다시 법정으로 돌아와 심리를 계속하겠습니다. 배심원과 법정 관계자를 현장으로 모셔 갈 자동차는 준비되어 있습니다. 재빨리 현장에 다녀와서 심리를 계속하는 데 지장이 없도록 특별히 이야기해 두겠습니다."

매컴 판사는 배심원 쪽으로 얼굴을 돌리고 덧붙였다.

"현장에 다녀오는 동안, 여러분은 개정할 때에 한 재판장의 훈시에 유의하여 사건에 대해서 의견을 나눈다든지, 또 여러분 앞에서 다른 사람으로 하여금 의논하게 하지 않도록 부탁합니다. 또한 피고인의 유죄, 무죄에 대하여 견해를 굳히거나 그것을 표명하는 말도 허용되지 않습니다."

19

 보안관 사무소의 관계자들은 현장 검증에 대하여 모든 준비를 마쳤다.
 배심원들은 한 덩어리가 되어 길에 서서 두 아파트 사이의 공간을 바라보았다.
 검찰 측과 변호인 측의 합의에 의하여, 보안관 하나가 클랜돌의 아파트와 콜먼트 아파트 B호의 창문을 손가락질해 보였다. 그리하여 모두들 살인 현장으로 안내되었다. 관계관들이 검증에 대비하여 방을 열어 줄 것을 지금 그곳에 살고 있는 시드니 오티스와 미리 타협해 두었었다.
 루커스는 매컴 판사와 메이슨을 손짓으로 불러 말했다.
 "배심원에게 초인종을 알려 주고 버튼을 눌러 보게 해도 좋을까요?"
 "이의 없소." 페리 메이슨이 대답했다.
 보안관보 하나가 초인종을 가리키며 버튼을 눌렀다. 2층 쪽에서 희미하게 벨 울리는 소리가 들렸다.

"초인종을 시험해 보려면 뜯어내어 확인한 뒤에 증거로 제출해야 할 겁니다." 메이슨이 말했다.

존 루커스는 조금 망설이는 듯하였으나 "법정으로 돌아가서 그렇게 하겠소" 하고 말했다. 그리고는 보안관보를 향하여 "지금 이 방에 살고 있는 사람의 이름은 뭔가?" 하고 물었다.

"시드니 오티스입니다."

"그 사람에게 소환장을 내도록." 루커스 검사보는 반말 섞인 말투로 명령을 내렸다. "그 남자를 법정으로 소환하고, 초인종을 뜯어내어 법정에 제출해 주게. 그러면 배심원들을 클랜돌 씨의 아파트 2층으로 안내하여 이곳 2층 창문을 보여 주시오."

그런 뒤 루커스는 보안관보 쪽을 향해 의미 있는 눈짓을 해보였다. 벨레이어 아파트의 증인 클랜돌 씨의 방까지 배심원들을 안내하는 데는 엘리베이터에 꼭꼭 채우고도 두 번이나 왕복했다. 배심원들이 모두 다 올라가자 그들은 열려 있는 창가에 모여 범행이 일어난 방을 바라다보았다. 그런데 그때 갑자기 침묵을 깨뜨리고 벨 소리가 울려 퍼졌다. 벨은 사이를 두었다가 또다시 길고 집요하게 울렸다. 페리 메이슨은 갑자기 루커스 검사보의 팔을 잡더니 매컴 판사 앞으로 끌고 가서 배심원들에게는 들리지 않도록 나직이 말했다.

"재판장님, 이건 정말 비열한 짓입니다. 배심원들이 여기 있는 동안 초인종을 울리기로 합의한 적은 없습니다. 이것은 검찰 측이 증언을 하는 것과 마찬가지입니다."

존 루커스는 페리 메이슨의 항의에는 귀도 기울이지 않고 못마땅한 듯한 얼굴로 말했다.

"나로서도 몹시 놀라운 일이오. 벨이 울리리라고는 생각도 못했소. 보안관보에게 벨을 뜯어내라고 명령했었는데, 이건 틀림없이 뜯어낼 때 저도 모르게 버튼을 눌러 버린 것이겠지요."

페리 메이슨은 무슨 생각이 난 듯 말했다.

"당신은 아까 법정에서 증인이 두 아파트의 창문 너머로 초인종 소리를 들을 수 있는가 어떤가를 논의하면서 번번이 보안관보와 귓속말을 하지 않았소? 또 저쪽 아파트를 나오기 전에 눈짓까지 해보였소."

루커스는 발끈했다.

"트집을 잡을 생각이오?"

매컴 판사는 천천히 입을 열었다.

"자, 그만. 그 점은 나중에 논의하기로 합시다. 너무 큰 소리를 내면 배심원들이 다투는 까닭을 눈치채게 되오."

그러나 메이슨은 낮은 소리로 말했다.

"배심원들이 지금의 벨 소리를 무시하도록 재판장이 설명해 달라고 말씀드릴 작정입니다."

루커스는 껄껄 웃었다. 무슨 소리냐는 듯한 웃음이었다.

"조서에서는 빼버릴 수 있어도 배심원의 귀에서 없앨 수는 없을 거요."

매컴 판사는 떨떠름한 얼굴로 루커스와 메이슨을 번갈아 바라보더니 낮은 소리로 말했다.

"이렇게 되면 유감스러운 일이지만 검사보의 말에도 확실히 일리가 있소. 이미 엎질러진 물이 되어 버렸으니까. 변호인도 배심원이 들은 것까지 없애 버리기는 불가능할 거요."

메이슨은 투덜투덜 말했다.

"나로서는 그 점을 변론의 포인트로 생각하고, 또 초인종 소리를 명료하게 듣는 것은 생리적으로 불가능하다고 변론할 작정이었습니다."

정중한 듯하면서도 무례한 표정을 지으려고 했음에도 불구하고 존 루커스의 눈에 억누를 수 없는 승리의 빛이 드러났다.

"물론 그 점을 논하는 것은 당신의 자유요." 매컴 판사는 단호하게 고개를 저으며 말했다. "입씨름은 그만두시오. 더 논쟁하고 싶으면 법정에서 이야기하도록."

존 루커스는 고개를 끄덕이며 그 자리를 떠났다. 페리 메이슨은 아직도 어물어물하고 있었다.

거듭 살인 현장에서 초인종 소리가 몇 초 동안 계속 울렸다. 존 루커스는 창가로 달려가더니 큰 소리로 외쳤다.

"누가 벨을 누르는 건가? 배심원들이 그 소리를 들어서는 안 돼!"

배심원 하나가 저도 모르게 웃음을 터뜨렸다.

페리 메이슨은 입술을 한일자로 굳게 다물었다.

"물론 변호인이 조사를 원한다면, 지방 검찰청과 보안관 사무소의 묵계에 대해서는……." 매컴 판사가 낮은 소리로 말을 꺼냈다.

페리 메이슨은 자조적인 웃음소리를 내며 씁쓸하게 말했다.

"이게 무슨 꼴이람!"

매컴 판사는 다시 재판장으로서의 무표정한 얼굴로 되돌아갔다.

"더 이상 검증할 것이 있습니까?"

존 루커스는 머리를 저었다.

"이쪽도 없습니다." 페리 메이슨이 시원하게 말했다.

"그러면 어서 법정으로 돌아갑시다. 폐정 시각까지는 다시 증인 신문을 계속할 수 있을 거요."

배심원들은 엘리베이터를 타지 않고 계단으로 내려갔다. 대기하고 있던 자동차를 타고 달려가 배심원들은 다시 제자리에 앉았다.

매컴 판사가 말했다.

"심리를 계속하시오."

"엘렌 클랜돌을 증인으로 소환합니다."

존 루커스가 재빨리 말했다.

정성들여 몸치장을 한 엘렌 클랜돌은 법정의 시선을 의식하며 공손하게 앞으로 걸어 나왔다. 표정은 굳어 있었으나 이런 자리에 나오기 위해 연습을 한 듯한 표정이었다. 그것은 마치 그녀가 지금 하려고 하는 증언이 아주 중요한 의미를 지니고 있는 것처럼, 그녀 자신이 꽤 중요한 인물임을 방청객들이 알아주기를 바라는 듯한 모습이었다.

존 루커스의 질문에 대한 그녀의 대답은 앞서 남편이 증언한 것과 마찬가지로 일련의 사실들을 늘어놓았을 뿐이었다. 다른 점이라면 격투 소리가 났을 때 그녀 쪽이 더 분명하게 잠에서 깨어 있었다는 것 정도였다. 남편보다 분명하게 사람 때리는 소리를 들었고, 거기에 이어서 조심스러워하는 속삭임 소리를 들었다고 자신 있게 증언했다.

폐정 시간이 다 되어서야 존 루커스는 겨우 직접 신문을 끝냈다.

페리 메이슨은 천천히 일어났다.

"재판장님이 배심원에게 훈시를 마친 다음, 재판장과 검사보와 함께 본건의 다른 면에 대하여 상의하고자 합니다. 아마도 배심원들이 계시지 않는 곳에서 논의해야 하리라고 생각합니다."

"알았습니다." 매컴 판사는 이렇게 동의하고 배심원들에게 말했다. "정례 폐정 시간이 다 됐습니다. 재판장으로서는 본건 공판 중 배심원을 구속할 마음은 없습니다만, 여러분은 법 기관의 한 사람으로서 책임을 지고 있습니다. 내일 아침 10시까지 폐정합니다. 다만 폐정 중에 여러분은 서로 본건에 대하여 논의하거나 또 다른 사람으로 하여금 서로 이야기하지 않도록 주의해 주십시오. 피고인의 유죄 및 무죄에 대하여 견해를 굳힌다거나 그것을 표명한 신문기사를 읽는 것도 삼가시고, 배심원 여러분 앞에서 본건에 대하여 논의한다든지 그밖의 이상한 행동을 하는 인물이 있을 경우 곧 법원에 보고해 주시오."
 재판장이 나무망치로 책상을 두드리자 배심원들은 모두 법정을 나섰다.
 배심원들이 나가자 페리 메이슨은 매컴 판사를 바라보며 일어섰다.
 "재판장, 피고인 로더 몬테인은 칼 몬테인을 상대로 이혼 소송을 제기하고 있습니다. 그쪽 재판의 적절한 준비를 위해, 변호인으로서는 칼 몬테인의 선서 진술서를 받을 필요가 있습니다. 내일 그걸 받기로 통지해 놓았습니다. 일이 빨리 진행되기를 바라므로 진술서는 낮 휴게 시간에 받겠습니다. 그러나 진술서를 받을 때까지는 좀 시간이 걸릴 것 같으므로, 그 점 재판장의 관용을 부탁드립니다."
 자신만만한 존 루커스가 초조한 듯한 태도로 말했다.
 "그 진술서를 받는 유일한 목적은 검찰 측 증인이 증인석에 앉기 전에 어떤 증언을 할 것인가 미리 타진해 두려는 거겠지요? 속이 빤히 들여다보이는 짓이로군요."
 페리 메이슨은 경멸하는 듯 가볍게 인사했다.
 "그레고리 목슬리가 살해된 다음 줄곧 검찰 측에서 길들인 증인이니까요."
 "자, 그만. 변호인이 희망하면 그 증인의 선서 진술서를 받을 권리가 있소. 그것은 법이 규정하고 있는 거요. 진술서의 청취가 내일로 통지되어 있다면 내일로 좋소."
 "칼 몬테인의 민사 변호인과 비공식 진술서를 받기로 합의를 보았습니다. 유능한 속기사인 내 비서 델라 스트리트 양이 입회인이 되고 칼 몬테인의 변호사와 내가 출석합니다. 이 진술은 단순히 민사 사건이므로…… 루커스 검사보는 설마 출석을 요구하지는 않으리라고 생각합니다. 만일……"
 "필요하다면 출석할 권리가 있소." 루커스가 큰 소리로 말했다.

"아니, 그렇지 않소. 이건 순전히 민사 사건일 뿐이오. 당신은 몬테인의 민사 대리인은 아니지 않소. 그러므로 몬테인으로서도 변호사를 고용하지 않으면 안 돼요. 그 변호사와 나는 이것이 단순한 민사 사건이라는 데 의견의 일치를 보고……."
매컴 판사는 또 나무망치로 책상을 울렸다.
"자아, 그런 논의는 장소를 봐 가면서 하시오. 메이슨, 재판장은 내일 진술서를 받으려는 변호인의 편의를 양해합니다. 그러면 이것으로 폐정!"
존 루커스는 피고인에 대한 기소 이유를 굳힌 오늘 하루의 성과를 몹시 기뻐하고 있었다. 페리 메이슨으로서는 도무지 반격할 수 없지 않았던가. 루커스는 메이슨에게 비웃는 듯한 엷은 웃음을 보내며 법정이 울려 퍼지도록 큰 소리로 말했다.
"여어, 메이슨, 오늘은 유달리 패기가 없어 보이는군. 초인종에 관한 클랜돌 부부의 반대 신문도 큰 수확은 없지 않았소, 응?"
메이슨은 정중한 어조로 말했다.
"이쪽 반대 신문은 아직 다 끝나지 않았소. 그 사실을 잊지 마시오."
존 루커스는 그 말을 웃음으로 지워 버렸다.
페리 메이슨은 법정을 나와 전화 부스 앞에서 걸음을 멈추었다. 그는 시카고의 부호 C. 필립 몬테인이 묵고 있는 호텔로 전화를 걸었다.
"몬테인 씨 계십니까?"
몬테인은 아직 돌아오지 않았다는 대답이었다.
"그럼, 돌아오시는 대로 페리 메이슨이 내일 밤 7시 반까지 사무실로 와 주시면 아드님의 이혼 사건에 따른 합의를 볼 수 있다고 하더라고 전해 주시오. 꼭 좀 전해 주시오."

교환 아가씨가 대답했다.
"네, 알았습니다."
페리 메이슨은 이어서 델라 스트리트에게 전화를 걸었다.
"델라, C. 필립 몬테인이 묵고 있는 호텔에 전화를 했는데, 내일 밤 7시 반에 이쪽으로 와서 로더와 칼의 재산상의 합의를 보자고 말해 두었어. 그러니까 오늘 밤 당신이 다시 한 번 전화를 걸어서 다짐을 받아 두도록 해주어야겠어."
"알았어요, 소장님, 사무실에는 안 오실 거예요?"
"응."
"소장님, 칼 몬테인이 우리 사무실에 올 수는 없잖아요. 지방 검사가 신병을 구속하고 있을 테니까요."
페리 메이슨은 소리 내어 웃었다.
"그렇고 말고, 델라."
"그래도 C. 필립 몬테인에게 이리로 오라고 할 거예요?"
"그래."
"알았어요, 꼭 그렇게 전하겠어요."
그날 밤 〈크로니클〉지의 사회부장은 공판 기사 원고를 독수리같이 날카로운 눈으로 검토하고 있었다. 그는 재판정에서의 페리 메이슨을 몇 번이나 보아 왔다. 졌다는 느낌이 드는 순간 검찰 측의 소인(訴因)에 시한폭탄을 장치하고 치명상을 입히는 메이슨의 법정기술을 잘 알고 있었던 것이다. 그래서 초인종에 대해 페리 메이슨이 반대 신문 때 보여준 독특한 말투가 마음에 걸렸다. 그는 민완 기자들에게 변호사를 만나 이 사건의 특이한 국면에 대해 인터뷰를 하도록 명령했다. 그러나 아무리 시내를 뛰어 돌아다녔지만 메이슨이 어디 있는지 찾아낼 수가 없었다.

다음날 아침 법정이 다시 열릴 때까지 페리 메이슨은 사람들 속에 모습을 보이지 않았다. 이윽고 법정이 열리자 깨끗하게 면도한 메이슨이 활발한 걸음으로 법정으로 들어와 정확하게 개정 5초 전에 자리에 앉았다.

재판장석에 앉은 매컴 판사는 배심원이 모두 출석하고 피고인도 출정한 것을 확인하고는 클랜돌 부인을 증인석에 앉히고 반대 신문을 받도록 지시했다.

그러자 페리 메이슨이 재판장을 향해 말했다.

"재판장님, 그레고리 목슬리가 피살된 아파트에서 초인종을 뜯어내어 그것을 증거로 법정에 제출할 것은 어제 검찰 측과 합의를 보았습니다. 변호인은 초인종의 음색에 대한 본 증인의 반대 신문을 위해 전기 기사에게 건전지를 준비시켜 배선을 끝냈습니다. 본 법정에서 실제로 벨을 울려 보고 증인의 기억을 시험해 보려는 것입니다. 어제 본 증인의 남편이 다음과 같이 증언한 것은 재판장께서도 기억하시리라고 생각합니다. 즉, 벨의 종류가 전혀 틀립니다. 처음 것은 낮고 신음하는 듯한 소리였고, 두 번째는 전화벨보다 사이가 길었다고 증언했습니다. 재판장님, 이것은 법정 속기사가 기록한 클랜돌 씨의 증언 조서에서 인용한 것입니다. 분명히 이 증언은 한 증인의 결론에 지나지 않으며, 클랜돌 부인이 같은 증언을 한 사실에 비추어 변호인은 증거물인 초인종에 대해서 이 두 증인을 반대 신문할 수 있다고 생각합니다. 본 법정에는 문제의 벨이 제출되어 있으므로 변호인은 재판장님의 허가를 얻어 증인을 일단 증인석에서 내려오도록 하고, 대신 검찰 측에서 그 초인종을 증거로 제출하도록 하여 확인한 다음 시험을 해보고자 합니다."

매컴 판사는 힐끗 존 루커스에게 눈을 돌렸다.

"이의 없소?"

존 루커스 검사보는 두 팔을 앞으로 내밀어 크게 벌렸다. 배심원에게 마치 자기 가슴속을 보아 달라는 듯한 태도였다.

"물론 이의 없습니다. 검찰 측이 제출하는 증거물이 검찰 측 증인의 반대 신문에 도움이 된다는 점에 감사하는 바입니다. 검찰 측은 변호인의 반대 신문에 대해 가능한 모든 기회를 제공할 작정입니다."

사람을 무시하는 듯한 미소를 지어 보이며 검사보는 자리에 앉았다.

매컴 판사는 클랜돌 부인을 향하여 고개를 끄덕였다.

"그럼, 잠시 증인석에서 내려와 주시오, 클랜돌 부인" 하고 말하며 그는 존 루커스에게 눈짓을 했다. "그럼, 증거물을 제출하시오!"

그의 어조에는 루커스가 더 이상 배심원의 호의를 사려는 듯한 연기를 한다면 재판장으로서 용서하지 않겠다는 비난의 뜻이 담겨 있었다.

"시드니 오티스를 소환합니다." 루커스가 말했다.

커다란 몸집의 전기상이 앞으로 나왔다. 페리 메이슨에게 흘끗 시선을 보내더니 곧 재빨리 눈길을 돌렸다. 그는 한 손을 들고 선서를 끝내는 동안 죽 눈을 내리뜨고 있었다. 이윽고 그는 증인석의 의자에 앉아 검사보 쪽을 바라보았다.

"증인의 이름은?" 존 루커스가 신문을 시작했다.

"시드니 오티스입니다."

"주소는?"

"노윅 거리 316번지 콜먼트 아파트 B호입니다."

"직업은?"

"전기상입니다."

"나이는?"

"48살입니다."

"지금 살고 있는 아파트에는 언제 이사 왔습니까?"
"6월 20일, 틀림없이 그렇다고 생각됩니다."
"그 아파트의 초인종에 대해서는 잘 아시겠지요, 오티스 씨?"
"그야 잘 알고말고요."
"전기상인 만큼 벨에 대해서는 아주 능통하겠지요?"
"네."
"증인이 이사 와서 그 벨을 바꾸었다거나 손을 본 일이 있습니까?"
"아니오, 이사 온 뒤로는 손을 대지 않았습니다."
"절대로 바꾸지 않았단 말이지요?"
존 루커스는 그 말이 약간 귀에 거슬리는 듯했다.
"네."
"그럼, 그 아파트에 이사 오기 전에 바꾸었거나 손을 본 일은 있습니까?"
"있습니다."
존 루커스 검사보는 깜짝 놀라 몸이 굳어졌다.
"뭐라고?"
"바꾼 일이 있습니다."
"초인종을 어떻게 했다고?"
"바꿨습니다."
"왜? 어떻게?"
존 루커스의 얼굴은 화가 치밀어서 점점 붉어져 갔다.
"이래 봬도 전기 상회를 하고 있으니까요." 시드니 오티스는 담담한 표정으로 말을 이었다. "이사할 때 우리 가게에서 가져온 벨과 바꿔 달았습니다."
검사보의 얼굴에는 안심한 듯한 표정이 떠올랐다.

"그럼, 증인은 자기 가게 물건으로 바꿔 달고 싶었다는 말이오?"

"그렇습니다."

"알았습니다." 루커스는 비로소 미소를 띠며 말을 이었다. "그럼, 증인이 가게 물건과 바꿔 달고 난 다음 떼어 낸 벨은 보관하고 있겠지요?"

"네, 그렇습니다. 하지만 그건 벨이 아니라 버저였습니다."

법정 안은 갑자기 긴장이 감돌고 숨막힐 듯한 침묵이 흘렀다. 재판장과 배심원과 방청석의 눈길은 일제히 증인 시드니 오티스의 천진하고 성실해 보이는 얼굴로 쏠렸다. 이어서 화가 머리끝까지 치밀어 얼굴이 온통 새빨갛게 일그러진 존 루커스의 얼굴로 옮아갔다. 그는 손가락 관절이 하얗게 되는 것도 깨닫지 못하고 두 손으로 책상 끝을 꽉 잡고 있었다.

루커스는 무서운 목소리로 물었다.

"그 아파트에 이사해 온 것이 언제요?"

"6월 20일인가…… 어쨌든 그때쯤입니다."

"그럼, 이사하기 직전에 증인은 초인종을 바꿨습니까?"

"그렇습니다. 버저를 뜯어내고 벨을 달았지요."

루커스는 크게 숨을 내쉬었다.

"증인은 전기상입니까?"

"그렇소."

"그 건물의 다른 아파트에 가 본 일이 있습니까?"

"아니오."

"그럼, 그 건물의 다른 세 개의 아파트에는 벨이 붙어 있으나 증인이 이사 온 아파트에만 유독 버저가 달려 있다는 사실을 증인은 모르고 있겠군요?"

"무슨 뜻인지 잘 모르겠습니다만, 그건 검사님이 잘못 생각하고 계시는 것 같습니다. 2층에 있는 또 하나의 아파트에도 버저가 달려 있으니까요."
"증인은 다른 아파트에는 한 번도 가 본 일이 없다면서 어떻게 버저라는 걸 알았소? 누가 그걸 가르쳐 주었소?"
"새 벨을 달 때 배선이 어떻게 되어 있는지 조사해 보았지요. 그때 다른 아파트의 버튼도 눌러 보았습니다. 아래층의 두 아파트에는 어떻게 돼 있는지 모르지만 2층의 다른 아파트에서는 내가 버튼을 누르자 버저 소리가 났으며, 아내도 분명 그 소리를 들었을 겁니다."
존 루커스는 절대로 물러설 수 없다는 결의를 다짐하듯이 입을 굳게 다물었다.
"고약한……. 이건 끝까지 조사해내고 말 테다."
그는 보안관보 쪽으로 홱 돌아섰다. 그리고 배심원에게도 분명히 들리는 소리로 말했다.
"거기 가서 다른 아파트도 버저가 붙어 있는지 어떤지 조사해 보게!"
매컴 판사는 나무망치를 두드렸다.
"루커스, 배심원이 이 자리에 앉아 있는 한 발언은 증인에 대한 질문과 재판장에 대한 신청으로 제한되어 있소."
루커스는 분노로 몸을 떨었다. 가볍게 머리를 숙여 재판장의 지시에 승낙의 뜻을 표하고는 페리 메이슨 쪽을 돌아다보며 뭐라고 말하려 했으나 입만 달싹일 뿐 말이 나오지 않는 모양이었다. 그러더니 겨우 "반대 신문을 하시오"라고 말했다.
페리 메이슨은 그럴 필요가 없다는 듯 손을 흔들었다.
"질문 없습니다. 변호인으로서는 초인종을 시험해 볼 작정이었습니다만, 이제 이 초인종이 목슬리가 피살될 때 붙어 있던 것이 아니라고 판명된 모양이므로……."
루커스는 증인 쪽으로 얼굴을 돌렸다.
"질문을 끝냅니다. 수고했소, 오티스 씨. 그럼, 재판장님이 허락해 주신다면 다음 증인으로……."
페리 메이슨이 가로막고 나섰다.
"검사보는 클랜돌 부인이 변호인의 반대 신문 때문에 증인석에 앉아 있었던 것을 잊으신 모양입니다. 부인을 신문하려고 하자 검찰측이 시드니 오티스 씨를 증인으로 채택하겠다고 해서 일단 자리를 뜨도록 했습니다."
"당연한 발언이오." 매컴 판사가 말했다. "변호인은 클랜돌 부인의 반대 신문을 계속해도 좋소. 클랜돌 부인은 증인석에 앉아 주시오."
엘렌 클랜돌은 다시 증인석으로 나왔으나 몹시 당황하는 모습이었다.
"살인이 일어난 방에서 격투 소리가 나고 있는 동안 증인이 들은 벨 소리를 잘 기억해 보시오." 메이슨이 말했다. "증인이 그때 들은 것은 전화 소리가 아니라는 것을 단언할 수 있습니까?"
"전화벨 소리로는 생각되지 않습니다."
"근거가 뭐지요?"
"전화벨 울리는 소리는 아니었어요. 전화벨이란 잠깐 울리고는 1초쯤 사이를 두었다가 다시 울립니다. 즉 기계적인 울림인 데다 소리가 꽤 높지요. 그런데 그 소리는 훨씬 낮고 신음하는 듯한 것이었어요."
"클랜돌 부인, 당신에게 무슨 술책을 쓰려는 것은 아니니 마음 놓으십시오. 만일 그 아파트에는 벨이 하나도 없고 모두 버저였다면, 물론 증인의 귀에 들린 것은 절대로 벨 소리가 아니었겠지요?"

존 루커스가 벌떡 일어났다.

"논쟁을 초래하는 신문이므로 이의를 제기합니다."

매컴 판사가 말했다.

"지금 변호인의 질문은 논쟁을 초래할지도 모르지만, 재판장은 이를 허용할 작정입니다. 표현에 결점이 있다 해도 반대 신문의 방법으로는 아주 정당한 것입니다. 이의를 기각합니다."

"나는 벨이라고 생각했어요." 클랜돌 부인이 대답했다.

"그러면 검찰 측 증거물 B인 사진을 잘 살펴보십시오." 페리 메이슨은 신문을 계속했다. "사진에 괘종시계가 찍혀 있지요? 사건이 일어난 날 밤 격투 소리가 날 때 증인이 들은 것은 이 괘종시계의 벨소리라고는 생각되지 않습니까?"

클랜돌 부인의 얼굴이 환히 빛났다.

"어머나, 그럴는지도 모르겠군요. 지금 생각해 보니 아무래도 그런 것 같아요. 아니, 틀림없어요."

페리 메이슨은 재판장을 향해 말했다.

"재판장님, 변호인 측은 증인에게 이 괘종시계의 벨 소리를 들려주고 나서 반대 신문을 계속하고자 합니다. 증인에게는 범행이 일어났을 무렵 피해자가 묵고 있던 아파트의 벨 소리를 들려주고 기억을 시험해 보려 생각했습니다만, 이제 그 벨은 그때 아파트에 붙어 있던 것이 아님이 판명되었습니다. 또한 검찰 측 증인에 의하여 괘종시계가 현장에 있었다는 것이 판명되었습니다. 따라서 검찰 측이 그 시계를 곧 제출해 줄 것을 신청합니다."

매컴 판사는 존 루커스의 얼굴을 내려다보았다.

"이의 있습니까?"

"네, 있습니다!"

루커스 검사보는 크게 소리를 지르며 일어섰다.

"검찰 측으로서는 검찰 측 형편에 따라 심리를 진행하겠습니다. 위협당하거나 위계에 빠지도록 하는 것은 절대로……."
매컴 판사는 나무망치를 계속 울렸다.
"검사보, 앉으시오. 지금의 발언은 의론으로나 진술로나 아주 부적당하오. 살인 현장에서 압수된 물건을 제출해 줄 것을 변호인 측에서 요청하고 있소. 또 검찰 측은 그것을 보관하고 있습니다. 아파트의 벨 소리에 대해 본 증인이 직접 신문에서 밝힌 증언으로 비추어, 재판장으로서는 아파트에 있던 어떤 벨에 관해서 반대 신문하는 것이나 또 그것이 문제의 벨인가 아닌가를 확인시키기 위해서 그 벨 소리를 들려주는 것은 반대 신문의 정당한 권리라고 봅니다. 따라서 재판장은 괘종시계의 제출을 명령합니다."
존 루커스는 몸이 굳어졌다.
재판장이 말했다.
"검사보는 괘종시계를 보관하고 있지요?"
"보안관이 보관하고 있습니다. 그러나 재판장님!" 마지못해 답변하고 그는 벌떡 일어섰다. 너무 화가 나서인지 그는 갑자기 물이 흐르듯 말을 쏟아 놓았다. "이건 교묘하게 꾸며낸 술책임을 재판장님도 아실 겁니다. 변호인은 증인 클랜돌 부인의 허점을 노려 반대 신문을 한 것입니다. 그것은 분명히 변호인 측이 미리 계획한 일입니다. 변호인은 검찰 측이 충분히 조사할 기회가 없음을 노려 극적인 국면을 조성하여 증인을 혼란에 빠뜨리고, 검찰 측과 협의할 여유를 전혀 주지 않은 채 반대 신문을 받게 한 것입니다."
매컴 판사는 엄숙한 소리로 말했다.
"검사보의 발언은 부적당하고 정도가 지나친 듯하오. 자리에 앉으시오." 그는 배심원을 향해 훈시했다. "배심원은 지금의 검사보의 발언을 무시하도록 명령합니다." 그리고 판사는 정리를 향하여 명령했다. "괘종시계를 가져오시오."

 정리가 법정에서 나갔다. 법정은 잠시 조용해지더니 다음 순간 흥분을 억누른 듯한 속삭임 소리가 들려왔다. 앞으로 사태가 어떻게 전개될까 하는 의문으로 가슴이 죄는 듯 방청석에서는 옷깃 스치는 소리가 높아지기 시작하더니, 한쪽 구석에서 억지로 참았던 웃음이 터져 나오는 듯 시끄럽고 발작적인 소리가 울려왔다.

 매컴 판사의 나무망치가 조용히 하라고 명령했다. 잠시 조용해졌다. 그러나 다시 긴장된 분위기 속에서 속삭임 소리가 새어나오기 시작했다. 그저 아무렇게나 떠들어대는 소리여서 누가 지껄이는 것인지조차 알 수 없는 채 법정 안의 극적인 긴장은 점점 더해갔다. 이때 보안관보가 괘종시계를 들고 법정으로 돌아왔다.

 페리 메이슨은 그것을 받아들고 뒤집어 보았다.

"이 시계는 봉인되어 있습니다. 따라서 이것은 금년 6월 16일 새벽 그레고리 목슬리의 방에서 압수된 시계라고 보아도 좋으리라고 생각합니다……."

 매컴 판사는 수긍한다는 듯이 고개를 끄덕였다.

"따라서 이 시계는 본 증인의 반대 신문에 사용할 수 있다고 생각합니다."

"그것은 현장에서 압수된 시계로 검찰 측이 제출한 증거물이오. 재판장은 그 시계를 변호인에게 넘겨주도록 명령했소." 매컴 판사가 말했다. "따라서 변호인은 그것을 사용해도 좋소. 이의가 있으면 검찰 측은 그 뜻을 곧 밝히시오."

 존 루커스는 긴장으로 굳어진 채 아무 말 없이 움직이지도 않았다.

"그러면 반대 신문을 계속하시오." 매컴 판사가 명령했다.

 괘종시계를 두 손에 든 페리 메이슨은 증인석으로 다가갔다.

"자명종의 바늘이 2시에 멎어 있는 건 증인의 눈에도 보이지요?"

메이슨은 시계를 클랜돌 부인에게 들어 보였다.

"또 시계가 멎어 있는 것도 보이지요? 분명히 태엽이 풀어져 버렸습니다. 먼저 재판장님과 검찰 측에 말씀드리지만, 자명종의 태엽이 풀어져 버린 점에 주의해 주시기 바랍니다."

"물론 풀어져 버렸을 거요." 존 루커스가 비웃듯이 말했다. "보안관 사무실에서 새벽 2시에 그것이 울리는 것을 들은 사람은 아무도 없을 테니까."

"논쟁하지 마시오." 재판장이 가로막았다. "그래, 변호인은 그 괘종시계로 무엇을 하려는 거요?"

"자명종의 태엽을 감고 시침과 초침을 움직여서 시계가 움직이는 것을 확인하려고 합니다. 그리고 그 소리를 증인에게 들려주려는 것입니다. 그러면 증인이 그날 들은 소리가 벨 소리인지 아닌지를 증언할 수가 있을 겁니다."

"좋소. 변호인은 재판장의 감독 아래 그 괘종시계의 자명종 태엽을 감고 바늘을 맞추시오. 루커스 검사보, 희망한다면 변호인이 태엽을 감는 동안 재판장석까지 올라와 있어도 좋소."

그러나 존 루커스는 돌처럼 앉아 있었다.

"그런 일에 관계하는 짓은 그만두겠습니다. 이것은 변칙적인 것이고 변호인 측의 위계입니다."

매컴 판사는 눈살을 찌푸리며 흘끗 검사보의 얼굴을 쳐다보았다.

"지금 발언은 한 걸음만 더 나아가면 법정 모욕죄가 됩니다."

그는 다시 메이슨에게로 얼굴을 돌렸다.

"시계를 가지고 올라오시오."

페리 메이슨은 갑자기 법정의 주역이 되어 버렸다. 지금까지의 무관심한 듯한 태도는 어디론지 사라져 버리고 이제야 숨겨 두었던 재능을 발휘하는 일류 배우 같은 느낌이었다. 재판장에게 가볍게 인사하고 배심원에게 웃는 얼굴을 지어 보이며 메이슨은 재판장석으로 올라갔다. 자명종의 태엽을 감고 천천히 바늘을 돌려 두 개의 바늘이 2시 2분 전까지 오자 자명종은 높은 소리로 울리기 시작했다.

페리 메이슨은 시계를 재판장의 책상 위에 놓고 몹시 만족스러운 듯 조금 옆으로 비켜섰다.

시계는 잠시 동안 울리고 일단 사이를 두었다가 또 울리고, 다시 사이를 두었다가 울리는 소리를 되풀이했다.

메이슨은 자명종을 멈추게 하고 클랜돌 부인을 향하여 미소를 지었다.

"어떻습니까, 클랜돌 부인? 당신이 들은 소리는 초인종 소리가 아니지요? 또 당신 스스로 전화벨은 아니었다는 확신을 갖고 있지요? 따라서 당신이 들은 것은 이 자명종 소리가 틀림없다고 생각하지 않습니까?"

"네, 틀림없다고 생각합니다."

부인은 어리둥절하여 대답했다.

"확실합니까?"

"네, 틀림없어요."

"그렇게 단언할 수 있습니까?"

"네."

"그럼, 잘 생각해 보십시오. 증인이 행한 다른 증언과 마찬가지로 증인이 들은 것은 이 자명종 소리에 틀림없다는 사실에 절대적으로 자신이 있습니까?"

매컴 판사는 시계를 손에 들고 미간을 찌푸리며 자세히 살펴보고 있었다. 자명종을 감는 나사를 만지작거리다가 갑자기 손끝으로 책상을 똑똑 두드리기 시작했다. 그리고는 떨떠름한 표정으로 페리 메이슨의 얼굴을 응시하더니 또 미간을 모으고 시계를 들여다보았다.

페리 메이슨은 존 루커스에게 가볍게 목례하고 자리에 앉았다.
"반대 신문을 끝냅니다."
"다시 직접 신문을 하겠습니까, 검사보?"
매컴 판사가 물었다.
존 루커스가 일어섰다.
"증인은 앞서의 증언을 번복하고, 사건 당시 들은 것은 초인종이 아니라 자명종 소리였다고 단언하는 겁니까?"
클랜돌 부인은 그의 노기등등한 모습에 조금 어안이 벙벙한 모양이었다. 페리 메이슨은 검찰 측을 모욕하는 듯 껄껄 웃었다.
"이거 놀랐습니다, 재판장님. 검사보는 몹시 흥분한 것 같습니다. 자기의 증인에 대하여 반대 신문을 하실 작정인 모양인데, 이 사람은 변호인 측 증인이 아니라 검찰 측 증인입니다."
"이의를 인정합니다." 재판장이 재정했다.
존 루커스는 크게 숨을 몰아쉬고 애써 자제하는 모습을 보이며 말했다.
"증인이 들은 것은 이 자명종 소리였소?"
"그래요." 증인은 갑자기 고자세로 잘라 말했다.
루커스는 털썩 자리에 앉았다. 그리고 "이상입니다" 하고 중얼거리듯이 말했다.
"재판장님, 증인 클랜돌 씨를 재소환하여 또 하나 질문할 것을 허락해 주시기 바랍니다." 페리 메이슨이 말했다.
매컴 판사는 고개를 끄덕였다.
"변호인의 요청을 허락합니다."
법정은 바늘 하나가 떨어지는 소리도 들릴 만큼 조용해져 있었다. 통로에서 증인석으로 향하는 벤저민 클랜돌의 구두 소리가 마지막 심판의 북소리처럼 울려퍼졌다.

클랜돌이 증인석에 앉았다.
"증인은 지금 한 부인의 증언을 들었습니까?" 메이슨이 물었다.
"네, 들었습니다."
"자명종 소리도 들었지요?"
"네."
"증인은 그날 밤 들은 소리가 자명종 소리라는 부인의 증언에 반대할 생각입니까?"
존 루커스가 용수철 튀듯이 벌떡 일어났다.
"이의 있소! 논쟁을 초래하는 질문이오. 적절한 반대 신문이 아닙니다. 변호인도 잘 알고 있을 것입니다."
매컴 판사는 고개를 끄덕이며 "이의를 인정합니다" 하고 엄숙한 소리로 말했다. "변호인은 질문을 정당한 범위 안에서 그쳐야 하며, 그러한 질문이 부적당하다는 것을 잘 인식하도록 하시오."
페리 메이슨은 그 훈시를 얌전하게 받아들였을 뿐 아니라 상냥한 얼굴로 "알겠습니다, 재판장님" 하고 조용히 대답하고는 증인 쪽으로 얼굴을 돌렸다. "그러면 클랜돌 씨, 다시 한 번 물어 보지요. 증인이 초인종 소리를 들을 수 없었다는 물리적 사실이 이제 명백합니다. 또 증인 자신도 그것은 전화벨 소리가 아니었다고 말한 이상 증인이 들은 것은 이 자명종 소리에 틀림없다고 생각하지 않습니까?"
증인은 숨을 크게 쉬고 법정 안을 둘러보았다. 그리고 통로의 의자에 앉아 있는 아내의 집어삼킬 듯한 눈길과 딱 마주쳤다.
존 루커스는 금방이라도 터질 듯한 떨리는 목소리로 이의를 제기했다.
"재판장님, 변호인의 질문은 논쟁을 초래하는 것입니다. 고의로 논쟁을 유도하고 있습니다. 남편의 눈앞에 아내의 증언을 내세우고 있습니다. 이것은 적당한 반대 신문이라고 할 수 없습니다. 쓸데없는 말은 빼고 공정하고 솔직하게 증인은 벨 소리를 들었느냐 듣지 못했느냐고 물어야 할 것입니다."
그러자 페리 메이슨도 버텼다.
"재판장님, 이것은 정당한 반대 신문이라고 생각합니다."
그러나 매컴 판사가 무어라 말하기도 전에 증인이 불쑥 대답해 버렸다.
"내가 아내와 다른 증언을 한다고 생각하면 큰 잘못이오!"
그러자 온 법정이 실소로 가득 차 버렸다. 재판장이 나무망치를 두드려도 소용이 없을 정도였다. 지금까지는 긴장의 연속이었는데, 그러한 감정의 긴장에서 벗어난 것이 못내 즐거운 듯 방청석은 참았던 웃음을 한꺼번에 터뜨려 놓았다.
조용히 하지 않으면 퇴정시키겠다고 재판장이 위협하는 듯한 명령을 내리자 겨우 이 소란은 가라앉았지만, 존 루커스는 마치 모진 학대를 받아 온 어린아이가 어머니에게 호소하는 듯한 어조로 말했다.
"이것이야말로 변호인이 본 증인에게서 노린 점입니다. 만일 증인이 변호인의 희망대로 증언하지 않는 경우에는 아내의 입장이 우습게 된다는 것을 알리려고 한 것입니다."
매컴 판사는 입 언저리에 본의 아닌 미소를 떠올리며 말했다.
"변호인의 의중이 어떻든 간에 벌써 증인도 그 요점만은 알고 있다는 점을 의심할 수 없소. 그러나 검사보의 이의는 인정합니다. 변호인은 논쟁을 초래할 우려가 없는 질문을 하시오."
페리 메이슨은 가볍게 머리를 숙여 보였다.
"증인이 들은 것은 초인종 소리였습니까, 아니면 자명종 소리였습니까?"
"자명종 소리였소." 클랜돌은 망설임 없이 대답했다.
메이슨은 자리에 앉았다.

"반대 신문을 마칩니다."

"다시 직접 신문은?" 매컴 판사가 물었다.

루커스는 왼손에 괘종시계를 들고 증인석으로 걸어오더니, 금속 부분이 부딪쳐서 딸깍딸깍 하는 소리가 법정에 들릴 정도로 흔들어댔다.

"증인은 배심원 앞에서 증인이 들은 것은 자명종 소리라고 증언하는 거지요?"

"아파트에 있던 것이 그 괘종시계라면 내가 들은 것은 자명종 소리였겠지요." 증인은 천천히 대답했다.

"그러면 초인종은 아니었나요?"

"그럴 리가 없지요."

루커스는 증인의 얼굴을 노려보았다.

"이상입니다."

클랜돌은 증인석에서 내려 왔다. 루커스 검사보는 시계를 손에 들고 검사석으로 돌아오다가 갑자기 무슨 영감이라도 떠오른 듯 우뚝 걸음을 멈추었다. 그리고 괘종시계를 들어올려서 찬찬히 보고 있더니 갑자기 재판장 쪽을 쳐다보았다. 루커스의 입에서는 분에 못 이겨 거친 말들이 쏟아져 나왔다.

"재판장님, 변호인 측 반대 신문의 속셈이 훤히 들여다보입니다. 만일 이 괘종시계가 2시 5분 전으로 조작되어 있고 그레고리 목슬리가 살해된 순간 종이 울렸다면 피고인 로더 몬테인을 범인으로 보는 것은 불가능합니다. 왜냐하면 검찰 측 증인의 증언에 따르면 그 시간에 피고인은 오전 2시 10분이 지날 때까지 서비스 센터에서 수리공과 함께 있었으니까요. 그 수리공은 자세하게 시간을 기록하고 있었습니다. 재판장님, 지금 한 반대 신문 가운데 가장 중요한 부분은 자명종의 태엽이 감겨 있었느냐 아니면 풀어진 채였느냐 하는 점입니다. 변호인은 아까 보안관보에게서 이 시계를 받았을 때 자명종의 태엽이 풀어져 있다고 말했습니다. 그러나 풀려 있었다는 증거는 하나도 없습니다. 변호인이 시계의 태엽을 감고 바늘을 움직이는 동안 자명종의 나사를 조작하는 것은 아주 쉬운 일입니다. 따라서 검찰 측으로서는 증거물을 삭제해 주실 것을 신청합니다."

재판장은 뭐라고 말하려는 페리 메이슨을 눈짓으로 막고 루커스의 얼굴을 응시했다.

"이 증거를 삭제할 수는 없소. 왜냐하면 두 증인이 그때 들은 것은 이 시계 소리였다고 명확히 증언했기 때문입니다. 증인이 이러한 증언을 하게 된 신문 방법이야 어떠했든 증언은 어디까지나 증언이오. 그리고 재판장으로서 한 마디 덧붙여 두겠는데, 만일 검사보가 검찰 측의 이익을 지킬 마음이 있다면, 그 특권 행사는 허용되어 있소. 재판장은 일부러 검사보가 올라오도록 요구하여 변호인이 태엽을 감고 시계를 조작할 때 그 행동을 감시할 것을 허락했습니다. 그런데 그때 검사보의 태도는 흡사 화가 난 어린아이처럼 토라지고 부어터진 얼굴로 검사석에서 꼼짝도 않은 채 검찰 측에 주어진 이익 옹호의 특권을 스스로 포기해 버렸습니다.

재판장은 감히 배심원 앞에서 말씀드립니다. 그것은 검사보가 배심원 앞에서 변호인이 부정을 저지른 것처럼 비난했기 때문입니다. 배심원 여러분은 지금 검사보의 발언 중 증언의 비중에 관한 말은 무시하도록 명령합니다. 증인이 증언을 하는 데 있어서의 신문 방법은 모두 재판장의 감독 아래 있습니다. 증인의 진술 효력은 어디까지나 배심원 여러분에게 향한 것입니다."

존 루커스는 창백한 얼굴로 버티고 선 채 두 손을 늘어뜨리고 쥐었다 폈다 하다가 겨우 들릴 만큼 작은 목소리로 말했다.

"재판장님, 본건은 참으로 엉뚱한 방향으로 진행되고 있습니다. 재판장님의 훈시를 감수하겠습니다. 하지만 내일 아침까지 공판을 연기하도록 요청합니다……."

매컴 판사는 잠깐 망설이더니 묻는 듯이 페리 메이슨의 얼굴을 쳐다보았다.

"변호인 측에서도 이의가 없습니까?"

페리 메이슨은 은근하면서도 오만한 미소를 띠며 말했다.

"변호인으로서는 조금도 이의가 없습니다. 공판이 개시될 때부터 변호인 측은 검찰 측에 대해 가능한 한 모든 기회를 아낌없이 제공하겠다는 뜻의 발언을 했습니다. 변호인은 이제 피고인을 규탄하는 모든 기회를 아낌없이 검찰 측에 제공하게 됨을 아주 다행스럽게 여긴다고 말씀드리겠습니다. 만일 가능한 일이라면……."

매컴 판사는 터져 나오는 웃음으로 입 언저리가 벌어지는 것을 배심원에게 보이지 않으려고 입가에 손을 댔다.

"좋소, 공판은 내일 오전 10시로 연기하겠소. 퇴정 기간 중 배심원 여러분은 재판장의 훈시를 잊지 않도록. 사건을 논하거나 또 여러분 앞에서 논하게 하거나 또는 피고인의 유죄 및 무죄에 대하여 어떠한 견해를 갖게 하는 것도, 또 표명하는 것도 허락되지 않습니다."

매컴 판사는 훈시를 끝내자 의자를 돌리고 법복을 펄럭이며 대기실로 들어갔다.

그러나 방청인 가운데 몇 사람이 애써 위엄을 보이며 대기실로 사라져 가는 매컴 판사의 옆얼굴을 멀리서 훔쳐보고 있었다. 그들은 "재판장도 역시 사람이군, 얼굴을 잔뜩 찌푸리며 웃고 있었어" 하고 떠들어댔다.

20

 페리 메이슨 변호사 사무실의 불빛이 C. 필립 몬테인의 가면 같고 대리석 같은 얼굴을 비춰 주고 있었다. 그 옆에 델라 스트리트가 흥분된 표정으로 무릎 위에 노트를 펴놓고 앉아 있었다.
 메이슨이 물었다.
 "오늘 오후에 아드님을 만나셨습니까, 몬테인 씨?"
 몬테인은 꼼짝도 않고 가소롭다는 듯한 표정을 애써 감추며 말했다.
 "아니, 만나지 못했소. 아무튼 지방 검사가 중요 증인으로 아들을 가둬 놓고 있소. 누구도 만날 수 없지요."
 메이슨은 아무렇지도 않은 듯이 말했다.
 "몬테인 씨, 칼 씨가 구속된 것은 당신이 시켜서 한 짓이 아닙니까?"
 "무슨 소리를 하는 거요?"
 "그럼, 한 가지 물어 보겠는데요, 법률에 남편은 아내에 대하여 불리한 증언을 할 수 없다고 규정되어 있소. 따라서 지방 검사가 칼 몬테인을 증인으로 소환할 수 없다는 걸 아실 텐데, 그런데도 지방 검사가 칼 씨를 중요 증인으로 가둬 놓고 있다는 것은 좀 이해가 가지 않습니다."

"별다른 뜻이 있는 것은 아니오. 물론 나와는 아무런 관계도 없는 일이지만."

"아무래도 뭔가 숨기고 싶은 것이 있는 듯싶군요. 내가 칼 씨에게 격렬한 반대 신문을 해댈까봐 두려운 것입니까?"

몬테인은 아무 말도 하지 않았다.

"내가 오늘 오후 칼 씨를 만난 걸 알고 계십니까?"

"당신이 이혼 소송의 선서 진술서를 받기로 되어 있다는 것은 알고 있소."

페리 메이슨은 상대방에게 무언가 깊은 인상을 심어 주려는 듯한 말투로 천천히 말했다.

"몬테인 씨, 비서인 델라 스트리트에게 그 진술서의 내용을 읽어 보라고 하겠습니다."

몬테인은 입을 열려다가 그만두었다.

여전히 돌처럼 차가운 얼굴로 메이슨은 델라에게 말했다.

"그럼, 읽어 드리지."

"노트에 씌어 있는 대로 읽으면 되겠지요?"

"그래요."

"질문과 대답을?"

"그래요, 당신이 받아쓴 대로 읽으면 돼요."

문 : 당신의 이름은 칼 W. 몬테인입니까?
답 : 그렇습니다.
문 : 당신은 로더 몬테인의 남편이지요?

답 : 네.
문 : 로더 몬테인이 학대를 이유로 이혼 소송을 제기한 것을 알고 있습니까?
답 : 네.
문 : 그 주장 가운데 당신이 그레고리 목슬리의 살해범으로 그녀를 부당하게 고발한 일이 포함되어 있는 것을 알고 있습니까?
답 : 네.
문 : 그 고발은 허위였습니까?
답 : 아닙니다.
문 : 그럼, 당신은 여전히 그 고발을 되풀이하겠습니까?
답 : 네.
문 : 고발의 이유는?
답 : 이유는 많습니다. 로더는 목슬리를 만나러 가는 동안 나를 재우려고 수면제를 먹였습니다. 그리고는 차고에서 살짝 차를 꺼내어 살인을 하고 돌아와서 시치미를 떼고 잠들어 버렸습니다.
문 : 부인이 새벽 2시쯤 집을 빠져나가기 전에 당신은 목슬리에 대한 일을 모두 알고 있었던 게 아닙니까?
답 : 아니요.
문 : 그럼, 이렇게 물어 봅시다. 당신은 부인에게 이른바 미행자를 따라 붙였소. 살인 사건이 일어나기 전날 내 사무실에도 미행시켰고, 다시 목슬리의 아파트까지 미행시키지 않았습니까?
답 : (증인은 입을 우물우물하며 끝내 대답이 없다.)
문 : 어서 질문에 대답하시오. 선서를 잊지 않도록, 그것이 사실이오?
답 : 네, 로더를 미행시켰습니다.
문 : 부인이 1시 반쯤 차고를 나왔을 때 타이어가 펑크 나 있었지

요?
답 : 그렇게 알고 있습니다.
문 : 예비 타이어에 못이 박혀 있었지요?
답 : 그렇게 알고 있습니다.
문 : 하지만 예비 타이어의 공기는 완전히 빠져 있지 않았지요?
답 : 그런 것 같았습니다.
문 : 그럼, 몬테인 씨, 이 점을 설명해 주셔야겠습니다. 즉 일부러 못을 찌른 것이 아니라면 지상에서 3피트나 되는 차 뒤에 달려 있는 예비 타이어에 어떻게 못이 박혀 있었을까요?
답 : 나로서는 잘 모르겠습니다.
문 : 부인이 차고에 차를 집어넣을 때 문이 잘 닫혀지지 않았다고 했지요?
답 : 네.
문 : 그러나 차고에서 나올 때는 한쪽 문을 열어 놓아야만 하게 되어 있을 텐데요?
답 : 그러리라고 생각합니다.
문 : 그러리라는 대답은 곤란합니다. 분명하게 이야기하시오. 부인이 문을 열고 닫는 소리를 당신은 들었습니까?
답 : 네.
문 : 더욱이 그때는 아주 순조롭게 닫혔겠지요?
답 : 그렇습니다.
문 : 그렇다면 문이 잘 닫혀지지 않은 이유는 부인의 차가 차고를 빠져나갔을 때 당신의 차도 따라 나갔고, 그 차를 다시 차고에 갖다 넣을 때 문이 닫히지 않도록 하기 위해서 안까지 집어넣지 않았기 때문이 아닙니까?
답 : 나는 그렇게 생각지 않습니다.

문 : 당신은 부인이 새벽 2시에 외출하는 것을 알고 있지 않았습니까?
답 : 아니, 몰랐습니다.
문 : 당신은 부인의 핸드백을 열고 '그레고리'라는 서명이 있는 전보를 발견한 사실을 인정합니까?
답 : 네, 그러나 그건 그 뒤였습니다.
문 : 그 전보에는 그레고리 목슬리의 주소가 적혀 있었지요?
답 : 네.
문 : 아무튼 당신은 부인이 그레고리 목슬리를 만나기로 약속하고 외출할 것을 알고 있었소. 당신은 그레고리 목슬리의 아파트로 가서 부인과 목슬리 사이에 무슨 일이 일어나는가를 알아보려고 마음먹었습니다. 그리하여 당신이 먼저 현장에 닿기 위해서 부인이 시간을 끌도록 계획했소. 당신은 오른쪽 뒤 타이어의 공기를 뽑고 예비 타이어에 못을 박아 천천히 공기가 새어나가도록 했지요. 그러면 차에 갈아 끼울 때까지는 얼른 보아 펑크가 난 줄 모를 테니까요. 부인이 옷을 갈아입고 차고에서 차를 꺼내 타고 가다가 서비스 센터에서 타이어를 갈아 끼우고 있는 사이에 당신은 당신의 차를 몰고 그레고리 목슬리의 아파트로 달려갔소. 그리고 뒤쪽 계단으로 해서 2층 북쪽의 다른 아파트로 숨어들어가 부인이 모습을 나타낼 때까지 몸을 숨기고 있었지요. 그러다가 뒤쪽 현관의 경계 손잡이를 넘어 목슬리가 사는 아파트의 부엌으로 들어갔소. 그러자 목슬리가 부인에게 돈을 강요하는 말소리가 들려왔지요. 경우에 따라서는 당신을 독살하고 보험금을 사취해서라도 돈을 만들도록 협박하고 있었소. 그러자 페리 메이슨에게 전화를 걸겠다는 부인의 목소리가 들리고, 이윽고 두 사람은 맞붙어 싸우기 시작했습니다. 당신

은 어쩌면 당신의 이름이며 집안에 관계되거나 아버지의 얼굴에 먹칠을 하는 곤란한 일이 생길지도 모른다고 생각하고 갑자기 당황했소.

 그래서 당신은 아파트 안쪽에 있는 배전반의 스위치를 내리고 아파트를 어두컴컴하게 만들었소. 그리고 목슬리의 아파트로 뛰어들어가자, 때리는 소리가 들리고 이어서 부인이 도망치는 발소리가 났지요. 당신은 목슬리의 방으로 가만히 들어가 무슨 일이 일어났는지 알아보려고 성냥을 그었소. 그러자 부젓가락으로 머리를 얻어맞은 목슬리가 비틀비틀하며 일어나고 있었지요. 당신은 갑자기 충동적으로 부젓가락을 집어 들어 목슬리의 머리에 치명상을 입혀 마루 위에 쓰러뜨렸소. 그리고는 복도로 뛰어나와 성냥을 그어대며 걸어 나갔지요. 그 성냥은 목슬리의 방에 있는 재떨이에서 가져온 것이었소.

 당신은 복도에서 다른 한 남자와 마주쳤소. 그는 초인종을 울리고 있었으나 아무래도 대답이 없으므로 아파트 뒤쪽으로 돌아와 당신과 같은 방법으로 숨어들어온 것이지요. 센터빌에서 온 오스카 펜더라는 사나이로, 누이동생을 위해 목슬리로부터 돈을 찾아가려는 것이었소. 당신과 펜더는 숨을 죽이고 이야기를 했소. 당신과 펜더는 둘 다 아주 위험한 입장에 놓여 있다는 것을 깨달았지요. 당신이 가 보니까 목슬리는 이미 죽어 있었는데, 아무리 그렇게 이야기해 봐야 경찰은 믿지 않을 것이라고, 당신과 펜더는 흔적이 남지 않도록 천조각으로 문손잡이며 흉기에 묻은 지문을 닦아내고 건물 뒤쪽으로 가기로 했는데, 그때 부인은 아마도 뒷문으로 빠져나가서 난간을 넘어 이웃 아파트의 복도로 도망쳤는지도 모른다고 생각하고 거기서 그 복도까지 성냥으로 비춰 보았으나 전혀 인기척이 없었소. 당신들은 다시 목슬리의 현관으로 돌아와서 다 써 버린 빈 성냥갑을 내던졌소. 그리고 다시 배전반의 스위치를 넣어 불을 켠 다음 당신과 펜더는 현장에서 급히 도망쳤지요. 차를 타고 재빨리 집으로 돌아왔는데 간발의 차이로 부인보다 먼저 도착했소. 당신은 당황한 나머지 차를 차고에 아무렇게나 넣었소. 그런데 양쪽 문에 걸려서 잘 움직이지 못하게 되어 버렸소. 차고의 뒤쪽 문은 자유롭게 열렸으나 다른 쪽 문은 당신 차 쪽에 너무 가까이 있었으므로 범퍼에 걸려 버린 거요. 부인이 차고 문을 닫지 못한 것은 그 때문입니다. 어떻소?

답 : 죄송합니다! 사실은 그렇습니다. 지금까지 사실을 숨기고 있으려니 미칠 것 같았습니다. 그래도 살해 장면은 이야기가 틀립니다. 나는 로더를 도우려고 전기불을 껐습니다만, 혹시 목슬리가 로더를 해치지나 않을까 걱정스러웠습니다. 캄캄한 속에서 때리는 소리가 나고 누군가 털썩 쓰러지는 소리가 들렸지요. 그래서 나는 성냥을 그어서 손으로 더듬어가며 이 방 저 방 헤맸습니다. 그런데 목슬리가 우뚝 서 있는 것이 눈에 띄었습니다. 머리의 상처는 대단한 것이 아니었습니다만, 그는 당장 죽일 것 같은 눈으로 나를 노려보고 있었지요. 부젓가락이 책상 위에 놓여 있었습니다. 나는 성냥을 그어 그것을 집어 들고는 아무렇게나 휘둘렀지요. 그리고는 로더의 이름을 불렀습니다. 그러나 대답이 없었습니다. 이제 성냥이 없었으므로 어둠 속을 더듬었습니다. 아마 그때 열쇠를 떨어뜨린 것이겠지요. 나도 모르게 가죽 열쇠 지갑을 떨어뜨린 게 틀림없습니다. 그러나 그때는 전혀 몰랐습니다. 그런데 누군가가 성냥을 그었습니다. 펜더였지요. 그 다음은 선생이 말씀하신 대로입니다. 나는 펜더에게 멀리 달아나라고 말하며 돈을 주었습니다. 그때

는 로더를 살인범으로 고발할 생각은 없었지요. 그러나 집 가까이 와서 차고 열쇠를 찾아보았으나 없더군요. 그때 비로소 떨어뜨리고 온 것을 알았습니다.
문 : 그래서 당신은 차를 집어넣고 차고 문을 걸지 않은 채 침실로 들어갔소. 그 뒤 부인이 집으로 돌아와 잠이 들자 곧 부인의 핸드백을 열고 부인의 열쇠를 꺼냈소. 당신이 내게 와서 보여준 것은 사실은 부인의 열쇠 지갑이었소. 그렇습니까?
답 : 네, 그렇습니다. 로더가 정당방위를 주장하면 배심도 그 주장을 믿어 주리라고 생각했지요. 경찰에 신고하기 전에 선생의 사무실에 들른 것도 선생이면 로더를 석방시킬 수 있으리라고 생각했기 때문입니다.
문 : 그리고······.

"그것으로 충분해, 델라. 그 다음은 필요 없어. 이제 당신은 가 봐도 좋아."
비서는 노트를 덮고 대기실로 모습을 감추었다.
메이슨은 필립 몬테인과 얼굴을 마주했다.
몬테인의 얼굴은 창백했다. 두 손으로 의자 팔걸이를 쥔 채 입을 다물고 있었다.
메이슨이 말했다.
"물론 저녁 신문을 읽으셨겠지요? 몬테인 씨, 당신이 재판정에 오지 않은 것은 현명한 일이었습니다. 그러나 공판의 경과는 아시겠지요. 검찰 측 증인이 로더의 알리바이를 입증했습니다. 이렇게 되면 배심은 유죄 판결을 내릴 수 없습니다. 나는 아드님의 진술을 믿습니다. 그러나 배심원은 믿지 않겠지요. 칼 씨가 로더에게 누명을 씌워 자기 혼자 빠져나가려 했던 행위를 알고 난 지금에 이르러

선 말이오.

  나는 칼 씨의 성격을 얼마쯤 알고 있소. 로더의 이야기로 알게 되었지요. 아드님은 충동적이고 게다가 나약한 성격입니다. 아버지로부터 꾸중 듣는 걸 무엇보다도 무서워했지요. 칼 씨는 어릴 때부터 그렇게 길들여져 왔으므로 매우 가문을 소중하게 여기고 있었습니다. 목슬리라는 사나이는 죽어 마땅한 인간 쓰레기지요. 아드님은 태어난 이래 혼자서 어려운 일을 겪어 본 일이 없는 사람입니다. 지금까지 언제나 당신에게 기대기만 하면 그것으로 모든 일이 해결되었지요.

  목슬리의 아파트로 찾아간 것도 부인과 목슬리의 사이가 불순한 거나 아닐까 의심했기 때문입니다. 그러나 진상을 알게 되자 충동에 못 이겨 큰일을 저지르고는 놀라서 집으로 돌아왔습니다. 하지만 차고에서 차를 꺼낼 때 문에 열쇠가 걸려 있지 않은 것을 생각해 내고 집으로 돌아왔을 때도 그대로 내버려 둘 만한 분별력은 있었지요. 로더가 눈치 못 채게 말입니다. 더욱이 열쇠를 떨어뜨리고 온 것을 알고는 로더의 열쇠를 훔쳐 아파트에 떨어진 것을 그녀의 열쇠로 보이게 하려고 계획을 세웠습니다.

  당신의 아드님은 시련이 닥쳐올 것을 직감하자 남자답게 책임을 지려고는 않고 비정하게도 로더에게 뒤집어씌웠습니다. 만일 당당하게 경찰에 출두하여 진상을 고백할 만큼 남자다웠다면 틀림없이 정당방위의 평결을 받았을 겁니다. 그러나 지금은 거의 불가능합니다. 이제 와서 아드님의 진술을 믿을 사람은 아무도 없을 테니까요.

  나 개인으로서는 아드님을 살인죄로 책망할 생각은 없습니다. 오히려 나무라고 싶은 것은 책임을 남에게 돌리려고 한 그의 태도입니다. 그러나 내가 진심으로 꾸짖고 싶은 사람이 또 하나 있습니다. 그건 바로 당신입니다! 당신은 진상을 알고 있었거나 아니면 짐작은 했을 겁니다. 틀림없습니다. 그래서 당신은 나를 찾아와 아드님으로 하여금 로더에게 불리한 증언을 하도록 요구했지요.

 나를 매수하여 반대 신문에서 아드님을 괴롭히지 않도록 하여 로더의 변론을 약화시키려고 했소. 솔직히 말해서 내가 의혹을 갖게 된 것은 그 때문입니다. 당신만큼 인격과 지성을 갖춘 사람이 어째서 나를 매수해 가며 의뢰인을 사형으로 인도하려고 하는지 그 까닭을 이해할 수가 없었지요. 이렇게 되리라고까지는 상상 못했습니다만, 수사를 진행시키다 보니 당신이 그처럼 비상식적인 수단을 쓰려고 한 까닭을 알았습니다. 다만 자식을 살려내기 위해서였지요."

몬테인은 크게 한숨을 쉬었다.

"내가 졌소. 지금에 와서 나는 칼의 교육에 치명적인 과오를 저지른 것을 깨달았소. 자식이 아주 나약한 성격이라는 것은 나도 알고 있소. 자식이 간호사와 결혼했다고 전화로 알려 왔을 때 나는 상대가 어떤 여자인지 정체를 알아내려고 생각했소. 나는 어떻게 해서든지 자식의 결혼이 잘못이라는 것을 설득할 자료를 찾아내고 동시에 상대 여자의 해명할 수 없는 약점을 잡으려고 생각했지요. 그래서 나는 아들이 아직 내가 시카고에 있을 거라고 여기고 있을 때 이곳에 온 거요. 나는 밤낮으로 그 여자에게 미행을 붙였소. 여자의 동정은 하나도 빼놓지 않고 내 귀에 들려 왔지요. 내가 고용한 사람은 일반 사립 탐정이 아니오. 늘 회사에서 고용하고 있는 조사원들이지요."

메이슨이 눈살을 찌푸렸다.

"이 사무실까지 로더를 미행해 온 친구는 탐정치고는 형편없던데요."

"주도면밀하게 준비된 계획을 뒤집어 놓는 묘한 우연의 일치였소. 로더 몬테인이 당신의 사무실에서 나왔을 때 내 조사원이 따라붙고 있었지요. 아주 수완이 좋은 사나이여서 폴 드레이크도 전혀 눈치 채지 못할 정도였소. 그런데 칼도 로더를 의심하기 시작한 거요. 자식놈은 이른바 사립 탐정을 고용해서 로더를 미행시켰는데, 이것이 형편없는 풋내기였소. 자식놈은 미행을 붙여서 닥터 밀샤프에 대해 뭔가 알아내려고 한 모양이오. 나는 잘 모르지만……."
메이슨은 천천히 고개를 끄덕였다.
"그렇소, 칼 씨가 나를 찾아왔을 때 닥터 밀샤프의 이야기를 하더군요. 나는 사립탐정을 써서 정보를 손에 넣고 있다는 것을 금방 알아차렸습니다."
"로더가 한밤중에 집에서 빠져나가 목슬리를 만나러 갔을 때도 내 조사원이 하나 감시하고 있었소. 하지만 미행하려 했으나 로더에게 감쪽같이 따돌림을 당했지요. 어쨌든 한밤중인 데다 사람이라고는 그림자도 없었소. 너무 가까이 접근하여 미행할 수도 없었지요. 로더를 놓치자 조사원은 다시 집으로 돌아와 그늘에 몸을 숨기고 있었소. 그런데 칼이 차를 타고 돌아와 차고에 차를 집어넣은 다음 집 안으로 들어갔다는 거였소."
"물론 그것이 얼마나 중요한 일인가는 아셨겠지요?"
"그로부터 보고를 받고 나는 뭔가 아주 중대한 일이 일어났다는 것을 금방 알아차렸지요. 그러나 손을 쓰기에는 때가 너무 늦어 버렸소. 칼이 경찰에 출두하고 신문은 이미 그 기사를 보도했고……. 어쨌든 그날은 늦게 잠들었기 때문에 조사원은 나를 깨워서까지 보고하려 하지는 않았지요. 어떤 일이 있어도 깨우지 말라고 엄하게 명령해 놓았으니까. 그가 저지른 실수는 바로 그것이었소. 고지식하게 명령에 복종하느라……."

"그럼, 그 조사원은 자기가 목격한 일이 얼마나 중대한 것인지 몰랐다는 말입니까?"

"그가 아침 신문을 읽기 전까지는……." 몬테인은 어깨를 움츠렸다. "하지만 그런 것은 문제가 안 되오. 나는 이제 당신의 손아귀에 들어 있소. 물론 당신은 돈을 요구하겠지요? 달리 요구할 것이 있소? 이 사실을 지방 검사에게 알릴 작정이오?"

페리 메이슨은 천천히 고개를 저었다.

"아니, 지방 검사에게 알릴 마음은 없습니다. 이 진술서는 나 개인이 받은 겁니다. 나는 입을 열지 않을 것이며, 델라도 말하지 않습니다. 아드님을 대리한 변호사도 직업상 칼 씨를 지킬 의무가 있으니 말할 수 없겠지요. 그러나 만일의 경우를 생각해서 상당액의 변호료를 지불하는 것이 현명하겠지요. 돈 이야기가 나왔으니 말입니다만, 나는 로더를 위해서 일한 보수를 요구합니다. 그것은 당신이 지불해 주셔야겠습니다."

"얼마쯤이면 되오?"

메이슨은 엄숙하게 말했다.

"상당한 거액이지요. 아드님은 로더에게 보상할 수 없는 일을 저질렀습니다. 그러나 칼 씨를 용서할 수는 있습니다. 아무튼 겁쟁이니까요. 그러나 당신은 용서 못합니다! 당신은 사리도 분별도 있는 사람이니까요!"

페리 메이슨은 뚫어지게 부호의 눈을 바라보았다.

C. 필립 몬테인은 수표책을 꺼냈다. 그는 돌처럼 무표정한 얼굴로 굳게 입을 다물고 있었다. 이윽고 그는 입을 열었다.

"아무래도 자식놈이나 나나 몬테인 집안의 가풍을 지나치게 내세운 모양이오. 가문을 위해서는 누군가 책임을 져야겠지."

그는 만년필을 꺼내 뚜껑을 열고 두 장의 수표에 정성들여 서명한 다음 금액란은 비워 놓은 채 메이슨에게 넘겨주었다.
"금액은 당신이 정하는 게 좋겠지요."
그는 억센 소리로 말했으나 입술은 떨리고 있었다.

21

낮이 가까워지자 햇빛이 페리 메이슨의 사무실 창문으로 비쳐들어와 큰 책상 위에 은빛 반점을 만들고 있었다. 변호사는 기운차게 문을 열고, 서쪽 벽에 기대어 선 로더 몬테인에게 들어오라고 말했다.

그녀의 얼굴에는 요즈음 계속된 긴장의 연속으로 고난에 찬 빛이 남아 있었으나 그래도 볼에는 생기가 돌고 두 눈이 반짝반짝 빛났다. 그러나 책상 옆으로 다가서 사무실 안을 둘러보았을 때, 그녀의 눈에 눈물이 괴었다.

"지난번 이곳을 찾아왔을 때의 일을 생각하고 있었어요. 혼자 우쭐하여 당신에게 거짓말을 한 일이며 그 뒤에 일어난 여러 가지 일들을······. 당신이 도와주지 않았더라면 나는 살인죄로 처형되었을 거예요."

그녀는 그 일을 생각하자 몸이 떨리는 모양이었다. 페리 메이슨은 그녀에게 의자를 권했다. 그녀는 큰 가죽의자에 앉아 담배를 집어 들었다.

로더는 말하기 시작했다.

"제가 지금 마음속으로 얼마나 부끄러워하고 있는지 당신은 모르실 거예요. 당신이 시키는 대로 고분고분 따랐더라면 이렇게 수고를 끼쳐 드리지 않아도 좋았을 텐데……. 지방 검사는 처음부터 그레고리 목슬리가 피살될 때 현관에서 벨을 울린 사람이 있었다고 말했었어요. 사건이 일어났을 무렵 내가 현장 부근에 있었다는 것을 결국 지방 검사가 알아내리라고 여겼기 때문에, 벨을 울린 사람이 나라고 말하면 통할지도 모른다는 얄팍한 생각을 하게 되었지요."
메이슨은 미소를 띠며 말했다.
"누구나 그런 생각을 할 수 있지요."
그는 책상 서랍을 열고 수표를 꺼내어 그녀에게 넘겨주었다. 로더는 눈을 동그랗게 뜨고 못 믿겠다는 듯한 얼굴로 수표를 쳐다보았다.
"어머나! 이게 대체 어떻게 된 일이지요?"
"C. 필립 몬테인이 사과의 뜻으로 전해 달라는 거요. 법률적으로도 당신은 칼 몬테인에게 재산 분할을 청구할 수 있습니다. 정말은 양심을 잃은 재산가에 대한 벌금이라고나 할까요."
"하지만 나는 전혀 이해할 수가 없어요."
"몰라도 좋습니다. 그리고 몬테인 씨는 나에게 변호료도 치러 주었습니다. 솔직히 말해서, 꽤 많은 금액이었지요. 그러니 이 돈은 모두 당신 몫입니다. 참, 당신이 돈을 지불해야 할 사람이 하나 있는데……."
"누구인데요?"
"그레고리 목슬리가 플리먼이라는 가명으로 결혼한 펜더라는 여자요. 그레고리가 속임수로 그녀의 돈을 빼앗았기 때문에 그것을 되찾으려고 이곳까지 찾아왔지요. 오빠도 함께 왔었소. 나는 그 오빠라는 사람에게는 동정을 느끼지 않지만, 누이동생은 동정하고 있소. 당신을 변호하기 위한 수단의 하나로 그 남매를 이리저리 도망치게 하지 않으면 안 됐으니까요. 그러니 그레고리가 빼앗은 만큼 그녀에게 돈을 돌려주기 바라오. 조건은 그것뿐이오. 수표의 금액을 정할 때도 그 점을 고려했습니다."

"하지만 뭐가 뭔지 모르겠어요. 어째서 필립 몬테인은 내 앞으로 수표를 끊었을까요? 더구나 이처럼 큰돈을!"

페리 메이슨은 말했다. "내가 생각하기에는 어제 당신 남편에게서 받은 선서 진술서를 읽어 보면 사정을 알게 될 거요."

메이슨은 책상 위의 버튼을 눌렀다. 곧 대기실이 열리고 델라 스트리트가 들어왔다. 그녀는 로더 몬테인의 모습을 보자 저도 모르게 우뚝 걸음을 멈추었으나 "축하합니다" 하고 손을 내밀며 다가왔다.

로더 몬테인은 그 손을 잡으며 "축하는 나보다도 메이슨 씨가 받아야 할 거예요"라고 말했다.

델라는 미소를 지으며 변호사를 돌아보고 두 손을 내밀어 잠시 그의 눈을 바라보았다.

"나는 소장님을 자랑스럽게 여기고 있어요."

메이슨은 델라의 한쪽 손을 끌어당기며 그녀의 어깨를 가볍게 두드렸다.

"고마워, 델라."

"지방 검사가 기소를 취하했나요?"

"아암, 그들은 완전히 졌어. '두 손 들었다'는 말은 이럴 때 쓰는 거지. 그런데 진술서를 타이핑했나, 델라?"

"네."

"몬테인 부인이 읽을 수 있도록 보여 드리지. 그리고는 없애 버려!"

델라는 꼭 쥐고 있던 메이슨의 손을 놓고는 재빨리 대기실로 가서 타이핑한 서류를 들고 돌아왔다.

"한 번 읽어 보십시오." 메이슨이 로더에게 말했다. "첫 부분은 별 것 없으니 그 다음에 나오는 긴 문답을 잘 읽어 보세요."

로더 몬테인은 선서 진술서를 읽기 시작했다. 타이핑된 줄을 따라 읽어가는 로더의 얼굴에 차츰 흥미로운 듯한 표정이 떠올랐고 눈이 재빠르게 움직이고 있었다.

델라 스트리트는 페리 메이슨 옆에 서서 한 손을 그의 팔에 얹었다. 그녀는 속삭이는 소리로 물었다.

"저, 소장님, 초인종 건 말인데요, 사실인가요?"

메이슨은 의심스러운 듯한 표정을 하고 있는 델라의 얼굴에 웃음을 보였다.

"그건 왜 묻지?"

"나는 늘 걱정이 돼요." 그녀는 여전히 나직한 목소리로 말했다. "언젠가는 당신이 너무 지나친 짓을 해서 궁지에 몰리지나 않을까 하는 생각이 들어서 말이에요. 아무래도……."

메이슨의 웃음소리가 델라의 말을 가로막았다.

"내가 하는 방법은 파격적인 거야. 하지만 법에 저촉되지 않는 범위 안에서만 그렇게 하지. 책략가일는지는 모르지만 변호사라면 쓸 권리가 있는 합법적인 계략이야. 어떤 방법으로 증인을 반대 신문하든, 그것은 합법적인 테두리 안에서 이루어지는 것이지. 약간의 조작은 변호사가 갖는 권리라구."

"그건 알고 있어요." 델라는 낮은 소리로 재빨리 말했다. "그래도 지방 검사는 당신을 원망하고 있어요. 집주인의 허락도 없이 당신이 콜먼트 아파트에 들어간 것을 지방 검사가 입증할 수만 있다면 검사는 당신을 체포해 버릴 거예요. 검사는……."

페리 메이슨은 어깨를 으쓱하며 주머니에서 꼬깃꼬깃 접은 종이조각을 꺼냈다.

"이것을 영수증 철 속에 넣어 둬."

델라는 접은 종이조각을 들여다보았다.

"노웍 거리 316번지의 집세 영수증이야. 부동산 투자를 좀 해보고 싶어서……."

델라는 눈을 둥그렇게 떴다. 이제야 마음 놓았다는 듯한 미소가 천천히 그녀의 얼굴에 떠올랐다. 울다가 웃는 표정같이…….

"나는 역시 생각이 모자라요." 그녀가 한마디 했다.

그때 로더 몬테인이 벌떡 일어나 진술서를 책상 위에 내던지더니 장갑 낀 손을 꼭 쥐었다. 그녀는 타는 듯한 눈길로 페리 메이슨의 얼굴을 바라보았다.

"그 사람들, 굉장히 못된 짓을 했군요!"

메이슨은 천천히 고개를 끄덕였다.

로더의 눈은 분노로 불타오르고 있었다.

"이제야 겨우 눈을 떴어요. 나는 칼이 워낙 나약한 성격이어서 어머니처럼 귀여워해주고 싶었지요. 내가 바라는 것은 남편이 아니라 아이였어요. 그러나 어른이 아이가 될 수는 없는 거예요. 칼은 남자답게 어려움을 이겨낼 용기가 없었어요. 내 핸드백에서 열쇠를 훔치고, 경찰에 고발하고, 나에게 살인 누명까지 씌우고는 아버지의 손을 빌려 나를 없애 버리려 했군요. 나는 이제 겨우 눈을 뜬 거예요. 미련 같은 것은 조금도 없어요."

페리 메이슨은 말없이 로더를 쳐다보았다.

"나는 몬테인 집안의 돈이라면 한 푼도 받지 않겠어요." 그녀는 빠른 말로 퍼부어댔다. "칼의 아버지에게 수표를 되돌려 줄 작정이에요. 하지만……."

그녀는 입을 다물고 코를 벌름거리며 어깨를 세웠다. 그리고는 델라를 쳐다보았다.

"미안하지만, 전화 좀 쓸 수 있을까요?"

"부디 사양 마시고 쓰세요, 몬테인 부인."

가시 돋친 표정이 천천히 로더의 얼굴에서 엷어졌다. 마음먹은 대로 말이 나오지 않는지 입 언저리를 일그러뜨렸다.

"닥터 밀샤프를 좀 불러 주시겠어요?"

쾌도난마식 법정 진술로 서민 구하기

얼 스탠리 가드너(Earl Stanley Gardner)는 1889년 7월 17일, 매사추세츠 주 모르덴에서 광산 기사인 찰스 W. 가드너의 아들로 태어났다. 아버지의 직업 관계로 미국 각지를 옮겨다니며 소년 시절을 보냈으며, 21살에 캘리포니아 주의 변호사 자격을 얻었다. 그 뒤로 약 22년에 걸쳐 변호사로서 활약했는데, 그 동안의 법정 경험이 뒷날 페리 메이슨 변호사를 창조해 내는 결과가 되었던 것이다.

1923년에 찰스 M. 글린이라는 필명으로 〈블랙 마스크〉지에 〈The shrieking skeleton〉이라는 단편을 발표한 것을 시작으로 석 달에 한 작품씩 서부물과 미스터리물을 써내어 5년 동안에 다작가로서의 명성을 얻기에 이르렀다. 그러는 한편 의연히 변호사로서의 일을 계속했다.

변호사 일을 그만두고 소설 집필과 좋아하는 여행에 전념하게 된 것은 1934년의 일로 그 전해에 메이슨 변호사 시리즈의 첫 작품인 《비로드의 손톱》이 출판되었다.

그 뒤의 저작(장편)으로 가장 인기 있는 메이슨 시리즈가 56권,

지방 검사 더글러스 셀비가 주인공인 것, 신문기자 테리 글레인이 주인공인 것 등이 17권 <small>(이 가운데에는 칼튼 켄드레이크, 찰스 J. 케니
등의 필명으로 발표된 것도 있음)</small>, 버서 클르라는 할머니 탐정과 그녀의 조수인 도널드 램이 주인공인 시리즈 18권 <small>(이것은 모두 A. A. 페어
라는 필명으로 발표되었음)</small>, 그밖에 여행기 등 소설 이외의 저작 3권 등 아주 놀랄 만한 다작가라고 아니할 수 없다. 더욱이 그 이상으로 놀라운 일은 이만큼 많은 작품을 썼으면서도 이들 하나하나의 작품이 각기 뛰어난 수준을 유지하고 있다는 사실이다. 실로 가드너야말로 질적으로나 양적으로, 또한 판매 부수에 있어서 미스터리작가의 제1인자라고 할 수 있지 않을까.

　물론 그만큼 많은 작품을 다루고 있느니만큼 그의 소설은 도식화된 느낌이 없지 않다. 먼저 메이슨 변호사의 법률사무소에 색다른 손님이 나타나, 기묘하지만 그다지 중요해 보이지는 않는 사건을 의뢰하고 간다. 그가 그 사건을 조사해 나가는 동안, 그 사건 뒤에 과거에 일어났던 큰 사건이 숨겨져 있는 것이 밝혀지고, 이윽고 새로운 살인사건으로까지 발전한다. 그 때문에 뜻밖의 위험에 부닥친 의뢰인을 메이슨이 뛰어난 솜씨를 발휘하여 구해 내고 또한 진범을 찾아낸다.

　이러한 일정한 코스가 되풀이되면서도 그의 작품이 매너리즘에 빠지지 않는 것은 각 작품의 수수께끼의 구성과 그 해결 방법에 늘 기발하고 탁월한 연구가 행해지고 있기 때문이다. 결국 가드너는 스타일과 기교 대신 미스터리소설 본래의 수수께끼 풀이에 온 힘을 기울이고 있는 셈이다.

　그 점에 있어 그는 자신의 작가적 경력을 하드보일드파에서 출발하고 있지만, 본질적으로는 그것과 전혀 다른 것으로 본격 미스터리소설의 위치를 의연히 지키고 있다. 그러나 독자로서 그의 작품을 읽으면서 하드보일드적인 감명을 받는다고 한다면, 그것은 그의 작품 스토리 자체가 굉장히 빠른 속도로 전개되어 가는 그 격렬한 액션 때문일 것이다.

 메이슨 시리즈가 지닌 또 하나의 특징은, 메이슨 변호사가 진범과 지혜 겨루기를 하는 한편 수사 당국과도 지혜 겨루기를 하는 점이다. 어쩌면 이것이 메이슨 시리즈의 가장 큰 매력이라고 할 수 있을지도 모른다. 그리고 그의 작품의 클라이맥스는 뭐니 뭐니 해도 법정에서 메이슨이 검사와 지략을 겨루는 장면이라고 할 수 있다. 약한 서민 계급인 피고를 구하기 위하여 법정에서의 기술만이 오직 하나의 무기인 적수공권의 변호사가 그만의 쾌도난마식 법정 진술을 상대에게 퍼붓는 통쾌함이야말로 수백만의 독자를 매료시키는 것이리라.

 끝으로 여기 옮긴 《기묘한 신부》는 1935년 작품으로서 메이슨 시리즈로서는 다섯 권째이며, 그의 전 작품 중에서 가장 많이 읽힌 작품임을 밝혀 둔다.

 얼 스탠리 가드너는 1970년에 세상을 떠났다.